Des vies parallèles

Du même auteur

Le Point de rencontre, Plon, 2014.

Lucy Caldwell

Des vies parallèles

Traduit de l'anglais (Irlande)
par Josée Kamoun

FEUX CROISÉS
PLON

Titre original
All the Beggars Riding

Collection Feux Croisés

© Lucy Caldwell, 2013
Tous droits réservés
Publié pour la première fois en 2013 par Faber & Faber Limited Bloomsbury House, Londres
ISBN édition originale : 978-0-571-27056-9

Édition française publiée par :
© Éditions Plon, un département d'Édi8, 2015
12, avenue d'Italie
75013 Paris
Tél. : 01 44 16 09 00
Fax : 01 44 16 09 01
www.plon.fr

ISBN Plon : 978-2-259-21975-4

À Maureen et Peter, pour tout.

La pluie de Londres, chair de poule
Blanche aux rues d'ébène.
Et les néons de Londres tachent
Les canaux de la nuit.
Et les parcs se font jungle
Dans l'alchimie de la nuit.

Mes désirs se muent en violents chevaux
Noirs comme du charbon,
Fringantes cavales du fantasme,
Étalons de l'âme,
Avides de défoncer les barrières
Qui barricadent mon âme.

Louis MacNeice,
« La pluie de Londres »

Fin mai, un jeudi, le matin. Le matin de bonne heure, six heures, six heures et demie, disons, mais déjà le jour coule à flots par les fenêtres sans rideau, percées haut sur la pente du toit ; il inonde le lit étroit, les draps et les lattes du plancher nu, la pièce avec tout ce qui s'y trouve, qui paraît éclairée de l'intérieur. Tu es debout, visage tourné vers la fenêtre, tu respires le soleil. Je te vois, presque. Si je ferme les yeux, je parviens presque à te voir. Un jeudi matin de mai, en 1972.

Tu l'attendais, ce jour, tu faisais le compte à rebours tous les matins puisque tu attends un jeudi sur deux. Parfois l'attente – délicieuse, insupportable – est presque meilleure que la journée elle-même lorsqu'elle arrive enfin. L'attente, en ce moment, te met une bulle dans la poitrine, elle te rend légère et te fait perdre haleine.

Tu iras au travail à pied, aujourd'hui ; tu prendras le chemin des écoliers, tu passeras par Regent's Park. Les parterres, la roseraie paraîtront disposés tout exprès à ton intention, aujourd'hui seulement.

Depuis quelques jours le temps est instable ; des matins sans nuages font place à des ciels de bourrasques avec giboulées en milieu d'après-midi. Vous allez au cinéma – vous l'avez décidé au téléphone, hier soir – c'est une séance exceptionnelle : *Le Docteur Jivago*, à l'Odéon de High Street Kensington. Tu n'as jamais vu le film et lui non plus. Ensuite, vous irez ambiancer comme il dit, et tu viens d'adopter l'expression, en rentrant à Earl's Court ; vous ferez des provisions, une bouteille de rouge, et vous préparerez quelque chose de simple à manger. Extraordinaire comme les choses les plus simples, acheter des œufs, des tomates et du fromage, couper la laitue en lanières, verser le vin dans le verre – l'amour les transfigure. L'amour. La bulle enfle dans ta poitrine. Vous ne l'avez pas encore prononcé, ce mot, ni l'un ni l'autre. Mais peut-être que ce soir il dira : Je t'aime, Jane. Je t'aime.

L'ombre légère qui tente de s'accrocher au bord du tableau – tes pensées, la journée – tu la repousses.

C'est un jeudi matin, de bonne heure, en mai 1972, et tu es en équilibre sur le fil du jour, sur le fil de tout. Tu t'approches du tourne-disque, posé sur une caisse dans le coin, et tu mets la face B de *Come Running / Crazy Love*, de Van Morrison. Tu la mets en sourdine, on l'entend à peine – la maison est calme, toutes les autres dorment encore – mais tu connais les paroles par cœur, maintenant – deux semaines que tu le passes en boucle, ce titre – elles te paraissent tissées dans la fibre de ton être. Sans bruit, dans ta tête, tu chantes à l'unisson tout en retirant un par un les rouleaux en mousse. Tu as dormi avec pour que la boucle prenne et que, quand tu lâcheras tes cheveux, après le travail, ils aient gardé leur ondulation.

Tu ne voudrais pas changer quoi que ce soit, tu t'en rends compte tout à coup. Tu ne sais pas d'où ça vient, ni si c'est une illusion, un effet trompeur de la lumière conjuguée à la musique et à une nuit blanche, mais tu es sûre, tout à fait sûre qu'au bout du compte, tout ira bien.

L'EFFET TCHERNOBYL

L'effet Tchernobyl

« L'effet Tchernobyl », c'était le titre du documentaire. C'est ainsi que tout a commencé. Un soir de semaine où je zappais d'une chaîne à l'autre, très tard.

C'était un an presque jour pour jour après la mort de ma mère et je venais de réaliser que j'étais orpheline, désormais. Orpheline, c'est ridicule de se dire orpheline à la veille de la quarantaine. Mais ce soir-là, sans crier gare, cette évidence m'a frappée – je l'ai ressentie dans ma poitrine, comme une douleur physique : j'étais bel et bien seule au monde. Ma mère était malade depuis longtemps quand elle est morte. Elle avait une maladie de cœur, par une ironie grinçante ; une cardiomyopathie intrinsèque, pour lui donner son nom scientifique. La pathologie se traduit par des défaillances imprévisibles du muscle cardiaque sans lien avec des causes externes identifiables. Il s'agit d'une des indications majeures pour la transplantation et, d'ailleurs, ma mère aurait dû y être candidate, sauf qu'à chaque étape elle avait refusé tout net. C'était son cœur, son cœur lui appartenait, répétait-elle à plaisir. Elle ne voulait pas qu'on le lui arrache – elle avait un curieux penchant pour le mélodrame, parfois – et puis elle ne voulait pas du cœur d'un autre dans sa poitrine. Les médicaments qu'on lui donnait pour tenter de la stabiliser à mesure que son état se détériorait la faisaient beaucoup souffrir, l'affaiblissaient et lui brouillaient l'esprit, mais pas moyen de la faire changer d'avis. Une vraie mule, ma mère, quand elle s'était mis quelque chose en tête. Elle était jeune, en plus :

cinquante-neuf ans, quand elle est morte. Parfois, on aurait dit qu'elle l'avait décidé, ça aussi, elle qui n'était pourtant pas croyante et n'envisageait pas de grande réconciliation ultime ou de rédemption dans l'au-delà.

Quoi qu'il en soit, les mois qui ont suivi sa mort je les ai atrocement mal vécus alors même que nous n'étions pas particulièrement proches. J'arrivais à sauver les apparences, je téléphonais à l'agence, je demandais mon emploi du temps, je voyais les malades, je faisais les courses, la cuisine, toutes ces activités prosaïques, mais au fond de moi, les passages à vide succédaient aux coups de chagrin, à une peine dense et lourde telles des vagues qui se soulevaient et menaçaient de me balayer corps et biens. Je n'en dirai pas plus, ne voulant pas verser dans l'outrance. Le temps guérit tout, me disait-on. Et il y a du vrai dans ce terrible cliché ; chaque jour dépose le cataplasme de sa routine sur la chair à vif, même si la plaie demeure. Six mois plus tard, j'avais le sentiment d'émerger enfin ; dans les bons jours, j'avais même la tête hors de l'eau, mais évidemment, on peut toujours être entraîné par le fond sans préavis. Et puis, il y a eu Jeremy, tout ça, et malgré ma terreur, je me suis sentie galvanisée : un mécanisme de survie s'était mis en branle et il y avait tant de tâches matérielles à accomplir – un peu comme au lendemain d'un décès. Pendant un moment, il a fallu que je branche le pilote automatique.

Je ne m'explique pas bien, je mélange tout. Ce qui, d'une certaine façon, correspond à la réalité, mais n'aide pas mon récit. Ce que j'essaie de dire, je crois, c'est que je pensais avoir laissé le pire derrière moi lorsque ce soir-là, il y a deux semaines, je suis tombée sur une certaine émission à la télévision, et alors tout a basculé.

Le documentaire portait sur les conséquences des explosions qui avaient détruit le quatrième réacteur de la centrale nucléaire proche de Pripyat, le 26 avril 1986. Tchernobyl, je l'avais oublié depuis des années, mais dès que j'ai vu, sur ces infâmes photos satellite au grain épais, la centrale réduite en cendres fumantes, avec les combinaisons antiradiations et leurs trompes en caoutchouc, tout m'est revenu. Je me suis revue assise en tailleur avec Alfie sur le tapis marron laineux ; nous regardions *Newsround* et tous les autres bulletins d'information que nous trouvions, jusqu'au journal de vingt et une heures et à la soirée d'infos de BBC 2, heure à laquelle notre mère rentrait du travail et nous obligeait à éteindre le poste, disant qu'Alfie allait faire des cauchemars – et il en faisait, comment en aurait-il été autrement ? Le gouvernement soviétique jouait sur les mots et on commençait à détecter des radiations jusqu'à Glasgow, autant dire à nos portes. Au cours des tables rondes, les gens s'interrogeaient : « Est-ce la fin du monde tel que nous le connaissons ? »

Notre monde à nous, je veux dire le mien, celui d'Alfie et de ma mère, avait connu l'automne précédent une fin brutale et qui faisait désordre – sous les feux de la rampe, circonstance aggravante. Le dimanche 24 novembre, la date est gravée au fer rouge dans ma mémoire. J'avais douze ans, douze ans et quatre mois, et Alfie huit, quand notre père s'est tué dans un accident improbable, son hélicoptère s'étant écrasé dans la tempête. Là-dessus il y a eu les révélations, les journalistes, et bientôt nous avons dû quitter notre foyer pour emménager dans un logement minable et malpropre sur North End Road. Comme de juste, je me suis renfermée ; je me suis repliée sur moi-même de façon si étanche que rien ne passait plus, rien ne m'atteignait jusqu'à ce que j'aie vu ces premières images tressautantes à la télévision.

Dans la fraction de seconde qu'il m'a fallu pour tomber sur cette chaîne, avant même que je comprenne de quoi il retournait, un maelström s'est déchaîné au fond de moi. Comme si tous les chagrins de ma vie, mon père, ma mère, et même Jeremy, d'une certaine façon, comme si je me mettais à pleurer sur eux tous ; sur moi-même, aussi, sur tous mes autres moi.

Je m'emballe de nouveau, je le sais bien, j'embrouille tout. J'ai pourtant l'intention de venir aux choses rationnellement, en temps voulu et en bon ordre autant que faire se peut. Seulement voilà, raconter une histoire est plus difficile qu'on ne le croit. Je l'ai déjà dit, l'ordre ne règne ni dans la vie ni dans la mémoire. L'esprit ne fonctionne pas ainsi. Quand on raconte les choses, on les range d'équerre, on les replace dans leur contexte, alors que, dans la réalité, tout se mélange, on ressent plusieurs émotions à la fois, éventuellement contradictoires, nées en des moments différents, sans lien apparent. Il me faut donc évoquer ce que j'ai éprouvé quand je suis tombée sur ce documentaire par hasard, si tard dans la soirée, alors que je recherchais sans doute une émission banale propre à m'anesthésier, une rediffusion de *Friends,* par exemple. Voir le reportage sur Tchernobyl et comprendre à l'accélération de mon pouls de quoi il s'agissait, la sensation irréelle de me trouver devant ces images un an après la mort de ma mère comme j'étais devant elles cinq mois après la mort de mon père, les deux morts, les deux temps se télescopant. Décidément, j'ai du mal à m'expliquer. On aurait dit que les époques cessaient d'être distinctes, qu'elles se chevauchaient, comme si les mêmes événements se reproduisaient indéfiniment dans l'enfer d'un présent perpétuel. Et en cet instant, j'ai su qu'il fallait que je fasse quelque chose. J'étais aux abois, il fallait que je fasse quelque chose, que je change quelque chose, avant qu'il soit trop tard.

Si vous avez connu la crise de panique, vous comprendrez de quoi je parle : vous avez la sensation que tout arrive en même temps, que tout se referme sur vous pour vous piéger, qu'il n'y a pas d'issue, et au-delà de l'angoisse physique – je sais bien, l'expression peut paraître hystérique, mais il n'y a pas d'autre façon de le dire – vous saisit le sentiment diffus, pour ainsi dire existentiel, de votre fin prochaine.

Voilà pourquoi il m'importe de démêler les fils du récit, de les mettre en ordre avec un début, un milieu et une fin pour essayer de les comprendre. C'est à ce moment-là que j'ai pris la décision de le faire, je dirais même acquis la certitude que c'était ce qu'il fallait que je fasse, ce qui m'était nécessaire. Comme si raconter avait le pouvoir de me sauver, en somme.

Peut-être que les choses seront plus claires quand j'aurai un peu mieux expliqué le documentaire.

« L'effet Tchernobyl » a été tourné peut-être une dizaine d'années après la catastrophe. Il s'agit d'une série d'interviews des survivants de Pripyat et des évacués des villages voisins, ainsi que de deux médecins ou scientifiques (on a pris soin de leur mettre un cache sur les yeux, et de déformer leur voix). Ces derniers sont les moins intéressants : on les entend enchaîner statistiques et prévisions sur les pourcentages et les röntgens par heure. En revanche, les survivants – ou pour mieux dire les victimes, car ils n'avaient rien de triomphal, aucun sentiment d'avoir surmonté quoi que ce soit – sont bourrés de tics, ils sont comme paralysés, accrochés à la vie du bout de leurs ongles fendillés. Rares sont les hommes qui parlent. Ce sont les femmes qui tiennent à raconter leur histoire. Les femmes, avec leurs visages crevassés aux joues creuses, leurs dents comme des noix en conserve, on aurait dit des grands-mères, elles paraissaient plus vieilles que leurs grands-mères, on aurait cru des vieillardes plus ou moins sorcières tout droit sorties des contes folkloriques biélorusses. Or la plupart n'étaient pas plus âgées que moi et certaines avaient cinq ou dix ans de moins. À la date de l'explosion, elles avaient dix-neuf ans, vingt et un ans, vingt-quatre ans. Jeunes mariées, jeunes mères, épouses saines et vigoureuses. Les hommes travaillaient à la centrale, pour la plupart, et les femmes arrondissaient les fins de mois en élevant des poulets, une vache, parfois. Elles plantaient des pommes de terre, des choux, quelques rangées de radis noirs. L'explosion a eu lieu un vendredi. Vers midi, le bruit s'est répandu que le feu avait pris à la centrale. Au coucher du soleil, elles l'ont regardé de loin ; c'était d'une beauté et d'une violence inimaginables, d'après elles, ces torrents de couleur qui jaillissaient, toute cette lumière resplendissante ; on se serait cru dans un film-catastrophe américain. Elles s'agglutinaient dehors pour mieux voir, se repassaient des bouteilles d'alcool du terroir, et laissaient les enfants veiller bien au-delà des habitudes. À cette heure-là, la nouvelle était parvenue jusqu'aux villages les plus reculés ; la famille et les amis arrivaient en voiture ou à bicyclette pour voir la lueur surnaturelle et les averses d'étincelles – colossal feu d'artifice –, on prenait les enfants sur les épaules pour qu'ils ne perdent rien du spectacle et qu'ils puissent s'en souvenir. Personne ne se doutait du danger. Même le lendemain matin, quand on avait vu les rues se remplir de chars et de soldats portant des masques à gaz, on n'avait pas eu peur. C'était rassurant, expliquait l'une des femmes, de penser que l'armée était venue les aider. Il faudrait partir quelques jours, annonçaient les haut-parleurs, simple précaution, pour laisser les scientifiques procéder à des tests et les pompiers lessiver les rues et les immeubles. Les villageois ne devraient emporter avec eux que les papiers indispensables, cartes d'identité, livrets de famille – et les écoliers leurs livres, c'était tout. À ce moment-là encore, personne n'avait eu peur, ou si l'on avait peur, ce n'était que le début. On avait parlé de laisser le pain sur la table, avec les cuillères – vieilles superstitions, à la demande des belles-mères et des grands-mères : s'il y a du pain sur la table et une cuillère pour chaque membre de la maisonnée, alors quand on reviendra, on retrouvera tout intact. Certaines des femmes – leurs histoires divergeaient à ce stade –, pressentant qu'il y avait du louche, essayaient de passer des vêtements en douce, de mettre trois robes les unes par-dessus les autres, d'entortiller leurs bébés dans plusieurs couvertures entre lesquelles cacher des objets de valeur comme des cuillères de baptême en argent ; elles tentaient de glisser des pommes de terre à semer dans les poches et les capuches des enfants. Mais les soldats le savaient, et les soldats les en empêchaient. Certaines voulaient emmener leur chat, leurs meilleures pondeuses, mais elles étaient contraintes d'y renoncer à la pointe du fusil. À présent, les enfants pleuraient et quelques vieilles babouchkas refusaient de partir ; elles accusaient le gouvernement de vouloir voler leur vache, leur chèvre, leur argenterie ; elles s'asseyaient en plein milieu de la route ou s'enfuyaient dans la forêt, et les soldats allaient les chercher de force et les balançaient dans les camions de l'armée comme des sacs de fumier.

J'entre trop dans les détails. Il n'y avait là qu'une toile de fond, si vous voulez. Ce n'est pas ce qui compte, ce qu'il faut que je raconte. Cette partie-là viendra plus tard.

Quand elles ont commencé à raconter l'évacuation et les jours et les semaines qui ont suivi, les lits de camp dans les gymnases des écoles, l'attribution de chambres dans les tours de cités humides, la peur et les rumeurs qui se nourrissaient mutuellement, surtout lorsque les troubles physiques se sont déclarés, nausées, vomissements et diarrhées qui affectaient presque tout le monde, les enfants en particulier, les comprimés d'iodine emballés sous vide, et les litres de lait distribués aux chefs de famille, les cheveux qui tombaient, la perte de poids, les ulcères cutanés et les médecins qui portaient des combinaisons en caoutchouc et des masques même pour peser les bébés et les examiner, le chœur des femmes s'est troublé de manière sensible. Elles ont fini par refuser d'en dire plus, les unes après les autres. Elles se sont levées et sont parties, ou bien elles se sont détournées de la caméra, si bien que le documentaire a cadré un cimetière, avec une voix *off* qui précisait le taux de mortalité et de morbidité dues aux radiations chez les enfants.

Puis, un nouveau reportage a débuté. Et à côté de celui-là, l'histoire des survivantes de Pripyat faisait pâle figure. Un peu comme – pardon pour l'humour noir – un exercice d'échauffement.

Car le second reportage adoptait le point de vue des ouvriers de la centrale, du moins, ceux qui étaient sur place ce vendredi-là. La plupart d'entre eux, sinon tous, étaient morts, disait gravement la voix *off*; ils étaient morts dans les semaines qui avaient suivi l'explosion. Quant aux parents de ces disparus, l'équipe de télévision n'en avait pas identifié beaucoup qui soient prêts à parler devant une caméra. Le commentateur laissait entendre qu'ils s'étaient trouvés en butte aux fins de non-recevoir des politiciens, à leurs menaces voilées ; du coup certaines pistes de recherche avaient tourné court. L'accident ne remontait guère qu'à une décennie, pourtant. Tout de même, ils avaient pu interroger une veuve, qu'ils avaient rebaptisée Nastasya pour la circonstance. Elle témoignait assise de profil par rapport à la caméra, si bien que les trois quarts de son visage demeuraient dans l'ombre ; son foulard noir était sévèrement noué sous son menton et, dans les intervalles de la traduction, on entendait sa voix basse et rauque. Le jour des explosions, expliquait-elle, elle avait vingt-deux ans, et elle était mariée depuis trois mois et dix-sept jours. Je pourrais même vous dire combien d'heures, ajoutait-elle, combien de minutes et de secondes, parce que nous étions jeunes mariés et que chaque heure qui passait, chaque minute et chaque seconde était un sujet d'émerveillement. On se disait *je t'aime* plusieurs fois par jour, et aujourd'hui je me fais la réflexion qu'on ne savait pas ce qu'on disait. Son mari était ouvrier à la centrale ; ils habitaient le foyer des travailleurs avec des collègues à lui et leurs femmes ; c'était un immeuble de sept étages, à moins d'un kilomètre de Tchernobyl. Leur chambre était au quatrième et elle donnait au nord. Lorsqu'ils avaient entendu la déflagration, ils s'étaient mis à la fenêtre – il pouvait être une heure et demie du matin – et ils avaient vu les flammes. Aleksander, son mari, travaillait dans la première équipe, de six heures du matin à six heures du soir. Elle avait tenté de le persuader de se recoucher, mais il boutonnait déjà sa chemise et son bleu de travail en disant qu'il était de son devoir d'aider ses camarades, ils étaient entraînés à le faire ; quant à elle, il faudrait qu'elle se recouche et qu'elle ferme bien les fenêtres.

À la fin de la journée, il n'était pas revenu ; comme les autres femmes, elle regardait les flammes dans le ciel et elle en sentait la chaleur. Puis il fut six heures, heure où sa journée aurait dû être finie s'il avait travaillé dans son équipe ordinaire, mais toujours rien. Certaines femmes commençaient à s'inquiéter parce que leurs maris étaient partis depuis vingt-quatre heures. Il se disait à présent qu'on avait sous-estimé la gravité de l'incendie et que des ouvriers de la centrale avaient été hospitalisés. Un groupe d'épouses avait pris la direction de l'hôpital, mais elles avaient rencontré un cordon sanitaire sur la route, et la police ne laissait passer personne. Les unes avaient supplié et les autres tenté d'acheter les policiers et, dans la pagaille, deux d'entre elles s'étaient débrouillées pour passer, Nastasya et une autre. Le beau-frère de cette dernière était brancardier ; il les avait donc conduites dans le service où se trouvaient leurs maris et elles les avaient vus ; ils étaient si rouges et si enflés que leur bouche et leurs yeux disparaissaient dans leur visage. Pendant cette visite, l'un des hommes – ils pouvaient être une quinzaine dans la salle – était mort en vomissant un flot de sang. Elles avaient donc compris qu'ils avaient été intoxiqués : par le gaz, disait-on, par les émanations de fumée. Le brancardier leur gueulait de sortir ; si elles voulaient les aider, qu'elles apportent du lait. Du lait ? Oui, du lait ; les hommes en avaient besoin ; il fallait qu'ils en boivent un maximum et l'établissement ne pouvait pas en fournir, pas assez en tout cas. Les deux femmes s'étaient donc précipitées dans la boutique la plus proche et elles avaient acheté tout le lait qu'elles arrivaient à transporter. Mais le temps qu'elles reviennent, la foule devant l'hôpital – des mères et des épouses des ouvriers – avait doublé et le cordon s'était renforcé ; on y avait adjoint des militaires et des véhicules de l'armée, impossible de passer. Les gens poussaient, gueulaient, se crêpaient le chignon, gémissaient et, dans la mêlée générale, les packs de lait leur étaient tombés des mains, ils s'étaient renversés, on les avait piétinés. Un soldat avait annoncé dans son haut-parleur que l'armée allait transporter les hommes par avion jusqu'à un hôpital moscovite mieux équipé en matériel et en personnel. Ils auraient donc besoin de vêtements de rechange et de provisions de voyage – strictement limitées à un petit sac par patient ; ils auraient la permission de voir leur femme ou leur mère cinq minutes quand elles apporteraient le nécessaire. Aussitôt, toutes étaient rentrées qui à son foyer de travailleurs qui à son appartement ; mais lorsqu'elles étaient revenues avec leur balluchon – contenant le plus beau costume de leur mari ou de leur fils, avec une chemise propre et une cravate parce qu'il n'était pas question qu'il ait honte une fois à la ville – et leur sachet à fermeture coulissante avec une bouteille de lait pourvue d'un bouchon, un quignon de pain noir et du fromage, une flasque d'alcool, tout ce qu'elles avaient pu trouver, elles avaient compris que l'armée venait de les duper. Les hommes étaient partis, transportés directement de leur lit dans les avions militaires, leur avaient expliqué les brancardiers.

Inimaginable, non ?

Les femmes n'avaient pas toutes pu suivre leurs maris à Moscou. Nombre d'entre elles avaient des bébés, des enfants en bas âge, des parents âgés ; beaucoup n'avaient jamais quitté leur village, elles avaient peur. Mais Nastasya avait pu y aller, avec deux autres femmes, en mettant au clou leurs alliances et leurs plus belles chaussures pour payer le billet d'avion.

Une fois à Moscou, il avait fallu supplier et distribuer des bakchichs pendant deux jours pour découvrir le nom de l'hôpital, une clinique spécialisée dans la radiologie, à l'extérieur de la ville, puis un jour de plus pour persuader une réceptionniste de les faire entrer. La médecin chef avait refusé de les laisser monter, tout d'abord – quelle torture de savoir que leurs maris n'étaient qu'à quelques mètres d'elles ! Mais elle s'était laissée attendrir et leur avait permis vingt minutes de visite à condition qu'elles restent à deux mètres de leurs hommes, sans les toucher et encore moins les embrasser.

Nastasya riait, en rapportant ces propos. Une femme, rester à deux mètres de son bien-aimé, se retenir de l'embrasser ? avait-elle demandé en se tournant pour la première fois vers la caméra. Quant aux vingt minutes autorisées, à présent qu'elle avait retrouvé son Aleksy il n'était pas question qu'elle le quitte jamais. Sa voix se faisait dure et fière en racontant dans quelles circonstances elle était restée au chevet de son mari. Une mutinerie avait éclaté parmi les brancardiers et les médecins ; ils refusaient de soigner la salle Tchernobyl ; certains ne venaient tout simplement pas travailler tant ils avaient peur du tic-tac des compteurs Geiger et des masques qu'on leur avait distribués. Alors Nastasya et les autres avaient pris la relève ; elles avaient apporté les plateaux-repas, vidé les bassins, et c'est ainsi qu'elles avaient réussi à rester auprès de leurs maris. Chaque jour des hommes mouraient et, chaque jour, son Aleksander mourait un peu davantage. Quand on se renverse du bortsch, de l'eau ou de l'huile bouillante sur la peau, ou qu'on s'approche trop près d'une flamme ordinaire, on est brûlé de l'extérieur. Mais son corps était profondément brûlé à l'intérieur, lui avait expliqué un médecin. Et à mesure que cette brûlure remontait à la surface, la peau se desquamait couche après couche, par pellicules d'abord de la taille d'une pièce de monnaie, puis d'une soucoupe, puis d'une assiette ; la desquamation s'accompagnait de lésions ; la chair à vif prenait une odeur de viande en train de cuire. Ses dents se déchaussaient, elles tombaient quand il toussait ou quand il parlait ; il crachait dans sa main un conglomérat d'os et de gencive. Ses cheveux tombaient par paquets quand elle les caressait. Il chiait du sang et du mucus vingt, trente fois par jour, avec des bouts d'intestin enroulés. Il avait des yeux de lapin crevé, enflés et vitreux. La médecin chef avait supplié Nastasya de partir. Ce n'est plus votre mari, disait-elle. C'est un objet radioactif dangereux. Allez-vous-en. Sauvez votre peau. C'est ce qu'il voudrait lui-même, voyons. Mais moi, j'étais incapable de partir, disait Nastasya. Comment partir ? Comment aurais-je pu l'abandonner ? Dans les courts moments de lucidité, il lui serrait la main, ses lèvres articulaient son nom. Il la reconnaissait encore ; il savait qu'elle était là. Comment l'abandonner ? Les derniers jours, il toussait des lambeaux d'organe ; des bouts de foie, visqueux et carbonisés ; il fallait qu'elle les lui retire de la bouche avec ses doigts. À ce stade, aucun médecin ne voulait plus l'approcher.

Elle se tait un long moment.

Quand il est mort, reprend-elle, on n'a pas voulu me donner son corps. On m'a dit qu'il fallait l'enterrer dans un cercueil plombé dans un endroit loin de tout, où personne n'irait jamais.

Vous allez me le trouver ? dit-elle en se tournant vers la caméra et l'interviewer. Vous allez trouver où mon mari est enterré, pour que je puisse reposer auprès de lui ?

J'ai trois cancers différents, moi, mais aucun des trois ne m'aura, tant que je n'aurai pas retrouvé Aleksander Alexievitch.

À ce moment-là, la journaliste lui murmure une question, hors champ.

Alors de nouveau, Nastasya se tourne face à la caméra et elle déclare dans un anglais approximatif avec un fort accent russe : *Pourquoi ?* Si vous besoin savoir, vous vieille idiote.

Moi j'échange pas ma vie et ma santé contre vôtres, même maintenant. Pourquoi ? Parce que j'aime lui, voilà pourquoi. Parce que c'est l'amour, ça.

Je n'ai pas vu la fin. Il a dû y avoir cinq minutes de résumé, pour aller jusqu'au bout de l'heure. J'ai cherché la télécommande à tâtons, et j'ai réussi à éteindre ; l'écran s'est refermé sur le visage de Nastasya, pâle, déformé, transfiguré, et moi je suis restée sur mon siège, tremblante. Tremblante, c'est le mot. Des frissons parcouraient ma peau et mon corps. Quelque chose avait pris consistance en moi à mon insu, et voilà que Nastasya et son Aleksander l'avaient fait remonter à la surface. Je me rendais compte que, si ma mère avait regardé cette femme parler de son mari adoré, elle aurait compris. Elle aurait eu la pitié, la compassion, la compréhension, peu importe le mot, qu'il fallait pour dépasser le côté macabre et catastrophique, irréparable de l'histoire. Parce qu'elle aimait mon père. Elle aurait fait comme Nastasya. D'ailleurs, à sa manière, c'est ce qu'elle a fait. Tout à coup, je me suis souvenue qu'elle l'avait dit ; je l'ai entendue aussi nettement que si elle avait été auprès de moi : *Si c'était à refaire, je referais tout sans rien changer, pas même la fin, pas même si je savais d'avance comment ça finirait.* Elle l'avait dit après les obsèques, lorsque nous étions assaillis par les journalistes ; et la presse à scandale l'avait imprimé en grosses lettres. J'ai pris la mesure de tout ce que je ne comprenais pas, de tout ce que je n'avais jamais demandé et ne pourrais plus demander désormais. Notre mère parlait rarement de notre père ; elle le gardait verrouillé en elle, comme si parler de lui risquait de l'éparpiller, ou de causer une fuite dans son stock. Vers la fin, j'ai bien essayé de lui poser des questions, mais elle n'a pas voulu me répondre. Quand elle a tout de même parlé, ses propos étaient décousus, hasardeux ; ils ne voulaient pas dire grand-chose. Après sa mort, j'ai fait le tri de ses affaires. Même la boîte à chaussures où elle mettait ses souvenirs – une photo par-ci par-là, un ticket d'autobus, un talon de billet de cinéma, un bracelet d'identité hospitalier, une audiocassette, une facture d'électricité, une vieux billet d'avion, du temps où on avait des billets-papier, des cartes postales, des pellicules photographiques perforées, un exemplaire d'*Arbres d'hiver* de Sylvia Plath (elle l'avait réclamé quand elle était à l'hôpital mais nous avions été incapables de mettre la main dessus ; nous l'avions retrouvé plus tard). Ces reliques ne signifiaient rien ; elles ne me disaient rien d'elle, rien de lui. Dans bien des cas, j'avais beaucoup de mal à juger si elle les avait gardées pour leur valeur sentimentale ou par un penchant à l'accumulation qui l'aurait empêchée de les jeter.

J'ai toujours les boîtes chez moi, une de chez Clark et Dolcis, l'autre de Russel et Bromley ; elles sont derrière le canapé ; moi non plus, je ne me résous pas à les jeter.

Il est presque insoutenable, le sentiment de n'avoir pas vraiment connu quelqu'un, en fin de compte, surtout si l'on se dit qu'on a laissé s'enfuir la chance de le connaître.

Alors voici l'affaire. En ce mardi 29 mars 2011, je me lance dans cette entreprise : raconter mon histoire, faire justice au passé, faire la paix avec lui, comprendre.

Il vaudrait sans doute mieux que je commence par le commencement. Peut-être aurais-je dû le faire d'emblée, en ignorant le documentaire et ses effets. Ou alors en le résumant davantage. D'abord, je sais très bien qu'il est malsain de se servir de la vie d'autrui, de la mort bien réelle d'autrui pour expliquer ce qui a trait à la vie et la mort chez soi. L'échelle de la souffrance ne se compare pas. Mais même si je n'arrive pas bien à formuler en quoi ce documentaire est si important, je sais qu'il l'est ; d'une importance cruciale. Je dirai pour ma défense que je ne me suis pas complu dans les détails, rien n'est gratuit. Si vous le regardez vous-même, vous verrez qu'il est cent fois plus terrible, plus torturant que le récit que j'en fais. Mais j'essaie d'être fidèle à la vérité – autrement, à quoi bon ? Car dire la vérité, justement, parvenir à la vérité, ou du moins s'en approcher, c'est la seule chose qui compte pour moi, je crois. Or ma vie n'a été qu'un tissu de mensonges et de tromperies.

Le commencement, vous le verrez, a été à bien des égards la fin de tout.

MÉMOIRES DE LARA MOORHOUSE

Fuengirola

Nous n'avons pris des vacances en famille qu'une seule fois, en juillet 1985 ; c'était à Fuengirola, sur la Costa del Sol, en Espagne. J'avais eu douze ans cet été-là, mon anniversaire tombait d'ailleurs pendant le séjour. C'est là que tout s'est écroulé.

Alfie – qui avait donc sept ans et demi – et moi étions bien entendu excités comme des puces à la perspective de ce voyage depuis que notre père nous l'avait annoncé. Pendant des jours, nous n'avons plus parlé de rien d'autre. Je me rappelle un après-midi en particulier où nous étions en train de cabrioler dans le séjour en récapitulant toutes les grandes premières que ce serait : notre premier voyage en avion, la première fois que nous quitterions l'Angleterre – enfin pas pour moi, avais-je rectifié avec l'assurance pointilleuse d'une aînée imbue de ses prérogatives. Belfast, strictement parlant, ce n'était pas en Angleterre ; c'était sur une autre île, en tout cas. Quand on doit prendre l'avion ou le ferry pour aller quelque part, ça s'appelle bien quitter l'Angleterre. Or moi, j'y étais allée à Belfast, contrairement à lui. Par conséquent s'il quittait l'Angleterre pour la première fois, moi ce serait pour la deuxième.

Notre mère devait avoir entendu nos chamailleries parce que, avant que j'aie compris ce qui m'arrivait, elle m'a tirée par le bras – nous étions à plat ventre sur le tapis orange et marron du séjour en train de regarder une carte du monde à l'appui de mes dires – et elle m'a secouée par les épaules en serrant à me faire mal. Elle criait, son visage à quelques centimètres du mien, et je voyais son rouge à lèvres brique filer dans les minuscules sillons de sa lèvre supérieure.

« Tu m'entends ? » hurlait-elle. Je ne l'entendais pas ; j'étais trop interdite, trop abasourdie pour mesurer ce qui se passait. Ma mère était petite et frêle, c'était une femme réservée. Je peine à me rappeler trois ou quatre circonstances où elle nous aurait grondés un peu fort et je ne crois pas qu'elle nous ait frappés une seule fois, ni Alfie ni moi. Elle s'appelait Jane comme dans *Jane Eyre*, le roman préféré de sa mère, et la plaisanterie familiale voulait qu'elle soit tout aussi discrète, timide et tout aussi souris grise que le personnage central – elle me l'avait confié une fois, dans un instant d'abandon, et je ne risquais pas de l'oublier. Ce comportement – me tordre le bras, me faire mal, me crier dessus – était donc si paradoxal chez elle que je me suis tétanisée, engourdie. J'étais interloquée, je crois, et puis j'avais peur. Je n'y comprenais rien de rien. Qu'est-ce que j'avais donc commis de si répréhensible ?

« Tu me fais mal », ai-je réussi à dire. Je voyais une vilaine marbrure violacée s'étendre sur son cou et ses joues ; elle se propageait à ses tempes jusqu'à la racine de ses cheveux. Tout à coup, la pression de ses doigts s'est relâchée ; ses mains sont retombées inertes le long de son corps, et j'ai reculé. Nous nous sommes regardées un instant et elle, sans me quitter des yeux, a lancé à Alfie : « Va dans ta chambre. »

Il s'est carapaté sans demander son reste.

« Ne répète jamais – jamais, tu m'entends – que tu es allée en Irlande. Ni à Alfie, ni à personne, pas même à moi et encore moins à Papa. Tu m'entends, Lara ? »

J'ai répondu que oui.

« Tu me le promets ?

— Je te le promets. » J'étais sans doute au bord des larmes parce qu'elle m'a prise par la main, mais en douceur cette fois, pour m'entraîner sur le canapé avec elle.

« Je te demande pardon, ma petite fleur, je t'ai fait peur, hein ? Ce n'était pas mon intention. Seulement je n'aurais jamais cru que… enfin, que tu t'en souvenais, voilà. »

Elle me caressait la main, elle tirait sur mes doigts, les massait comme elle le faisait parfois, et moi, j'aurais préféré qu'elle me lâche.

« Comment ça se fait… ? » J'essayais de formuler ma question de sorte qu'elle ne remette pas le feu aux poudres. « … Pourquoi est-ce que…

— Quand tu seras un peu plus grande », m'a-t-elle expliqué. Et malgré les drames qui ont suivi, je peux dire que je ne l'ai jamais vue aussi triste. « Vous comprendrez quand vous serez plus grands, Alfie et toi. »

Elle avait l'air d'une vieille femme, tout à coup. En moins de temps qu'il ne lui en avait fallu pour prononcer ces mots, elle avait pris des siècles, des millénaires, et je sentais s'ouvrir entre nous un gouffre, un abîme qui ne devait jamais se combler. Il ne faudrait surtout pas que l'enfant sonde la profondeur du chagrin de son père ou sa mère. Cette image ne s'oublie pas, rien ne l'efface.

Elle a cessé de me caresser et, moi qui l'avais souhaité un instant plus tôt, j'ai trouvé ça insupportable. J'ai glissé ma main sous la sienne et, comme elle ne réagissait pas, je lui ai pris la main droite dans ma main gauche, et j'ai maladroitement tenté de lui soulever les doigts.

« C'est pas grave, Manman, lui ai-je dit en l'appelant par ce nom enfantin que j'avais cessé de lui donner dernièrement. C'est pas grave. Pas la peine de m'expliquer. C'est jamais la peine. » J'étais sincère, du reste. Je le lui disais avec l'énergie du désespoir, de tout mon cœur. Tant qu'elle avait recouvré ses esprits, et que nous pouvions faire comme si rien ne s'était passé – j'étais en train de négocier farouchement avec elle et avec moi-même –, je ne lui poserais jamais la moindre question, et je ne tenterais rien qui fasse resurgir dans son regard cette expression traquée, au fond de la douleur. J'ai blotti ma tête contre elle, entre son cou et son épaule. Je l'ai embrassée derrière les oreilles, plein de petits baisers doux que nous appelions des « baisers de fée », et je lui ai promis de ne plus jamais prononcer le mot Irlande et d'oublier – croix de bois croix de fer si je mens je vais en enfer – qu'on y était allées une fois.

Il pleuvait à Londres, le jour où nous nous sommes embarqués pour Fuengirola. Au lieu de doucher notre enthousiasme – une grosse pluie d'orage trempait nos pieds dans la raideur des sandales neuves et aspergeait de jus de trottoir la robe à fines bretelles que j'avais tenu à mettre –, le mauvais temps nous mettait en joie. La scène avec ma mère devait remonter à Pâques, il me semble, et l'été venu, j'avais pu retrouver une impatience sincère. Cette anticipation avait eu deux mois pour croître, deux mois affairés, dépôt de demande de passeports, achat de maillots de bain, de robes d'été, de sandales, de crèmes solaires variées et de baumes apaisants à l'odeur fraîche qu'on examinait chez le pharmacien. Et puis enfin, même si ce n'était pas la première fois que je quittais l'Angleterre, c'étaient mes premières vraies vacances, mon premier vol, notre premier séjour en famille au-delà d'un week-end prolongé à Brighton ou sur la côte du Suffolk. Je me souviens que je me répétais comme un mantra : On part tous pour les grandes vacances, et aujourd'hui encore, quand j'entends *We're all going on summer holiday*, cette maudite chanson, il faut que je change de station ou que je quitte la pièce. Bref, quand le grand jour est arrivé, Alfie et moi faisions des cabrioles dans la rue en poussant des petits cris, tirant-cognant nos valises toutes neuves, ressentant un malin plaisir à croiser le regard agacé des passants. La perspective d'être à la plage sur la Costa del Sol l'après-midi même nous était d'autant plus délicieuse que nous allions manquer l'école. Il restait en effet encore au moins une semaine de cours avant la sortie. Je ne sais pas comment notre mère avait réussi à persuader le directeur de nous laisser rater la fin du trimestre, et je me souviens que ma maîtresse, la grosse Mrs Ingle chargée d'ans et de kilos, n'était pas contente du tout.

Voilà près de dix minutes que je considère ces dernières phrases, le doute me saisit et m'habite. J'étais contente de rater la fin de l'année scolaire ? Voire. C'était ma dernière année d'école primaire, tout de même, et si la majorité de mes camarades passaient au collège dans le même établissement voisin, il en restait cependant pas mal qui n'y allaient pas. Les derniers jours seraient donc une série de goûters d'adieu avec, pour couronner les festivités, une distribution des prix solennelle, une «fin d'études primaires» où l'on jouerait les saynètes écrites et répétées par nous. La force du souvenir, près de trente ans plus tard, me donne à penser qu'au fond de moi je devais avoir l'impression de rater quelque chose. Il est en tout cas probable que je ne nageais pas dans une insouciance bienheureuse malgré les apparences. Peut-être que mes grandes démonstrations d'exubérance, contrairement à celles d'Alfie, n'étaient qu'une comédie à l'intention de ma mère qui, depuis l'incident autour de l'Irlande, était tendue, nerveuse, pas tout à fait semblable à elle-même. Ou alors c'était moi qui n'étais plus la même. Car si j'avais été sonnée sur le moment, j'avais repris mes esprits depuis. Je m'étais mise à remarquer malgré moi des détails qui jusque-là m'échappaient, à observer ma mère et mon père – mais surtout ma mère de très près quand je pensais qu'elle ne s'en apercevrait pas. Je traquais ses humeurs, ses expressions, les inflexions de sa voix. Peut-être pour me leurrer plus que pour la tromper. Comment savoir ? Je n'ai écrit qu'une poignée de pages et, déjà, il me semble impossible de pénétrer le passé, de lui être véritablement fidèle. On a beau s'user les yeux, on ne peut le voir que de l'extérieur, et il change du tout au tout selon l'humeur et les circonstances, le point de vue adopté. Il n'y a pas de signification unique, pas d'interprétation exacte bien ficelée. Rien que des peut-être et des si. C'est une chose que je ne savais pas. Quand je relis ce que j'ai écrit jusqu'ici, j'y vois un bricolage précaire plus qu'approximatif. Je vais tâcher d'être plus courageuse. Si ces événements n'étaient pas aussi improbables, trop sordides pour être vrais, j'en aurais volontiers fait un roman. On n'est pas miné par ce type de doutes quand on écrit de la fiction ; on maîtrise parfaitement ses personnages. On n'hésite pas, on ne tourne pas autour du pot comme quand on s'efforce de rendre la réalité et la vérité. Mais je l'ai dit, il n'y a déjà que trop de mensonges dans mon histoire.

Fuengirola, donc. Ma mère s'est soûlée dans l'avion. Ma mère buvait rarement, et jamais en solo. Elle buvait seulement quand mon père était là, pour l'accompagner. Il y avait toujours une bouteille de vin rouge, à la maison, et une autre de son whisky préféré (le Black Bush de Bushmills); elles lui étaient réservées, pour les jours où son emploi du temps ayant changé inopinément, il arrivait à l'improviste. Je n'avais jamais vu ma mère toucher à ces bouteilles en son absence. Or dans l'avion, elle s'est soûlée. Elle a commandé gin tonic sur gin tonic, je la voyais verser la mini-bouteille dans le tonic d'une main tremblante, puis descendre le cocktail en trois ou quatre gorgées. En commandant le premier, elle s'est cru obligée de se dédouaner auprès de l'hôtesse avec une plaisanterie tirée par les cheveux : nous avions déjà réglé nos montres à l'heure espagnole, si bien qu'il était une heure de plus, midi passé, heure « respectable » pour boire. Elle en faisait trop, j'étais au supplice. Elle n'était pas la seule à boire, les passagers devant nous avaient aussi demandé qui du gin-tonic, qui des mini-bouteilles de vodka et de whisky. Elle n'avait nul besoin de se justifier, c'était le plus sûr moyen de se faire remarquer. Au deuxième gin, elle a laissé tomber les prétextes, et au troisième, elle s'est servie elle-même en se penchant dans l'allée au passage du chariot. J'en étais mortifiée. Je me suis ratatinée sur mon siège en tentant de lire *Harriet the Spy*, en vain. J'étais obnubilée par ma mère. Elle déchirait avec ses dents le sachet de noisettes grillées, avalait le contenu, froissait le sachet dans sa main pour le lisser ensuite, le replier en un petit triangle rigide, qu'elle triturait alors pour le défaire. Elle manipulait son alliance, un joli *lover's knot* en argent, trois anneaux en un, avec lequel elle me laissait parfois jouer. Elle la faisait tourner, glisser jusqu'à la première phalange, avec retour au point de départ – j'avais envie de lui donner une tape sur la main pour qu'elle s'arrête. Elle s'était acheté un livre de poche pour le voyage, un gros pavé comme elle n'en lisait jamais, et elle ne l'avait même pas ouvert. Elle n'a pas non plus touché à son plateau, au suprême de poulet impeccable sur son rond de purée riche en beurre, au carré de haricots verts, au petit pain, à l'éclair au chocolat, chacun dans sa barquette en papier alu. À chaque bouchée que je mangeais, et dont elle s'abstenait, je sentais sous ma langue le goût de son désespoir imbibé de gin. Autre détail, elle n'avait pas retiré ses lunettes de soleil. Alfie et moi, je l'ai dit, avions absolument tenu à mettre nos vêtements neufs pour le voyage, moi ma robe blanche brodée de cerises, lui son short bleu et son tee-shirt avec un perroquet incrusté ; et nous avions l'un comme l'autre nos lunettes Mickey sur le nez et nos chapeaux sur la tête, moi un chapeau souple en paille tressée, lui une casquette de base-ball portée à l'envers. Nous ne nous étions donc pas étonnés de voir notre mère sortir de sa chambre avec ses lunettes et les garder jusque dans le métro et à l'aéroport. Dans l'effervescence du moment, médusés par les panneaux clignotants des destinations, le nom de ces villes exotiques et l'annonce des départs imminents dans les haut-parleurs, nez écrasé contre la vitre épaisse et sale du terminal pour voir les avions s'élancer au décollage ou pointer leur nez à l'atterrissage, nous étions trop absorbés pour remarquer qu'elle ne les avait toujours pas retirées. Mais maintenant, je le remarquais. Alfie, écartelé entre son nouveau *Beano* et le spectacle du hublot, ne s'apercevait de rien. J'ai accepté la friandise au gingembre que l'hôtesse me proposait, et puis j'ai fourré mon nez dans le sachet en papier réservé au mal de l'air.

C'est Alfie qui a vu notre père le premier. À l'instant où nous descendions la passerelle métallique vers le tarmac, pour nous plonger dans l'étrange chaleur épaisse et embaumée de cet après-midi espagnol. Derrière les vitres du terminal, un chapeau de cow-boy sur la tête, notre père nous faisait signe de la main. Alfie s'est mis à crier, il lui a fait signe à son tour, et il s'est faufilé dans la queue poussive, au milieu des jambes blanches et des sandales qui claquaient. Notre mère s'était arrêtée au grand dam des gens qui nous suivaient ; elle écarquillait les yeux pour voir la personne qu'Alfie montrait du doigt, elle se mordait la lèvre – elle venait de retoucher son rouge fuchsia – elle regardait par-dessus ses lunettes, paupières plissées au soleil.

« Il est là », a-t-elle dit à haute voix, mais sans s'adresser à moi. Nouvel indice qui ne m'a pas échappé sans que je le comprenne pour autant : pourquoi est-ce qu'il n'aurait pas été là ?

Mon père, le moment est sans doute venu de le préciser, était médecin, chirurgien plastique, et il travaillait beaucoup en Irlande du Nord. On y avait grand besoin de chirurgiens, à cause des « troubles », comme on disait, des attentats et des rotules explosées[1] dont on parlait parfois aux actualités, auquel cas ma mère éteignait le poste aussitôt. Il avait pris un vol Belfast-Malaga, il nous attendait à l'aéroport ; c'était convenu.

« Il est là », a-t-elle répété en me prenant la main pour gagner le terminal. Je me souviens qu'elle chantait une chanson bébête, laquelle, je ne sais plus. Ces vingt minutes interminables pendant lesquelles nous avons dû attendre nos bagages pour déboucher dans le hall des arrivées ont été la première et la seule fois de la journée où je l'ai vue détendue, à peu près dans son état normal. Parce que, quand nous avons passé les portes, il n'était pas là.

Nous avons vu l'homme que nous avions pris pour lui. De près, il ne lui ressemblait pas du tout. Il était de la même taille, il avait plus ou moins la même silhouette, mais son visage, qui n'était plus caché par le bord de son chapeau, n'offrait aucune ressemblance avec celui de notre père. Notre mère a sombré dans un profond mutisme, sans plus faire un seul geste. Moi, je me suis retournée pour gronder Alfie. Il était trop bête à la fin, notre père n'avait pas de chapeau de cowboy, est-ce qu'on l'avait déjà vu avec un chapeau sur la tête, d'abord ? Alfie a fait le dos rond ; il ne savait plus où il en était. Son regard passait de moi à l'homme qui n'était pas notre père, et ses yeux bleus étonnés se sont remplis de larmes. Moi, j'aurais voulu lui rentrer dedans, le bourrer de coups de pied, le piler. J'ai honte de le dire, mais j'ai failli le faire. J'ai levé mon poing serré, prête à le cogner, et là, ma

---

1. Les membres de l'IRA punissaient ceux qu'ils croyaient coupables de traîtrise en leur tirant dans les rotules (*NdT*).

mère est intervenue. Elle m'a attrapé le bras, l'a baissé, et m'a poussée vers une rangée de fauteuils en plastique. Puis elle a pris Alfie par la main, il pleurait à chaudes larmes, la morve au nez, et elle a hissé nos valises sur les sièges.

« Qu'est-ce qu'on va faire ? j'ai voulu savoir.

— On attend. » Elle me dévisageait comme si elle ne m'avait jamais vue.

« Où il est, Papa ? » sanglotait Alfie.

C'est alors qu'une dame, sans doute témoin de la scène, s'est approchée de nous. Elle nous a demandé dans un anglais teinté d'accent espagnol si elle pouvait nous être utile.

« Non, merci », a répondu ma mère en regardant droit devant elle.

L'Espagnole était aimable, le visage ouvert et le regard plein de gentillesse ; j'ai eu honte de l'impolitesse de ma mère.

« On attend mon père, j'ai expliqué. Il devrait déjà être là, son vol arrivait avant le nôtre, mais il n'est pas là.

— Lara ! a dit ma mère d'une voix qui devait paraître calme à une personne ne la connaissant pas.

— Ah, mais c'est terrible, ça, s'est exclamée l'Espagnole en faisant signe à un garçon – son fils, je suppose – qui se tenait à quelques pas. Sur quel vol était-il, votre mari ? a-t-elle poursuivi en s'adressant à ma mère. On va s'informer à l'accueil pour savoir si le vol a du retard ou si votre mari a pu le rater.

— Tout va très bien, a répondu ma mère d'une voix glaciale. Nous n'avons pas besoin de votre aide. »

Et moi j'ai balbutié : « Sur le vol de Belfast. »

Ma mère m'a fixée comme si j'étais coupable de haute trahison. Je m'en fichais, j'ai continué : « Il a dû quitter Belfast ce matin.

— Ah bon, il venait de Belfast, a dit la dame en se tournant vers moi. Tu connais le numéro de son vol ? »

J'ai fait « non » de la tête. La dame a débité toute une phrase en espagnol à son fils.

Ma mère s'est levée. « Nous n'avons pas besoin de votre aide et nous vous en dispensons, a-t-elle sifflé entre ses dents.

Il va falloir que je vous le dise combien de fois ? » La dame a eu un battement de paupières. « Mes enfants sont surexcités et épuisés. Ils ont mal compris quand je leur ai dit que leur père viendrait nous prendre à l'aéroport. En réalité, c'est nous qui devons l'attendre, il va venir nous chercher. Voilà l'explication du mystère, pas de quoi en faire un drame. » Elle a marqué un temps et regardé la femme derrière ses grosses lunettes de soleil qui masquaient toute expression ; elle ne les avait toujours pas enlevées. « Merci de votre sollicitude. »

Il y a eu un bref silence. Le regard de la dame est passé de ma mère à moi, puis s'est posé sur son fils. Il avait dans les seize dix-sept ans, des cheveux plats ramenés en queue de rat sur la nuque et des boutons d'acné gros comme des framboises sur le cou et le visage. Il était gêné. Il a marmonné quelque chose en espagnol. Elle lui a rétorqué une phrase.

« Bon... », a-t-elle conclu. Puis, après avoir ajouté un mot ou deux en espagnol, elle s'est éloignée.

Ni Alfie ni moi n'osions rien dire. Nous n'avions jamais vu notre mère réagir de cette façon. Nous nous sommes assis sur les sièges brillants en plastique moulé, et nous avons attendu.

Il ne venait pas, il ne venait pas, il ne venait pas. Comme Alfie avait trop peur pour demander la permission de se lever, il s'est fait pipi dessus. Une tache sombre s'agrandissait sur le fond de son short, et le pipi gouttait le long de sa jambe. Au bout d'un moment, l'odeur s'est fait sentir. Notre mère, assise immobile, le dos bien droit, ne s'en est pas aperçue. Moi, j'ai fait semblant de rien.

Je regardais les gens franchir en vagues successives les portes du hall d'arrivée. Des familles anglaises en voyage organisé, bras et jambes blancs comme des cachets d'aspirine, leurs sandales neuves déjà en train de leur faire des ampoules au talon. Les retrouvailles de couples d'Espagnols. De temps en temps, un homme d'affaires, cheveux bruns, lunettes de soleil. Je guettais notre père dans ces foules, sa belle tête carrée et large, qui dominerait la cohue. Parfois, pendant une fraction de seconde, je croyais apercevoir son dos ou entendre le son de sa voix. Il y avait trop de

« bonjour » dans l'air, tous grinçaient à mes oreilles. Après chaque fournée de voyageurs je fixais la sortie pour le cas où, comme ma mère l'avait dit, il serait venu nous chercher depuis l'extérieur plutôt que de nous attendre en nous ayant devancés. Je ne voyais pas pourquoi elle avait menti. Je connaissais leurs dispositions, ils les avaient prises devant moi. Il serait sur place à notre arrivée, c'était ce qu'il avait dit, mot pour mot.

Le filet d'eau qu'il restait dans ma gourde était tiède et il avait un goût de salive. J'avais envie d'aller aux toilettes moi aussi et, malgré moi, mon estomac gargouillait. Presque deux heures que nous attendions.

À six heures précises – ce devait être le délai qu'elle lui avait laissé en lui accordant encore dix minutes de grâce puis cinq, puis une seule – notre mère s'est levée en disant qu'il ne viendrait plus. Nous allions prendre un taxi et nous rendre au complexe hôtelier. Alfie et moi, on s'est affolés. Comment saurait-il que nous étions partis ? Et s'il lui était arrivé quelque chose ? Ma mère a ignoré notre feu roulant de questions.

« Venez », a-t-elle dit en attrapant sa valise et celle d'Alfie. Elle s'est mise en route, il nous a bien fallu la suivre. Elle avait sur elle une enveloppe de pesetas destinée à faire face aux urgences ; ça suffirait pour payer la course et tenir un jour ou deux. Notre père arriverait quand il arriverait. Malgré tout, son calme étrange et son sens pratique nous ont rassurés. Nous avons trottiné derrière elle sans plus discuter.

Je ne me souviens guère du trajet en taxi, sinon que ma vessie était prête à exploser. Il n'y en a pas eu pour plus d'une demi-heure mais je n'ai jamais eu aussi peur, un tel sentiment d'impuissance. Nous filions dans le soir, glaces baissées ; le vent d'Espagne, tiède, qui ébouriffait mes cheveux, la techno que le chauffeur faisait brailler, tout m'était étranger ; tout allait de travers.

Quand nous sommes parvenus dans les environs de Fuengirola, et que le taxi nous a déposés devant la réception de la résidence de vacances où nous descendions, je me suis précipitée aux toilettes. À mon retour, nous étions enregistrés, on nous avait remis les clefs de notre appartement et ma mère avait un drôle de sourire aux lèvres. Notre père avait laissé un message à la réception, nous a-t-elle expliqué, un message pris au stylo-bille et consigné au dos d'une vieille facture. Il était désolé, il n'avait pas pu venir nous chercher, les contretemps du voyage, il espérait bien nous rejoindre demain, ou après-demain. Nous n'avions qu'à nous installer, nous détendre et profiter des vacances. Le lendemain à neuf heures, il appellerait notre mère à l'accueil.

Tout aurait donc dû s'arranger, mais il n'en a rien été parce que nous étions trop fatigués, trop sous pression. Nous avons suivi notre mère et l'employée qui nous a fait faire le tour du complexe et la visite de notre appartement, un rez-de-chaussée. Il y en avait une cinquantaine de semblables, qui s'étageaient tout blancs, on aurait dit une pièce montée. Ils entouraient une grande piscine en forme de huit, la boucle du haut constituant le petit bain pour les enfants et celle du bas, plus vaste, le grand bain réservé aux adultes, avec un pont en ciment au milieu, pareil à une ceinture.

En écrivant ces lignes, la blague favorite d'Alfie à l'époque me revient subitement : « Que dit le zéro au huit ? — Sympa, ta ceinture ! » Son livre de chevet était un poche qui devait s'appeler quelque chose comme *Rions un peu*. C'était un recueil destiné aux enfants. « Que dit le feu rouge à la voiture ? — Ne me regarde pas, je me change. » « Docteur, docteur, les gens m'ignorent tout le temps. — Patient suivant, s'il vous plaît. » « Comment le singe fait-il rôtir ses tartines ? — En les plaçant sous le gorille. » Ce livre faisait partie des cadeaux que notre père nous rapportait le jeudi, le jeudi étant souvent le jour où il rentrait de ses interventions en Irlande. Alfie l'avait lu et relu avec application de la première à la dernière page au point qu'il avait fini par savoir par cœur les blagues qu'il redirait à Papa. Il n'était pas bon en lecture ni en orthographe et il lui fallait souvent nous demander, à ma mère ou à moi, de lui expliquer l'histoire et pourquoi elle était drôle. Je le revois encore, son petit visage menu, ses pâles sourcils froncés, penché par-dessus le garde-corps du lit d'en haut, essayant de comprendre le jeu de mots entre grill et gorille. Certes, ce détail n'est guère pertinent par rapport à mon histoire, ou du moins par rapport au fil de Fuengirola que je suis en train de suivre. Mais j'ai trop souvent l'impression que, dans les romans, les souvenirs des personnages arrivent en vagues unies et lisses, dans une parfaite harmonie quasi musicale. Alors que dans la réalité, tel celui que je viens d'évoquer, ils vous tombent dessus, abrupts, décousus, avec leur intensité, leur incandescence, flashes surgis de rien. Je pourrais effacer ces lignes et poursuivre mon récit là où je l'ai laissé, c'est-à-dire au moment où la réceptionniste nous introduisait dans notre appartement. *Sans même nous disputer pour savoir qui dormirait dans quel lit, sans nous regarder, nous nous sommes mis à attendre Papa.* Pourtant, ce détail, il me semble juste de le garder, pour insignifiant qu'il paraisse. Il n'a pas la même importance que le documentaire sur Tchernobyl ; disons que c'est une pierre semi-précieuse ; le seul fait d'écrire l'a fait revenir, fantôme de lui-même. Ahlberg. Janet et Allan Ahlberg, qui avaient écrit, outre le recueil d'histoires drôles en question, les livres pour enfants que nous aimions tant, ainsi qu'une histoire de gendarmes et de voleurs. C'est notre père qui nous la lisait, celle-là. Je le revois, et je l'entends, aussi, les rythmes et les rimes coulant comme du sucre filé dans son parler de Belfast rocailleux qui savait se faire suave. Je n'avais pas réalisé que je m'en souvenais. Je n'avais pas réalisé que j'avais oublié. Sa voix est là, comme par enchantement, dans ma tête, aussi réelle que si je l'entendais en vrai. C'est drôle, comme les voix ou le souvenir qu'on en a se conservent intacts, désincarnés, et résonnent tout à coup dans les salles dérobées de notre mémoire, ou de notre cœur.

Tout à coup, je découvre que je ne veux plus écrire, plus parler de mon père et de ce qui doit suivre.

Le cimetière de Brompton

Début mai, un ciel d'un bleu profond, inaltérable. Quartier libre aujourd'hui, puisque j'ai travaillé pendant le pont. J'avais l'intention de faire la grasse matinée, mais les pigeons qui se bousculent sur la corniche de ma fenêtre et grattent le ciment dans leurs conciliabules m'ont réveillée à l'heure habituelle, tout juste avant sept heures. La chambre manquait d'air, le grand jour transperçant déjà le frêle rempart des stores. Il suffit d'entrouvrir la fenêtre pour que pénètrent du duvet de pigeon, des pellicules de crasse montées du trottoir, avec l'odeur, et le claquement des pas sur la plaque métallique. Alors je me suis levée, et je suis venue ici, au cimetière de Brompton, avec un gobelet de café et mon carnet de notes.

Je ne me rendais pas compte que je prenais cette direction jusqu'à ce que j'aie dépassé Hammersmith, l'hôpital de Charing Cross, pris Fulham Road, puis à gauche dans Lillie Road vers Normand Park. Tout en longeant ces vieilles rues familières, je me disais sans doute que j'allais vers le fleuve, faire quelques pas sur le Mall. Regarder les rameurs matinaux tirer sur les bras en remontant le courant puis effleurer l'eau à la descente, ou bien les récupérateurs, qui piétinent les bancs de boue malodorants dans leurs bottes d'égoutiers, avec leurs sacs et leurs pinces de préhension. Trouver un banc, écouter les mouettes et m'étonner, comme je le fais toujours, que leur bec soit si crochu, si cruel, leur œil rond si vide, et qu'elles soient si énormes vues de près, à l'atterrissage. Peut-être pousser jusqu'à Chiswick, avec ses maisons droit sorties d'un conte, où les roses vagabondes grimpent à l'assaut des perrons pastel, ses jardins privés verrouillés sur les rives, et puis Chiswick Eyot, îlot où l'on accède à marée basse et qui était encore habité jusqu'à une date récente, paraît-il. Ces derniers temps, depuis Jeremy, du moins, c'est là que je passe mes jours de liberté. Marcher le long de la Tamise a des vertus apaisantes, c'est un rituel, ce fleuve toujours recommencé. Et pourtant aujourd'hui, c'est ici, au cimetière de Brompton que je suis arrivée sans le vouloir tout à fait, consciemment du moins.

Plus d'un mois que j'ai entamé ce récit des vacances à Fuengirola. Tant de souvenirs me sont revenus avec une vivacité douloureuse que j'ai cru ne pas tenir le coup. J'ai continué à accompagner Mr Rawalpindi au cours du soir du Centre culturel irlandais, ce qui rendait réalisable l'idée d'écrire mon histoire – mais je me suis mise au fond de la salle sans rien consigner et quand le professeur m'a prise à part, lors d'une pause, et m'a demandé si tout allait bien, je me suis contentée de hausser les épaules : moi, je ne venais pas pour écrire, je n'étais que l'auxiliaire de vie. Je me suis juré de ne plus écrire une ligne. Où avais-je la tête, quand j'ai pris ces résolutions grandioses après avoir vu L'Effet Tchernobyl ? Avec quelle sincérité désespérée j'ai pu croire que mes griffonnages fébriles allaient me sauver la vie ! J'en ai honte. J'étais à cran, voilà. Le salut par l'écriture : tu parles ! Et pourtant me voici, carnet en main, prête à poursuivre ce récit. À croire qu'il est entré en ébullition dans mon être et menace de déborder. Il faut bien que je le contienne. À croire qu'une fois lâchée la bride aux souvenirs, ils refuseront de disparaître. Il faut donc que je les écrive, que je les cloue à la page, que je les piège aux rets des mots, pour les empêcher de venir me hanter la nuit en battant des ailes autour de ma tête.

Voilà bien longtemps que je ne suis venue, des années peut-être, je ne sais pas, mais l'endroit ne change pas. Comme quand nous étions petits, j'ai les lieux pour moi toute seule en ce mardi matin anonyme, si l'on excepte quelques homos venus draguer, des étrangers surtout, de type italien, lunettes-miroirs et chemises ultra-moulantes en tissu luisant. Je suis sûre qu'il n'y en avait pas autant, à l'époque, ou alors ils étaient plus furtifs, à moins que nous n'y ayons pas fait attention. Le monde des adultes et celui des enfants coexistent, ils se chevauchent et se superposent, mais en toute étanchéité.

Le cimetière de Brompton, c'est là qu'on venait jouer avec Alfie les soirs d'été, les samedis et pendant les vacances scolaires. Papa rentrait à la maison le jeudi matin, pas tous les jeudis mais au moins un sur deux, et, en principe, il passait le week-end avec nous jusqu'au dimanche midi, sauf les fois où tout allait si mal en Irlande qu'il lui fallait y retourner tout de suite ou par le vol du samedi matin. Je crois qu'il consultait le jeudi, et opérait le vendredi. Je regrette de ne pas en savoir plus long, mais quand on est enfant, on ne s'intéresse que de loin à ce que fait son père. Lorsqu'il y avait des complications, une plaie qui cicatrisait mal, un opéré à surveiller de près, il restait quelques jours de plus à Londres – rare aubaine pour nous. Les interventions complexes, celles qui requéraient sa présence pour les soins post-opératoires qu'il ne pouvait déléguer aux infirmières ou aux médecins attachés à la clinique, il les plaçait en août ou pour Pâques, auquel cas il restait une quinzaine de jours voire plus parmi nous. Sa clinique était l'une des plus réputées de Harley Street, avec son groupe de chirurgiens et d'infirmières libérales. Comme lui, beaucoup exerçaient aussi ailleurs et recevaient leur clientèle privée sur place une partie de la semaine. Je me souviens d'avoir entendu ma mère dire que les chirurgiens de Belfast passaient pour les meilleurs du monde. Entre les blessures par balle, par batte de base-ball et les victimes d'attentats, il faut avouer qu'ils ne manquaient pas de pratique ; inutile de préciser que nous n'en savions rien à l'époque. Mais nous savions tout de même que la clientèle esthétique, celle qui voulait se faire refaire le nez, rétrécir le front ou lifter le visage selon les dernières techniques venait à Harley Street prendre rendez-vous avec un chirurgien de Belfast.

Compte tenu de tous ces éléments, les « Troubles », les contraintes d'une clientèle privée, il est bien compréhensible qu'il ait eu envie de se retrouver en tête à tête avec notre mère. Il nous donnait donc de l'argent, de quoi prendre le bus et aller au cinéma s'il pleuvait, ou encore une mine d'or pour acheter des bonbons et des bandes dessinées chez Mr Patel. Une mine d'or, c'était son mot. Il avait le sens de la formule, mon père. Il parlait comme un livre, il avait du bagout. Les jours où il faisait beau, on se bourrait les poches de Refreshers pour Alfie et de Curly Wurlys pour moi et puis on couvrait la courte distance qui nous séparait de la porte nord du cimetière, au carrefour entre Eardley Crescent et Old Brompton Road. Ceux qui ne connaissent pas l'endroit vont s'étonner qu'on ait envoyé des enfants dans un cimetière. Nous, on adorait. C'était notre terrain de jeux, le décor de nos aventures rocambolesques, il m'inspirait les histoires de fantômes que je racontais à Alfie. Il nous fournissait une source inépuisable de jeux divers et variés : courses entre les colonnades, parties de cache-cache derrière les pierres tombales et les mausolées, stratagèmes pour apprivoiser un rouge-gorge ou un écureuil ; recherche de la tombe du chef indien Long Wolf qui était mort en Angleterre lors d'une tournée du spectacle de Buffalo Bill ; découverte du plus vieux mort du cimetière (Alice McKenzie, qui avait vécu jusqu'à l'âge de cent un ans, de 1852 à 1953) et du plus jeune (la petite Eliza Gray qui n'avait pas atteint l'âge de six mois en 1897). Je me les rappelle sans même avoir besoin de regarder les tombes. De même que les légions de jeunes soldats tués lors de la Charge de la brigade légère, les tristes monuments dédiés à ceux « tombés au champ d'honneur » et dont les corps reposaient, anonymes, à Lempire ou dans la Somme. Ils nous fascinaient. Je crois que si Alfie a tout de même fini par savoir lire – il a eu, de tout temps, de grosses difficultés scolaires –, c'est parce que je lui ai appris à reconnaître les noms et les dates sur les pierres tombales.

Ce n'était pas morbide, voilà où je veux en venir, je crois. On s'amusait bien, au cimetière. Les samedis où un match se jouait à domicile, on allait s'asseoir sous la pile est de Stamford Bridge, qui s'élève comme une araignée métallique au-dessus des catacombes et de la basilique en miniature, et on essayait de deviner le score d'après les braillements du public et les chants. Je pariais contre Alfie que tel ou tel avait marqué ou failli marquer, et je le faisais enrager méchamment. Pauvre Alfie, qui n'a jamais pu voir jouer son équipe : notre mère avait horreur du football et notre père était supporter de Manchester United. La malchance le vouait à être écartelé entre l'équipe que ses copains supportaient – celle dont il pouvait quasiment voir le stade de nos fenêtres – et celle qui avait la faveur de son père. Elles n'étaient pas encore les rivales irréductibles qu'elles sont aujourd'hui, mais quand même. Papa lui avait acheté un maillot de Manchester Utd pour un de ses anniversaires, je crois, avec le nom de George Best dans le dos. Alfie ne l'a jamais porté, sauf le jour où Papa le lui a offert, pour le lui montrer quand il a ouvert son cadeau. Circonstance aggravante, George Best était parti dans l'équipe de Fulham, notre ennemie jurée. Alfie avait peur que Papa s'aperçoive qu'il ne le mettait jamais – il était inquiet de nature, Alfie, quelque chose de terrible – mais Papa n'a rien vu. Après sa mort, Alfie s'est mis à dormir avec le tee-shirt jusqu'au jour où notre mère a décrété que ce n'était pas hygiénique – et on ne l'a plus revu.

Tous ces souvenirs qui rejaillissent, s'entassent, se bousculent dans ma tête, en allument d'autres à leur étincelle. Et puis maintenant. À l'orée de midi, aujourd'hui comme hier, les taches de soleil, les ombres qui voltigent, les orties envahissantes, les pissenlits, les herbes hautes et luxuriantes, l'odeur aigrelette du persil et celle, suave, du trèfle. Assise au bout de la colonnade, adossée à la pierre tiède, j'écoute le craquement infime des insectes dans l'herbe, les chants d'oiseaux. Ce pourrait être hier, les temps se superposent, une fois de plus. Le merle que je regarde sautiller d'une pierre tombale à une autre, effondrée, les tourterelles qui se rengorgent et paradent, qui vont s'éclabousser dans la flaque, sous le robinet de la fontaine. Si je ne me retourne pas, il me vient subitement à l'esprit que je pourrais me sentir courir dans mon propre sillage, mes tennis claquent, dérapent sur les dalles, je suis tout essoufflée, je ris, arrivée au bout de la colonnade je fais demi-tour et repars à toute vitesse.

Les mots sont traîtres. Je vois pourquoi les gens s'en sont toujours méfiés, comme de ceux qui savaient les manier. Dans les temps anciens, cette habileté passait pour de la magie noire. Parler du documentaire sur Tchernobyl m'a remplie d'une peur bizarre et incontrôlée – mais m'a donné un pouvoir, aussi. Écrire sur Fuengirola a fait naître en moi diverses émotions, pas toutes heureuses, peu d'entre elles bienvenues. Pendant que j'écrivais les phrases précédentes et maintenant que je les relis, c'est comme si j'avais le pouvoir de faire revenir l'enfant que j'étais. J'ai beau savoir qu'il n'y a rien ni personne sous les arcades, derrière moi, j'ose à peine tourner la tête. J'ai peur d'y voir cette fillette de dix ans, et tout aussi peur de ne pas l'y voir.

Si j'étais magicienne ou shaman, coutumière des allers-retours entre les mondes – vu ça à la télé, hier, en fin de soirée –, j'aurais des talismans, des grigris, des objets qui me rattachent au réel, qui me ramènent si je m'égarais. Des pierres, des perles ou des amulettes, des plumes ou des figurines. Moi, j'ai un gobelet de chez Starbuck vide, avec un peu de mousse au fond, et un papier gras roulé en boule de chez Greggs, qui a contenu mon croissant à la tomate et au fromage, ainsi qu'un stylo-bille bleu bon marché qui a rendu l'âme au bout d'une phrase. Je les consigne dans mon récit, je m'oblige à les y consigner, pour m'ancrer au réel. Parce que raconter une histoire, c'est voyager d'un monde à l'autre, ouvrir des portails entre passé et présent ; il ne faut pas que je m'y perde. Que je me laisse détourner par des fantômes qui m'interdiraient le retour. Des portails entre deux mondes, image bien grandiloquente direz-vous, mais c'est ce que j'ai ressenti ces dernières semaines, quand les souvenirs me taraudaient comme une fièvre. J'ai commencé, j'ai ouvert les vannes, il faudra donc que je finisse. Je vais rentrer chez moi, me mettre à l'ordinateur, et plonger aussitôt dans la seconde partie de ces vacances à Fuengirola ; et il ne faudra pas que je m'arrête avant d'avoir tout dit.

Le parc aquatique

C'était le cinquième jour de notre semaine en Espagne. Pour des vacances, nous avions trouvé les journées lentes et le temps long, à cause de la situation de suspens, d'attente et d'inquiétude qui était la nôtre. On s'était fait des copains sur place, on écumait la résidence en jouant à des tas de jeux et en flanquant une aimable pagaille. On mourait d'envie d'aller à la plage, toute proche par la navette, mais on n'osait pas ; on avait peur de rater l'arrivée de notre père ou ses coups de fil. Alors on traînait dans la résidence, on prenait nos habitudes. Il y avait une petite boutique qui vendait des matelas pneumatiques, des produits solaires, des glaces et des boissons, des *Daily Mail* vieux de la veille que je feuilletais à la recherche des nouvelles de l'Irlande du Nord – ainsi que du pain et des croissants, nous allions en acheter tous les matins, Alfie et moi, pour le petit déjeuner que nous prenions tous les trois. Ensuite, on mettait nos maillots et notre mère nous tartinait de crème solaire, puis on allait batifoler dans la piscine jusqu'à ce que le soleil de midi soit trop fort. On déjeunait d'un sandwich ou d'une omelette-frites au bar ; l'après-midi on retournait à la piscine ; il y avait des soirées disco et karaoké réservées aux enfants, et des soirées à thème pour tout le monde. Notre mère se tenait à l'écart de ces activités. Elle s'installait dans un transat, sur le carré d'herbe rêche devant l'appartement, parfois avec son livre, d'autres fois allongée sans rien faire. Elle nous parlait rarement, même à table. Quant à nous, nous restions auprès d'elle le strict minimum de temps, je l'avoue à ma grande honte. Elle nous faisait peur, je crois, avec ses yeux cernés, et cette façon qu'elle avait d'émietter son croissant, d'en faire de petits tas de particules grasses.

Et toujours pas de Papa.

Chaque matin, à neuf heures, notre mère lui parlait et, chaque jour, il lui disait qu'il espérait bien arriver le lendemain. On était à la veille du 12 juillet, haute saison des manifestations en Irlande. Des émeutes éclataient, avec jets de pierre et de bouteilles cassées, cocktails Molotov ; les médecins hospitaliers, et les chirurgiens en particulier, devaient rester à disposition. Il y avait un téléviseur au club ; Alfie et moi nous glissions en douce pour regarder les actualités, et surveiller si les choses tournaient aussi mal qu'on le redoutait, mais il n'y avait que du football et des émissions de jeux en boucle. Le troisième jour, j'ai accompagné ma mère à l'heure du téléphone et elle m'a passé le combiné ; j'ai supplié mon père d'arriver à temps pour mon anniversaire. Sa voix s'est brisée au bout du fil, il a promis-juré de faire son possible. Je mourais d'envie de lui demander si tout allait si mal qu'on le disait là-bas, mais je sentais la présence de ma mère derrière moi, pressée de reprendre l'appareil, et je n'ai pas osé. Elle avait une sainte horreur qu'on parle des Troubles, euphémisme grotesque en usage à l'époque. Si l'on ne connaissait l'Irlande du Nord qu'à travers ces reportages, il était impossible de croire que des gens y vivaient, vaquaient à leurs occupations quotidiennes – faire des sandwichs pour midi, rincer leur bol de céréales, passer la serpillière, aller chez le coiffeur, prendre la météo du week-end. J'y pensais souvent. Il y avait des enfants qui vivaient là-bas, des enfants comme Alfie et moi ; ils allaient à l'école, ils avaient horreur de ça, ils balançaient leur uniforme par terre en rentrant le soir, on les grondait en leur enjoignant de les ramasser ; ils mangeaient des tartines de confiture, regardaient *Super Ted* et *Bananaman*. Les Pound Puppies, les Robots Transformeurs, les Cabbage Patch Kids, ils les avaient, eux aussi. Ils entendaient leurs parents regarder *Blind Date*. Ils faisaient germer du cresson sur leur fenêtre. Or les reportages ne montraient que des chiens qui grognaient, des policiers sans visage en uniforme antiémeute, des carcasses carbonisées de bus ou de voitures, voire de boutiques, des cagoules et des armes à feu, avec les visages décomposés et hagards des familles de victimes. Pourtant derrière tout ça, il y avait des couches entières d'autres vies, des vies comme la nôtre. Chez nous, on n'en parlait pas, jamais, si bien qu'il m'arrivait d'y penser des jours durant.

J'ai lentement rendu l'appareil à ma mère, qui l'a pris à deux mains comme un objet précieux et l'a collé à son oreille, avec un geste impatient pour m'écarter. J'ai tout de même eu le temps d'entendre sa voix se briser à son tour (tout comme celle de mon père et la mienne) lorsqu'elle a supplié Papa d'être là pour mon anniversaire.

Nous avions terminé notre petit déjeuner et nous apprêtions à partir à la piscine. Il devait être huit heures et demie-neuf heures moins le quart – pas encore le moment du coup de fil. Notre mère avait enduit Alfie de crème solaire et c'était mon tour : j'étais là dans mon deux-pièces rose et jaune, dégageant ma maigre queue-de-cheval d'une main, et serrant le dossier du canapé de l'autre pour ne pas faire des bonds chaque fois que je sentais une noisette du produit froid sur ma peau. Notre appartement se trouvait au rez-de-chaussée, je l'ai dit. Il donnait de plain-pied sur un petit patio en terre cuite et une pelouse. Alfie s'était accroupi pour observer un lézard dans la bougainvillée, à côté du muret de pierre, et tout à coup, le voilà qui fait un bond et s'immobilise un instant puis prend ses jambes à son cou et disparaît. Je me tortille pour voir ce qui se passe, et ma mère me dit de ne pas bouger, lorsque Alfie se met à crier : Papa, Papa, Papa ! Ma mère et moi, on se regarde une seconde. Mais cette fois, c'est autre chose. Je jaillis de l'appartement comme un diable de sa boîte, et je me mets à courir tout enduite de crème, me fichant pas mal de sentir l'herbe rêche et les cailloux sous mes pieds nus. Il est là ! Alfie est déjà pendu à son cou, jambes accrochées à sa taille, moi je m'élance vers lui à mon tour, et nous voilà emmêlés les uns dans les autres, riant à perdre haleine. Dans mon allégresse, mon soulagement aussi de le voir enfin, je n'ai pas fait attention que notre mère a tourné le coin et qu'elle s'est arrêtée non loin de nous dans son peignoir, les cheveux en bataille, pas maquillée.

« Patrick, dit-elle, et puis encore : Patrick ? »

Nous cessons de pousser des cris de joie, Papa décroche les jambes d'Alfie, il le laisse glisser par terre. Il s'éclaircit la gorge et fait quelques pas vers elle.

« Hello, Jane », dit-il.

Un instant plus tard, ils sont dans les bras l'un de l'autre. Notre père était un grand costaud qui mesurait son mètre quatre-vingt-cinq, large d'épaules avec ça, et notre mère un petit bout de femme pas plus grosse qu'un moineau. Il l'étouffe dans ses bras, l'engloutit, la décolle du sol dans la force de son étreinte. Alors Alfie et moi, on court vers eux, aimantés par leur champ magnétique. On devait avoir l'air d'une famille heureuse.

Leur étreinte s'est desserrée. Nous sommes retournés à l'appartement, Alfie et moi étourdissant notre père de paroles, la piscine, les lézards, il a vu comme on est noirs ? Et de tirer sur nos maillots pour lui montrer la marque du bronzage. Sitôt rentrés, nous nous sommes jetés comme des perdus sur le cabas en toile qu'il transportait, nous l'avons solennellement posé sur la table de cuisine en manquant casser la fermeture Éclair dans notre hâte à l'ouvrir. Notre père nous rapportait toujours des cadeaux à ses retours d'Irlande. Cette fois, c'était de la camelote, deux ânes coiffés de sombreros et deux tee-shirts fluo, un rose et un vert, qui portaient l'inscription *Welcome to Marbella* ! Pour notre mère, il y avait une bou-teille de liqueur à l'amande juponnée de paille façon paysanne. C'était le genre d'articles qu'on avait vus au maga-sin de la résidence, et partout dans les huit ou dix boutiques de souvenirs bordant la rue, en face. C'était le genre d'articles qui nous avait fait envie le premier jour, mais notre mère nous avait dit qu'il ne fallait pas gaspiller son argent sur ces bêtises. Nous avons bien essayé de dissimuler notre déception, mais notre père s'en est rendu compte. Il n'y avait même pas de papier cadeau autour. Quand on a essayé les tee-shirts, le mien était trop serré et Alfie flottait dans le sien.

« Je n'ai pas pu faire mieux », a expliqué notre père avec un coup d'œil à notre mère.

Elle n'a rien dit.

« Écoute, ma petite chérie, a repris mon père en se tournant vers moi, je ne vais pas te raconter d'histoires, je te dis tout de suite que je n'ai pas ton cadeau d'anniversaire avec moi. Ça devra attendre, d'accord ? Attendre notre retour. »

J'ai hoché la tête et j'ai souri.

« Ça fait plaisir de te voir, Papa, c'est l'essentiel. » J'étais sincère et j'ai cru que le dire arrangerait les choses, mais il s'est ensuivi un drôle de silence.

Notre père a retrouvé ses esprits le premier. « Bon, et maintenant, qu'est-ce qu'on fait, aujourd'hui ? J'ai une idée, enfin, on va voir ce que vous en pensez, vous autres. On pourrait aller dans un parc aquatique, qu'est-ce que vous en dites ? »

Inutile de préciser que cette proposition a fait oublier tout le reste, et nous nous sommes mis à caracoler autour de lui en poussant des cris.

« Il y en a un tout près, sur la côte », a-t-il précisé à notre mère. Elle lui a répondu, mais je n'ai rien entendu de leur conversation parce que Alfie et moi nous étions rués dans notre chambre pour aller chercher tee-shirts, shorts, sandales et masques.

Quand nous en sommes sortis, nos parents s'embrassaient et notre mère pleurait.

« Tu pleures, Maman, pourquoi tu pleures ? a demandé Alfie.

— Je ne pleure pas », a-t-elle rétorqué, et pourtant elle pleurait ; nous avions vu notre père prendre son visage entre ses mains et chasser ses larmes du bout du pouce comme on le ferait avec un enfant.

« Allez, Maman, lui ai-je lancé – avec une cruauté qui me semble rétrospectivement dictée par la peur comme lorsque mon estomac sombrait dans l'avion, ou bien lorsqu'elle m'avait fait promettre de ne jamais dire à Papa qu'on était allées en Irlande. On n'attend plus que toi, tu retardes le mouvement. »

Le parc aquatique nous a paru l'endroit le plus fabuleux que nous ayons jamais visité. On voyait les grandes spirales bleues des tunnels à près d'un kilomètre, et à mesure que la voiture s'en rapprochait, on entendait les piaillements et la musique, et on sentait l'odeur décolorée du chlore.

Voici que ma mémoire ralentit. Je veux me rappeler ces instants, les retenir jusqu'au dernier, nous retenir nous-mêmes, aussi longtemps que possible. Lancer mon filet de mots autour de nous, et serrer fort. La fraîcheur et l'humidité des vestiaires, le sol en ciment qui glissait sous mes pieds. Le ballot de mes vêtements fourré dans le casier partagé avec ma mère, moi sautant d'un pied sur l'autre pendant qu'elle défaisait ses sandales et pliait son cafetan, le tout avec un soin et une précision excessifs en la circonstance. Claquer la porte en tôle du casier, tourner et retourner la clef pour la sortir, au bout de l'élastique épais qui perdait sa couleur. Le pédiluve verdâtre, chaud et glaireux comme de la salive, le jet tiédasse des douches obligatoires. Papa et Alfie qui nous attendent déjà, l'homme des bois velu et son petit piaf de fils, un accès de pudeur subite devant la virilité de mon père, les touffes de poils noirs sur sa poitrine, lissés par l'huile mais rebiquant déjà, la forêt de poils sur le haut de ses bras, et dans son dos. Je ne l'avais jamais vu, ne me souvenais pas de l'avoir vu ainsi, dans la nudité de sa chair. Un coup de vent m'a fait frissonner et j'ai serré ma serviette contre mes seins à la veille de bourgeonner, intimidée, tout à coup, embarrassée de mon corps. Papa a pris la main de Maman et nous nous sommes mis en route tous les quatre sur le sentier rougeâtre au grain irrégulier, pour nous diriger vers le snack-bar où des palmiers et des parasols en rotin donnaient un peu d'ombre, puis vers le bassin réservé aux tout-petits, où des pingouins et des éléphants plus grands qu'eux crachaient de l'eau par leur bec ou leur trompe, jusqu'aux rangées de bains de soleil d'une blancheur éblouissante. Nous avons marqué notre territoire en rapprochant quatre transats sur lesquels nous avons étalé nos serviettes. Visiblement nos parents n'étaient pas pressés d'essayer les attractions avec chambres à air ou les grands huit aquatiques. Ils avaient envie de boire un café, de se faire bronzer, de bavarder. Alfie et moi, on était déchirés entre le désir de rester avec eux, d'être avec notre père, et l'appel des attractions. Alfie était trop petit pour certaines, et d'autres portaient le panneau Interdit aux enfants de moins de douze ans non accompagnés. Mais nous pouvions monter sur les toboggans et nous baigner dans la piscine à vagues. Je le sentais bien, notre mère était impatiente de nous voir partir. Elle nous a conduits aux toboggans, nous a dit de ne pas nous séparer pour que je puisse veiller sur Alfie, puis elle nous a promis que, si nous revenions dans une heure, elle et mon père nous emmèneraient aux attractions pour les grands – le Trou noir et Kamikaze, par exemple.

Nous voilà donc envolés. Qu'il était bleu, ce jour ! Bleu le ciel, bleus les toboggans ; l'eau des piscines était du plus bleu des bleus. Il était encore tôt, onze heures du matin, peut-être, dix heures et demie, mais déjà le soleil cognait en ondes successives presque visibles, et le sol caillouteux chauffait sous les pieds. Il fallait faire la queue pour monter sur les toboggans mais elle avançait assez vite. Les animateurs, blasés sous leurs casquettes de base-ball, les membres tannés, étaient experts dans l'art de dispatcher des gamins qui poussaient des petits cris. Il y avait quatre toboggans solidaires ; Alfie et moi, on a pris les deux du milieu. Je nous revois, accrochés à la mince perche de métal, résistant au ruissellement qui nous poussait jusqu'à ce qu'on nous donne le signal du départ. Je sens encore mon estomac sombrer lors de la première descente à pic, je rebondis d'un bord à l'autre, et j'atterris enfin dans une gerbe d'écume. Nous ressortons en braillant et en crachant comme des gargouilles, cheveux plaqués sur la tête, oreilles bourdonnant de lents échos. Les animateurs nous crient de dégager l'arrivée du toboggan et nous regagnons le bord en nageant à la chien ; nous escaladons la margelle, nous secouons la tête en déglutissant pour déboucher nos oreilles ; moi, je tords ma longue queue-de-cheval pour l'essorer, et puis nous nous prenons par la main, et nous courons recommencer, encore et encore.

Une heure et plus s'écoule sans qu'on voie le temps passer. Il y a davantage de monde, maintenant, la queue est plus longue, la musique a augmenté de volume. Nous retournons en courant auprès de nos parents. Car il faut presque courir, à présent, lever les pieds très haut, tant le sol est brûlant au soleil de midi. Nos parents se sont assis dans leurs transats, mains en visière pour se protéger du soleil, ils nous cherchent. Papa a posé son autre main sur la nuque de Maman, et il la serre. Il a des doigts magnifiques, longs, délicats, effilés, qui semblent incongrus sur sa vaste carcasse, comme si on lui avait greffé ceux d'un autre, des doigts de pianiste, des doigts d'artiste. J'en sais quelque chose : je tiens de lui. J'ai la carrure de mon père – sa charpente, comme on m'a dit pour me consoler à l'adolescence – et la stature de ma mère, la pire association qui soit. Mais j'y reviendrai plus tard. Pour l'instant, nous courons dans tous les sens, en racontant notre joie à dégringoler les toboggans, à nous éclabousser. Nous mourons de faim, tout à coup. Ça sent les hot-dogs, les oignons frits et le pop-corn moelleux du côté du snack-bar, on en veut, des hot-dogs, et des frites salées qui rissolent dans leurs gobelets en carton, mais notre mère nous dit qu'après manger il nous faudra attendre une heure pour nous rebaigner ; alors nous décidons d'essayer une nouvelle attraction d'abord. Nous prenons chacun Papa par la main, et nous le conduisons vers celle de notre choix, qui s'appelle le Trou noir. J'ai un bref pincement de cœur pour Maman qui marche derrière nous, mais il faut bien qu'elle comprenne qu'on la voit tous les jours, elle. À l'entrée de la queue, l'animateur mesure tous les enfants avec une perche pour voir s'ils sont assez grands. Alfie a beau se faire un toupet comme le Tintin de ses livres, et se hausser sur la pointe des pieds, il est encore trop petit. Il faut donc qu'il reste en bas avec Maman qui dit que ça ne la tentait pas, de toute façon. Papa et moi, on passe, et je vais l'avoir pour moi toute seule.

Nous montons les marches jusqu'en haut en tenant nos encombrantes chambres à air où perle le chlore, la mienne est presque aussi grande que moi, et nous prenons la queue qui piétine.

« Ça va, P'tit écureuil ? demande mon père (mon frère, il l'appelle P'tit Singe, survivance d'une plaisanterie enfantine oubliée depuis longtemps).

Je lui adresse un sourire radieux. « Je savais que tu arriverais à temps pour mon anniversaire, j'en étais sûre ! »

Il me regarde, et hoche la tête. « Viens ici, P'tit écureuil. » Il me serre contre lui et je me niche le long de son flanc solide et tiède.

Les tubulures en spirales du Trou noir sont bien plus élevées que les toboggans. D'en haut, à travers les rambardes, on voit la steppe qui s'étend vers le nord, avec ses palmiers, et l'armature de béton des résidences en construction ; puis, au-delà du parc de stationnement, dans sa chaleur métallique, le miroitement de la mer, au sud. Il souffle une brise à cette hauteur et le chant des criquets est plus fort que l'Europop des baffles, au-dessous de nous. Nous avons tout laissé en bas. Ici, nous sommes les rois du monde.

« Par là, c'est l'Afrique, dit Papa. Si on continue tout droit, on finit par arriver au Maroc.

— Et l'Irlande ?

— Ah, l'Irlande, elle est derrière nous, à présent, presque dans la direction opposée. »

Il y a un groupe d'adolescentes qui gloussent, immédiatement devant nous. Elles m'intimident, avec leurs soutiens-gorge de maillots bien remplis et leurs derrières rebondis. Elles parlent vite et fort, en espagnol ; l'une d'entre elles dit quelque chose et elles nous regardent, Papa et moi, en riant. Je lâche sa main, et je crois l'avoir fait l'air de rien, mais il baisse les yeux pour me regarder, et regarder les filles.

« Ça va être ta dernière année, l'an prochain tu seras une adolescente insupportable, toi aussi. » Il a l'air triste, tout à coup. Il est très loin.

Je voudrais dire quelque chose mais je ne sais pas quoi ; alors pendant un moment, nous nous taisons tous deux.

Les filles sont dispatchées, on les entend piailler, et maintenant c'est à nous.

« Tu veux passer la première ou moi d'abord ?

— Toi d'abord, Papa. »

Alors il y va, il introduit gauchement sa masse dans le pneu jaune vif, et il se laisse enfoncer dans l'embouchure du tube par l'animateur qui mâche du chewing-gum. Le beuglement qu'il pousse résonne et plane quelques secondes, et voilà que j'ai peur, tout à coup, je ne veux plus le suivre. Mais il est trop tard pour me raviser. C'est moi qui grimpe dans le bassin de départ, où l'animateur qui a de l'eau jusqu'aux cuisses stabilise le pneu auquel je m'accroche en serrant les poignées comme si ma vie en dépendait. Me voilà catapultée dans l'obscurité torrentielle. Pendant les quelques secondes de suspens où je dévale le tube en culbutant, en me cognant contre ses parois, je ne pense qu'à une chose : mon père l'a fait avant moi, et il m'attend au bout.

Après déjeuner, malgré nous, une chaude torpeur nous gagne et nous sommes bien contents de lézarder au soleil dans nos chaises longues. Maman a rapproché celle de Papa et la sienne, baissé les accoudoirs, si bien qu'ils ne font presque plus qu'un. Ils sont allongés là, elle nichée au creux de son bras, tête contre sa poitrine. Je m'aperçois que dans presque tous mes souvenirs ils sont aussi proches l'un de l'autre. Même à table, il gardait la main posée sur son genou ; quand ils marchaient dans la rue, ils se tenaient par la main, ou bien il posait la sienne au creux de ses reins. Elle était tout le temps en train de lui caresser le visage, de passer la main dans ses cheveux, il se penchait pour l'embrasser sur le front ou sur l'épaule, là où il trouvait un coin de peau nue. À les voir, on aurait pensé que rien ne pouvait les séparer. Ils étaient, et pas seulement dans mon esprit, je crois, l'image même d'un couple profondément amoureux.

Plus tard, nous allons nous baigner dans la piscine à vagues, dont le mécanisme est activé toutes les heures, à l'heure pile. Et puis nous remontons plusieurs fois sur les toboggans, Alfie et moi. Le soleil, toujours féroce, est cependant plus bas dans le ciel. Les gens commencent à s'en aller. Nous savons que nos parents ne vont pas tarder à annoncer qu'il est l'heure de rentrer. Tout à coup, j'ai envie de réessayer les attractions pour les grands ; cette fois, ce sera la Kamikaze ; et je vais y aller toute seule, histoire de voir la tête de mon père quand je le lui raconterai. Alors je dis à Alfie de m'attendre le long de la palissade, et me voilà qui monte, toute seule cette fois. Presque en haut, je me retourne pour faire signe à Alfie, qui me répond. Je me demande si je verrai mes parents, d'ici. Je repère la terrasse du snack, les chaises longues, et je compte jusqu'à ce que je découvre leurs silhouettes et nos serviettes. Malgré ses quatre jours d'exposition, ma mère est encore bien blanche, toute petite à côté de mon père, et quelque chose me frappe, que je n'avais pas relevé jusqu'ici. Il est drôlement bronzé ! Tout son corps, pile et face, a pris la couleur ocre de celui qui est resté au soleil. Or il n'a fait que pleuvoir, à Belfast, je le sais parce que j'ai vu les photos du *Daily Mail*, et suivi les bulletins météo à défaut d'autres nouvelles d'Irlande. Toute la semaine, il a plu des cordes sous un ciel bas et gris. Comment se fait-il qu'il soit bronzé, et comment se fait-il que je ne m'en sois pas rendu compte plus tôt ?

J'ai la chair de poule sur les bras et les jambes alors même qu'il n'y a pas de vent ; derrière moi, un garçon me donne une bourrade pour que j'avance et que je referme l'intervalle dans la queue. Je pousse le pneu devant moi du bout du pied mais je n'ai plus envie. Il y a quelque chose qui cloche ; ces impressions qui me viennent depuis le coup de colère inexplicable de ma mère, le jour où j'ai parlé de l'Irlande. Les gin-tonic, les lunettes de soleil dans l'avion, et l'horrible attente au terminal, ses larmes ce matin, les clubs de golf entraperçus dans le coffre de la voiture de mon père, tout me remonte dans l'estomac et j'ai la bouche et la gorge sèches avec un goût amer, comme quand on va vomir.

La descente ne m'amuse pas, cette fois. Je fonce en bringuebalant jusqu'en bas, je m'extirpe du pneu que je traîne du grand bain au petit, et je sors de l'eau. Alfie m'applaudit. Je lui dis sèchement de la fermer, et il me regarde, les yeux ronds, interloqué.

« Allez, viens, crétin. »

Nous retournons aux chaises longues, j'ai l'estomac à l'envers. Nos parents sont assis, ils nous attendent, les serviettes déjà enroulées, prêts à partir. Maman me propose mon drap de bain et, quand je suis assez proche pour qu'elle voie ma tête, elle le pose et me tend le bras.

« Qu'est-ce que tu as ? »

Mon père s'avance, il me soulève le menton pour voir mon visage. « Alors, ma puce, qu'est-ce qui t'est arrivé ?

— Elle est descendue du tube et m'a crié dessus, commence Alfie.

— La ferme, Alfie.

— Ne parle pas comme ça à ton frère. Qu'est-ce qui s'est passé, Lara ? Tu t'es fait mal ? »

Je regarde ma mère, et puis mon père. Mes interrogations turbinent dans la lessiveuse de mon estomac. Est-ce qu'il a un cancer ? Première question. Je sais qu'on fait des rayons quand on a un cancer. Peut-être qu'on bronze. Autre question : est-ce qu'ils vont divorcer ? Et encore : est-ce qu'il a l'intention qu'on s'installe tous en Irlande, ou bien qu'on parte pour l'Amérique, par exemple ? Il va nous falloir quitter Londres, notre appartement, nos copains ? Rien de tout ça ne tient debout, je le sais. Je dévisage mon père, je ne trouve pas les mots.

« C'est la descente. J'ai dû boire un peu la tasse.

— Mon pauvre P'tit écureuil », dit Papa qui veut me prendre dans ses bras. Je recule d'un pas, et il a l'air blessé. Je suis partagée entre la mauvaise conscience d'être méchante avec lui, de lui faire mal et la joie mauvaise – sans que je comprenne pourquoi.

Nous sommes en train de sortir des vestiaires pour reprendre la voiture quand Alfie demande : « On pourra revenir demain ? S'il vous plaît, on pourra ? Pour l'anniversaire de Lara ? » Il y a un silence. Ma mère s'arrête.

« Écoute, chérie, murmure Papa, pas ici.

— Non, Alfie, dit-elle d'une voix tendue, haut perchée. Non, on ne pourra pas revenir demain.

— Pourquoi ? Oh, s'il vous plaît…

— Allons, P'tit singe, ne gâche pas une journée parfaite. Ça a été une journée parfaite, non, Lara ? À part que tu as avalé la moitié de la piscine, hein ? Tiens d'ailleurs, tu ferais mieux de la recracher avant qu'on rentre, je ne tiens pas à payer de supplément, moi », plaisante mon père, très à l'aise. Il attrape Alfie à bras-le-corps et le juche sur ses épaules avec un grognement. Alfie est encore assez petit pour qu'il puisse le faire, de justesse.

C'est un malin, mon père, quand il s'agit de changer de sujet.

Nous revenons au complexe et Papa prend une douche, alors qu'on en a pris au parc aquatique. Puis il se rhabille, et tout à coup je me demande pourquoi il porte ces chaussures de golf bicolores et ces socquettes, avec un polo et une visière.

Inutile de vous décrire notre incompréhension, notre colère, les larmes de notre mère. C'était une mauvaise idée, se désole-t-elle, elle le savait. Ils sont trop grands, on ne peut plus leur mentir. Elle ne le dit pas en termes aussi clairs, mais je vous épargne les larmes, la scène où notre père est obligé de s'arracher à nous, et nous supplie, me supplie de lui pardonner de ne pas pouvoir être là pour mon anniversaire demain. Je vous épargne le spectacle de notre mère, muette comme une statue, repliée sur elle-même au point de disparaître dans les profondeurs de son être. L'image de l'auto, un saloon marron, qui s'en va et ne s'arrête pas, Alfie qui court après, moi qui tâche de le retenir, et qui finis pas l'imiter à mon corps défendant. Lui et moi qui pleurons, qui sanglotons à chaudes larmes, un homme aux yeux sombres qui sort des boutiques de souvenirs pour nous offrir (ça ne s'invente pas !) un de ces fichus ânes que notre père a tenté de nous fourguer pour nous donner le change. J'ai envie de le lui jeter à la figure, de hurler, mais je suis trop bien élevée pour le faire. Alors je le prends avec un « merci » guindé, j'attrape la main d'Alfie et le traîne jusqu'à la résidence, jusqu'à l'appartement, où nous trouvons ma mère exactement dans la position où nous l'avons laissée.

Mon père, voyez-vous, je commence tout juste à m'en douter, vit un mensonge. Et ce mensonge, c'est nous. Notre père a une autre épouse, je devrais dire une épouse tout court, parce que contrairement à ce que j'ai toujours cru, ma mère et lui ne sont pas mariés pour de bon. Il vit à Belfast avec elle, je veux dire sa vraie femme, et leurs enfants, ses autres enfants, ses vrais enfants. En ce moment, ils sont ici sur la côte dans un hôtel de Marbella, et ils ne savent rien de nous, rien du tout. À leur connaissance, leur mari et père rentre d'une longue journée au golf, il s'apprête à boire un cocktail au bar de l'hôtel, pour dîner ensuite dans un restaurant chic. La femme de mon père se nomme Catriona Connolly, leur fille, qui a un an et demi de plus que moi, Veronica Louise. Leur fils s'appelle Patrick Michael, dit Michael.

Je me rends compte que je n'ai pas encore dit le nom de mon père. Je vais le nommer à leur suite, c'est sa place en somme. Cette phrase, même au bout de tant d'années, m'est difficile à écrire, mais elle est vraie. Il se nommait Patrick Michael Connolly. Nous ne portons pas son nom, Alfie et moi. Il n'apparaît nulle part sur nos actes de naissance. Nous, nous nous appelons Moorhouse, comme notre mère.

Bien entendu, les choses ne sont pas aussi claires et nettes. Ce n'est qu'au cours des semaines et des mois qui suivent que je commence à faire des rapprochements entre les détails que j'ai relevés dans cet imbroglio de mensonges qu'est l'organisation matérielle de nos vies. Ce que ma mère nous dit ce soir-là, c'est que notre père est divorcé mais qu'il ne peut pas abandonner sa première famille. Sauf qu'elle ment si mal, ma mère. Aux larmes silencieuses qui roulent sur son visage aussi douloureux que le nôtre, nous voyons bien qu'elle ne nous dit pas toute la vérité.

Le blues du dimanche soir

Ce qu'il y a de mieux dans cet atelier d'écriture du lundi, c'est qu'il donne un cadre et un but aux dimanches soir. À ces longues heures sans consistance, ce désespoir gris délavé qui s'installe vers trois heures de l'après-midi et s'étire jusqu'à neuf heures, neuf heures et demie, voire dix heures, c'est-à-dire jusqu'à ce qu'on s'autorise enfin à prendre son Imovane et à se coucher.

Les dimanches de mon enfance étaient les jours de départ de mon père, après quoi il fallait attendre deux semaines pour le voir revenir. Quand on est ado ou jeune adulte, on peut sortir se déchirer le dimanche soir, avec des amis dans les mêmes dispositions. Quand on est en couple, on peut faire passer la journée en prolongeant le déjeuner au fil des verres pour assurer la soudure avec le dîner, ou bien on participe à des après-midi de jeux dans les pubs ; même si on ne mange qu'un plat de traiteur devant la télé, au moins, on est deux, on se tient compagnie. Quand on est seul, c'est le vide. Le week-end, le monde se peuple de couples récents, abrutis de sexe, qui se regardent avec adoration ; il se peuple de jeunes parents avec enfants en bas âge ; de familles ; de bandes de couples amis. Quand on est seul le samedi, on se débrouille, on prend des décisions, on règle les affaires en suspens. Le dimanche, plus moyen de cacher, y compris à soi-même, surtout à soi-même, qu'on est seul comme un rat. Ces jours-là, si je ne suis pas de service, et si je n'ai pas fait de projets à l'avance, il arrive que je ne parle à personne de toute la journée, sauf si je décide de faire un tour dans un supermarché discount acheter quelque chose dont je n'ai pas besoin à la recherche du réconfort d'un échange humain. Pendant un temps, je suis allée chez Alfie le dimanche, mais je voyais bien qu'ils ne m'invitaient que par pitié. La solitude, c'est une maladie contagieuse, on en traîne les miasmes avec soi ; les gens le sentent de façon diffuse, et ça les fait fuir. Les petites ne tenaient pas en place, elles s'ennuyaient de devoir rester dans le séjour, à me parler. Un jour, j'ai même entendu Danielle leur promettre des poupées Bratz si elles restaient avec leur tante jusqu'à l'heure du thé. On a fait quelques sorties, aussi. À la jardinerie, dans un pub où les enfants sont bienvenus, à la serre des papillons de Kew Gardens. C'est moi qui en avais eu l'idée – quelle horreur d'être la tante qui vous traîne dans une jardinerie ! Moi qui n'ai même pas un bac à fleurs sur le bord de ma fenêtre – ça a été la première et la dernière fois. Quant à la serre aux papillons, il y régnait une moiteur terrible, tropicale comme il se devait, et à la vue de ces papillons parfois gros comme des assiettes qui battaient de leurs ailes humides et plongeaient leur trompe dans une marmelade de bananes noircies, les petites se sont sauvées en hurlant. Un peu plus tard, au café, comme je sortais des toilettes, je les ai entendues se plaindre de devoir faire ces trucs mortels avec leur tante, le dimanche. Alors j'ai décidé de ne plus déranger ma famille. Ce n'est pas leur faute ; elles sont petites, c'est tout. Il faut que, le dimanche, elles aient des activités qui leur plaisent, patinoire, piscine, terrains de jeux. C'est ainsi que l'atelier d'écriture de Mr Rawalpindi a été ma planche de salut ; parce que maintenant, je réserve le dimanche aux exercices quand bien même je ne les rends pas, et à réfléchir aux questions que le professeur nous a demandé d'approfondir pour la fois suivante quand bien même je ne prends pas la parole en classe.

Demain, on étudie comment présenter un personnage et mettre son environnement en place. Le professeur en a dit un mot à la fin du cours, la semaine dernière. L'erreur fréquente des débutants, c'est de passer en revue le personnage de façon scolaire, avant même que l'histoire commence ; de se lancer dans des biographies et des antécédents qui encombrent le récit, et empêchent l'histoire de trouver son rythme. Nous allons apprendre à éviter ce travers. Mais j'y ai réfléchi toute la journée, et j'en conclus que ce qui est vrai pour le roman, où l'on fabrique un monde de toutes pièces et où l'on maîtrise la distribution des personnages – combien ils sont, comment et quand ils vont faire leur entrée, etc. –, ne fonctionne pas tout à fait pour mon récit. Déjà, en relisant les pages que j'ai écrites, je vois tant de noms qu'on doit s'y perdre. Mon père et ma mère, Alfie et moi, Catriona, Veronica, Patrick Michael, Jeremy et Mr Rawalpindi, sans oublier le professeur d'écriture. Les petites d'Alfie et Danielle. Plus les tout petits rôles, ceux des personnages qui ne font qu'une ou deux apparitions. Cette histoire, c'est avant tout celle de mon père et de ma mère ; je vais donc prendre la peine d'en faire un portrait aussi précis que possible. De même pour Alfie, Danielle et leurs filles. Le chapitre suivant, je l'ai décidé, sera sur l'autre famille, et la fois où nous sommes allées à Belfast l'affronter. Et puis je me dis qu'il faut que je décrive Mr Rawalpindi et Jeremy ; sans oublier notre professeur d'écriture, évidemment. Ces gens ne font pas vraiment partie de l'histoire, mais ils vont et viennent à la marge et je veux que vous les visualisiez, ou que vous sachiez du moins qui ils sont.

Enfin je me demande si je devrais me décrire, moi. Je me demande comment on se représente quelqu'un dont on ne fait que lire les mots. À certains égards, vous me connaissez bien mieux que si nous venions de nous rencontrer, parce que vous avez accès à mes pensées les plus intimes ; mais à d'autres, vous en savez beaucoup moins. Vous ne savez pas à quoi je ressemble. À la rubrique des questions auxquelles il fallait réfléchir pour demain, le professeur avait noté : le physique du personnage est-il essentiel au récit ? Au récit lui-même, je dirais que non. Je n'écris pas un roman rose, un roman de gare, ni le genre de livre où, sitôt entré en scène, le héros va pénétrer, au-delà de mon apparence, la vérité de mon être. Si j'écrivais ce genre de littérature, je me décrirais ;

parce qu'il serait important de savoir que je ne suis pas précisément un canon. Mais en l'occurrence, il ne s'agit pas vraiment de moi ; il s'agit de mon enfance et de mes parents. Alors, la tête que j'ai, le boulot que je fais, etc., quelle importance ? Tout de même, pour ma part, j'aime bien me représenter le narrateur quand je lis ; par conséquent, une courte description de ma personne n'est peut-être pas superflue.

Voici donc. Comme je l'ai dit au début j'ai largement passé la trentaine ; j'aurai trente-neuf ans dans quelques semaines, pour être précise. Ce n'est pas l'âge idéal pour se retrouver célibataire, surtout quand il ne s'agit pas d'un choix, et qu'on n'a rien en vue – pour le dire crûment. J'ai hérité de la taille de ma mère, je suis petite, et de la carrure de mon père, je suis charpentée. Mes cheveux n'ont rien de particulier et je les teins, aujourd'hui, pour couvrir les fils gris. Quand j'étais ado, je les ai eus roses, bleus, rayés de vert. Violets, une fois, assortis à mes Doc Martens. Aujourd'hui, ils sont « prune », « bourgogne » « châtaigne intense », des noms qui consolent sans être contractuels, pas plus que la photo sur le paquet, d'ailleurs. En ce moment, ma tignasse est roussâtre, pas tout à fait aux épaules, sans style puisqu'il s'agit d'une repousse (je me suis fait faire une coupe courte après la rupture avec Jeremy). Mes yeux : gris ; mon teint : pâle ; mon visage : plutôt ovale.

Je travaille pour une agence d'aide à la personne, ce qui veut dire que je dispense des soins non médicaux à une liste de clients sans cesse différents. En général, ce sont des gens âgés, mais pas assez vieux ou malades pour devoir être placés en maison de retraite, ou nécessiter une prise en charge à plein temps. Certains ont eu un AVC, d'autres souffrent du genou ou du dos, d'une pathologie invalidante ; il faut donc les aider à monter et descendre leur escalier, à se laver ou s'habiller, à manger, aussi. Ils ont parfois un début de démence ou d'Alzheimer, une forme de sénilité ou une maladie mentale. Je change leur pansement, je veille à ce qu'ils prennent bien les médicaments indiqués aux heures indiquées, je fais leur toilette à l'éponge, ou bien je les aide à entrer et sortir de leur baignoire ; je leur lave les cheveux, les sèche ; j'aide les femmes à se maquiller. Je leur fais la cuisine, parfois, je coupe leur viande en petits morceaux, je tiens leur cuillère quand ils mangent. Mon travail consiste aussi beaucoup à les écouter. Ce qu'ils veulent surtout, pour la plupart, c'est un peu de compagnie, quelqu'un avec qui faire la causette une fois qu'on a assuré les soins matériels indispensables. Ils vous servent d'autorité des tranches de génoise aux amandes rassise, une tasse de thé, de la crème pâtissière solidifiée. Quelquefois on voit la même personne tous les jours pendant deux semaines, et puis plus jamais ; deux fois par semaine pendant un an ou plus, jusqu'à ce que son état se détériore, ou qu'elle meure, que sa famille la déplace. Je reçois ma feuille de route tous les lundis – en général, j'appelle, et l'agence me l'envoie par mail. Dans certains cas, on fait la visite à deux – quand il faut beaucoup soulever le client, quand il est obèse, ou qu'il a des antécédents violents ; de temps en temps, on me demande d'emmener un ou une stagiaire avec moi. Mais enfin, dans l'ensemble, c'est un boulot solitaire.

Le moment est venu de présenter Mr Rawalpindi, je crois. Je l'appelle par son prénom, à présent, mais j'estime que c'est la moindre des courtoisies que de le nommer Mr Rawalpindi dans ces pages. Souvent, les gens ne se rendent pas compte que les vieux et les malades n'aiment pas qu'on les appelle par leur prénom ; ils trouvent la chose infantilisante, dégradante. Je me fais toujours un point d'honneur d'appeler mes patients par leur nom de famille, sauf indication contraire de leur part. Mr Rawalpindi, je le connais depuis plus de deux ans, c'est mon plus ancien client. Mon travail ne me laisse pas le loisir d'avoir des préférences pour tel ou tel. Il arrive qu'on voie jusqu'à dix douze personnes par jour, même si la norme est plutôt de cinq ou six. La plupart du temps, la demi-heure ou l'heure allouées ne suffisent pas pour s'acquitter du nécessaire. Parfois, on n'a pas plus d'un quart d'heure, autant dire rien, sauf qu'il n'y a pas moyen de faire autrement. L'agence nous décourage strictement de nous lier d'amitié avec le client ou de rester au-delà du temps imparti. Mais quand quelqu'un vous paraît terriblement seul ou qu'on a fait plus ample connaissance, il est bien difficile de ne pas prendre ses pauses ou son heure de midi pour rester auprès de lui. C'est ce qui s'est passé au départ, avec Mr Rawalpindi. Il vit seul à Hammersmith, pas loin de chez moi, dans une immense bâtisse vétuste et crasseuse, un peu labyrinthique. Il a de l'arthrite, après un cancer de la prostate et un autre du colon. Il porte une poche. Son corps part littéralement en morceaux. Mais il a toute sa tête, un esprit aigu, futé, il est brillant, spirituel comme pas deux. Il y a des jours où je me dis que c'est sa volonté qui le maintient. Il s'est juré qu'il n'irait jamais en maison : il préfère mourir. (Une « maison », il n'y a pas plus mal nommé, fulmine-t-il.) Il vit au rez-de-chaussée parce qu'il a du mal à grimper ses escaliers. Certains jours, je monte à l'étage lui chercher une boîte de photos ou des mémentos ; d'autres, je me contente de lui faire un peu de cuisine ou de ménage. Ces temps-ci, je vais le voir en dehors de mes heures de travail, à l'aller ou au retour ; je lui apporte des provisions, je bavarde un moment avec lui. C'est une mine d'anecdotes scandaleuses, cet homme, sur son enfance aux Antilles, ses conquêtes homosexuelles, les circonstances qui l'ont amené dans cette immense baraque branlante. Au début de l'année, il s'est mis en tête d'écrire ses mémoires. Chaque fois que j'allais chez lui, il fallait exhumer de nouvelles boîtes moisies, des rames de papier jauni couvertes d'en-têtes, titres de chapitres possibles, griffonnages en tout genre. C'est lui qui a découvert l'existence de cet atelier d'écriture pour débutants au Centre culturel irlandais où il s'est trouvé une place au culot, bien qu'il n'ait lui-même rien à voir avec l'Irlande. Il m'a convaincue de l'accompagner, si bien que, tous les lundis soir, nous y allons, drôle de couple que nous sommes, lui écumant le trottoir sur son fauteuil-scooter dopé qui pavoise le drapeau de la Fédération des Antilles, arc-en-ciel peint à la main, et moi trottant derrière, ses cannes dans les bras, en train de lui brailler d'aller moins vite et de faire attention.

La professeure est irlandaise, naturellement, très jeune, très enthousiaste. Elle parle comme un livre et elle croit, ou nous le répète volontiers, que la littérature peut changer le monde.

Mr Rawalpindi est un peu amoureux d'elle, à mon avis. Il se reconnaît en elle, dans son irréductible optimisme à la Pollyanna. Les autres, ramassis d'excentriques dont je fais partie, se contentent de fixer leurs chaussures en rougissant chaque fois qu'elle leur pose une question.

Voilà, il ne me reste plus qu'à parler de Jeremy, j'en retarde le moment depuis le début. Je préférerais n'en rien dire, mais enfin il faut bien ; je vais donc expédier la corvée. Jeremy était, est toujours, professeur de géographie en lycée et nous sommes restés ensemble pas loin de sept ans, dont quatre où j'ai vécu chez lui ; je me figurais sans doute que c'était parti pour durer. Jeremy n'était pas un fervent du mariage, ça m'allait bien puisque – la chose ne vous étonnera pas – moi non plus. Il était partagé sur la question d'avoir des enfants vu que, selon une de ses formules de prédilection, le monde souffrait déjà de surpopulation, et qu'un enfant valait la tour Eiffel en termes de pollution au dioxyde de carbone. Là non plus, pas de problème, je n'étais pas acharnée à me reproduire, et c'est ainsi que nous avons fait un bout de chemin ensemble, trouvé notre vitesse de croisière, peu importe la métaphore. C'était facile, on était dans le flou artistique. Rien à voir avec la grande passion, mais je ne crois pas que la majorité des gens la vivent, Nastasya et Aleksander, ma mère et mon père, c'est l'exception. En général, les amours ressemblent aux nôtres : on se rencontre au tournant de la trentaine (il avait trente-six ans), l'heure venue de se ranger des voitures. Mon premier petit ami, le seul qui ait compté avant Jeremy, je l'ai connu à l'âge de seize ans. Il constituait l'aboutissement de ma révolte adolescente : quinze ans de plus que moi, chômeur, déjà divorcé. Pas la peine d'être fin psychologue pour faire le diagnostic. Au début, je l'ai pris pour un parfait gentleman. Ce n'est que plus tard que j'ai compris à quel point il était dominateur ; le sexe, pour lui, ce n'était pas un plaisir, un acte d'amour ni même un moment de volupté, comme pour les garçons de mon âge ; c'était le dernier degré du rapport de forces. Parfois, il me tirait par les cheveux et m'interdisait de le regarder dans les yeux. Ou bien il fallait qu'il me fasse jouir d'abord, tout en posant la main sur mon bas-ventre pour vérifier que je ne simulais pas. Quand je l'ai quitté, il m'a dit que j'étais frigide et que je ne me retrouverais jamais un homme. Il savait à quel point ça me faisait peur. Il me connaissait assez bien pour avoir fabriqué cette grenade et me la balancer négligemment par-dessus son épaule. Il m'a volé cinq ans de ma vie et il est pour beaucoup dans le fait que je ne suis pas allée à la fac. J'étais pas mal déglinguée après cette histoire jusqu'à la trentaine et, avec Jeremy, j'ai cru trouver la paix, ou du moins la sécurité ; la normalité, les habitudes. Côté sexe, ce n'était pas l'extase, mais c'était sympa. Il nous arrivait de nous disputer, mais en général on s'entendait à peu près, et on a eu de très bons moments. Et puis voilà qu'un beau matin comme ça, il me déclare que rien ne va plus entre nous, et qu'il vaudrait mieux qu'on se sépare. Je ne vous parle pas du désarroi et de l'humiliation que j'ai éprouvés. Six mois seulement après la mort de ma mère, dont je vivais encore les retombées – faire le tri dans ses affaires, vendre la maison –, et voilà que, par-dessus le marché, il me fallait partir de chez lui sous quinze jours, et m'installer dans ce sous-sol minable. Et encore, sans l'aide d'Alfie et le peu d'argent que ma mère m'a laissé, je n'aurais même pas eu les moyens de le louer, j'aurais été obligée de m'inscrire à l'agence Gumtree ou, pire encore, de chercher une chambre chez l'habitant. Mr Rawalpindi, béni soit-il, m'en a proposé une dans sa maison ; j'ai failli accepter au mépris de toutes les règles de déontologie, c'est vous dire combien j'étais aux abois. À Noël, j'ai appris par des amis communs que Jeremy avait une nouvelle amie, et le jour de l'an qu'ils s'étaient fiancés et qu'ils attendaient un bébé. Je les ai espionnés sur Facebook pendant un temps – il m'avait exclue de sa liste d'amis, mais j'ai eu leur photo par l'inter-médiaire d'autres personnes – jusqu'à ce que je décide que c'était malsain et que je désactive mon compte.

Le bébé va naître d'un jour à l'autre ; il est peut-être même déjà né.

Il y a un autre personnage dans cette histoire, invisible, celui-là, qui flotte entre les lignes de tout ce que j'écris.

C'est le spectre des enfants que je n'aurai jamais, à présent, je le sais. Je parle de mes parents et de leurs défaillances, mais je parle de moi, aussi, qui déplore d'avoir manqué quelque chose qui ne me sera plus accessible désormais. Quelle sensation bizarre et cruelle d'apprendre que Jeremy avait retrouvé quelqu'un aussi vite, qu'un homme de tout temps hostile au mariage et aux enfants venait de décider tout à coup à quarante-cinq ans d'en faire son projet, au contraire. Une femme ne peut pas s'offrir ce luxe. Dans le vide laissé par Jeremy se sont engouffrés toutes sortes de besoins impérieux que je ne me connaissais pas, que j'avais refoulés, que je ne m'étais pas autorisés. Certes, on lit de temps en temps qu'une femme de quarante-trois, quarante-cinq voire quarante-huit ans a donné naissance à un bébé en bonne santé, sans fécondation *in vitro* ni rien, mais les médias nous parlent surtout de femmes qui ont trop attendu, qui ne peuvent plus avoir d'enfant. Il vient un jour où la bombe à retardement de l'infécondité explose, et là, boum ! la matrice n'est plus qu'une terre brûlée aride où rien ne prendra plus racine. Tous les magazines sur papier glacé vous le disent : après trente ans, la fertilité chute de façon si spectaculaire que la vôtre aura baissé d'ici que vous ayez fini l'article. Qu'est-ce que vous voulez que j'y fasse ? j'ai envie de leur répondre. Je n'ai personne en vue, et ce n'est toujours pas au travail que je vais trouver quelqu'un, pas de sitôt en tout cas. Mon appartement n'est pas en mesure d'accueillir un bébé, il est tout juste assez grand pour une personne seule et il est même interdit d'avoir un chat. Je n'en aurais pas les moyens, de ce bébé, ni de l'entretenir, ni de m'arrêter de travailler le temps de l'avoir. Sauf que le désir d'enfant ne s'éradique pas comme ça. Parfois je ressens un tiraillement, un vrai tiraillement au plus profond de mon bassin et de mon utérus. Ce n'est pas entièrement rationnel ce que j'éprouve et je sais que ce n'est pas exclusivement lié à Jeremy. C'est lié à ma mère, aussi, au fait que les deux événements, sa mort et la rupture, se sont produits à si peu d'écart. C'est comme si je devais faire à la fois le deuil de moi-même, de ma vie, des mères et de la maternité. Et ce sentiment, pas moyen d'y mettre un terme, ni même un frein, il m'empêche de dormir la nuit.

Avant d'entreprendre ce récit, je m'étais mise à consulter des banques de sperme ; je me demandais si je pourrais et si je devrais en passer par là, même si la seule réponse possible était : Non. Il y a eu des problèmes dans la vente de la maison de ma mère, de l'amiante, un glissement de terrain – mais lorsqu'elle sera vendue, j'aurai un peu d'argent, et c'est peut-être l'usage que j'en ferai. D'après tous les sites, les meilleures cliniques sont les cliniques danoises. Gratuitement et sans engagement, on peut consulter la fiche des donneurs classés par race, appartenance ethnique, couleur des yeux et des cheveux, poids, taille, groupe sanguin, niveau d'études, métier, presque tous les critères possibles et imaginables. On peut voir leur photo, beaucoup proposent des clichés d'eux quand ils étaient tout petits, bien sûr, parce que ça donne une idée de ce qu'on aura. Certains mettent aussi une interview, pour qu'on entende leur voix qui s'exprime dans un parfait anglais scandinave net et précis, par séquences de vingt-trente secondes. Tous présentent un bref profil, rédigé par le personnel de la clinique. *Aake est très organisé et très créatif. Toujours désireux de s'instruire, il met la barre très haut. Il vient d'obtenir son diplôme de graphiste et cherche aujourd'hui un emploi pour se lancer dans cette carrière. Aake est un brun aux yeux bleus, des yeux dans lesquels on se perd facilement ; il a le teint clair mais bronze très bien en été, sans prendre de coups de soleil. Il est en grande forme physique.* Etc. Au dessous, il y a une liste des « stocks » d'Aake ; chacun est suivi de la mention, Insémination intra-utérine, intra-cervicale, non purifiée ; avec la densité et la motilité. Suit une liste de tarifs ; ainsi MOT 5 coûte, mettons, 74 euros pour 0, 4 ml, tandis que MOT 40 coûtera 370 euros ; on vous explique où et comment passer commande, comment la conserver, comment savoir à quel moment vous êtes la plus fertile, comment vous inséminer toute seule si vous n'avez pas les moyens de venir à la clinique au Danemark. À les lire, tout ça est tellement rationnel, raisonnable, accessible.

Vous allez penser que je suis folle. Le prototype de la quadra des magazines : seule, aux abois, déjantée. Je ne sais même pas si je le ferai en réalité ; mais ça me rappelle qu'il y a une issue, que je peux faire quelque chose. Parce que jour après jour, dans la vie courante, on se rend bien compte que les bretelles de sortie se font rares et que les portes se referment l'une après l'autre.

Déjà onze heures ! Écrire m'a permis de venir à bout de la redoutable soirée du dimanche. Ce n'est pas rien, et ça suffirait à m'empêcher de censurer ces phrases, même si la honte de ce que j'ai écrit commence à me donner mal au cœur. Je me suis beaucoup éloignée de mon propos. Je n'avais pas l'intention de parler de tout ça. Lundi dernier, nous évoquions l'importance de faire un plan, les dangers de se laisser distraire de son récit pour se perdre dans la nature. J'ai réussi à n'en tenir aucun compte. Seulement voilà : je ne suis pas en train de raconter une histoire à l'intrigue bien ficelée, moi. Je ne peux pas m'offrir ce luxe.

L'autre famille

La fois où nous sommes allées voir l'autre famille ma mère et moi correspond, bien sûr, à ce voyage secret à Belfast, ce voyage défendu, dont elle n'aurait jamais cru que je me souvienne. Après les révélations de Fuengirola, il a soudain pris tout son sens. Pourtant, j'ai eu beau me creuser la tête des heures durant, à ma grande frustration je n'ai pas pu me rappeler grand-chose, une poignée de sable. Le peu que je sais, que je crois comprendre, les recoupements que j'ai faits, les voici.

Elle était enceinte d'Alfie – je me rappelle son gros ventre tendu contre lequel je posais l'oreille pour entendre le bébé –, ce devait donc être en 1977. Je sais que je suis entrée en maternelle à l'automne où Alfie est né. Je ne pense pas que les classes avaient repris, ce devait donc être fin août. Je venais d'avoir quatre ans, et ma mère devait en être à six mois de grossesse tout juste. C'est pourquoi elle avait franchi la mer dans l'intention de confronter Catriona Connolly en personne, avec son ventre gonflé et sa fillette d'âge scolaire, preuves que sa liaison avec Patrick durait depuis plus de cinq ans, à présent.

Cinq ans, une demi-décennie – ça défie l'imagination. Cinq ans et deux enfants, et elle ne l'a toujours pas quitté, ni mis en demeure de parler à sa femme. Je me demande pourquoi elle n'a pas téléphoné, choisi un moment où elle savait que mon père était à l'hôpital ou entre deux aéroports. Peut-être que ça ne lui semblait pas suffisant : un coup de fil s'ignore plus facilement qu'une femme enceinte en chair et en os, avec une petite fille qui est tout le portrait de son papa. Ma mère faisait monter les enchères, elle jouait quitte ou double pour forcer l'issue d'une situation en passe de devenir intenable.

Ce dont je me souviens le mieux, dans ce voyage, c'est le ferry de nuit. Il faisait sans doute la liaison Heysham-Belfast. Comme c'est la seule fois de mon enfance où nous ayons pris un ferry de nuit, je sais que mes souvenirs sont exacts, qu'ils sont bien liés à ce voyage-là. Si je me concentre, je peux en faire remonter quelques bribes. Il faisait encore jour quand nous sommes arrivées à l'embarcadère (en bus, depuis la gare Victoria, je suppose). Nous avons longé le port, dans une écœurante odeur de diesel, et je me suis accroupie pour regarder les poissons à travers le grillage. Nous avons mangé des frites flasques et pâlottes avec du poisson pané ramolli au café de l'embarcadère et Maman m'a permis d'emporter les restes dans une serviette en papier pour les jeter aux mouettes. Au crépuscule, nous sommes enfin montées à bord et, comme nos cabines ne seraient prêtes qu'une heure après l'appareillage, j'ai somnolé par à-coups sur les genoux de ma mère, réveillée quand les moteurs se sont mis à turbiner dans les entrailles du bateau. Nous sommes sorties sur le pont voir la terre s'éloigner et disparaître. La côte brillait de tous ses feux, je m'en souviens, et sur le pont rendu glissant par le sel, le vent dans nos cheveux, nous les avons vus clignoter et rapetisser. Au bout d'un moment, le vent a soufflé plus fort, il me faisait mal aux oreilles. Les gens qui étaient restés sur le pont rentraient les uns après les autres. Une femme – oui, c'est ça – était en train de rendre par-dessus le bastingage, et le vent a rabattu des pâtés de vomi beige sur le pont. Ma mère n'a rien vu. Nous sommes restées longtemps, je m'en souviens, jusqu'à ce que le bateau entre en mer d'Irlande et qu'on perde de vue les feux de la côte. Le vent était encore monté en puissance, il soufflait en rafales irrégulières chargées d'embruns ; nous étions trempées comme sous une averse. J'ai dû m'accrocher au bastingage blanc et froid, dont la peinture cloquait. Puis tout à coup, ma mère se souvient de ma présence, et nous rentrons dans notre cabine. Je voudrais bien jouer sur les bandits manchots qui clignotent et gazouillent, ou à des jeux d'arcade. Mais ma mère ne veut pas. Je me mets à pleurer, rien de bien étonnant, il doit être très tard, je devrais être couchée depuis longtemps, et le voyage a été long. Notre cabine n'a qu'un lit, avec une couchette rabattante au-dessus. Je voudrais coucher sur le matelas du haut mais Maman doit avoir peur que je tombe, parce qu'elle me fait dormir en bas. Il y a de minuscules toilettes, avec un lavabo de poupée et pas de hublot. Ça paraît plausible, non ?

Je joue sur les limites de ma mémoire, ici. J'écris ce qui a pu se passer, ce qui s'est sans doute passé. Et la fiction ne m'est d'aucun secours ; ce qu'il me faut, ce sont les faits, ce qu'il me faut, c'est la vérité. Sauf que je n'ai pas de preuves ; quelques flashes, rien de solide. Alors, que dire ? Nous prenons un ferry pour l'Irlande. Je dors. C'est une traversée de nuit ; nous nous réveillons à Belfast.

Il existe un site web nommé CAIN où l'on trouve les faits précis de telle année, tel mois, voire tel jour des Troubles. Il suffit de cliquer sur le laps de temps qui vous intéresse, et on vous résume les événements majeurs. Voici ce qui se passait en Irlande du Nord au mois d'août de cette année-là :

– Une série d'attentats à la bombe incendiaire s'est produite dans Belfast et Lisburn, comté d'Antrim.

– La reine a entrepris une visite de deux jours dans le cadre des festivités de son Jubilée. C'était la première fois depuis onze ans qu'elle se rendait dans la « Province ».

– L'IRA a posé une bombe de faible puissance sur le campus de la nouvelle université d'Ulster. Elle a explosé après le départ de la reine, sans faire de blessés.

– Jimmy Carter, alors président des États-Unis, a prononcé un discours clé sur l'Irlande du Nord. Il y a appelé les Américains à ne fournir aucune aide, financière ou autre, à des groupes ayant recours à la violence.

– Cela s'ajoutant bien entendu à un contexte de meurtres par tireurs d'élite (soldats de l'armée britannique abattus par l'IRA, membres de l'UDA abattus par l'IRA, officiers du RUC abattus par l'IRA, membres de l'IRA provisoire abattus par l'IRA officielle, et vice versa), d'expéditions punitives, de mutilations, de rotules explosées et de toutes les vilaines affaires qui forment le bruit de fond sur lequel ressortent les événements majeurs.

J'ai aussi découvert qu'en cette fin août 1977 (n'ayant pas la date exacte, ni la possibilité de la trouver, je risque cette période) la température moyenne à Belfast était de 13 degrés. Les huit derniers jours du mois, il a plu souvent et à verse. Il y a eu deux jours d'orage et d'assez grand vent. Je me demande comment j'étais habillée, comment ma mère était habillée. J'ai beau essayer de m'en souvenir, rien à faire. Sur une des rares photos qui nous restent de cet hiver-là (un sapin de Noël, le petit visage tout rouge d'Alfie qu'on distingue à peine), j'apparais en duffel-coat bleu marine à boutons de bois et capuchon doublé de rouge, mais le fait que je le porte dans la maison laisse à penser qu'il est neuf ; c'est peut-être un cadeau de Noël, ou bien un vêtement qu'on vient de m'acheter et dont je suis fière. Je ne l'avais donc pas sur moi en Irlande. En plus, à supposer que Maman ait consulté la météo, nous n'aurions pas mis nos manteaux d'hiver en août, même à Belfast. Il est donc plus probable que je porte un anorak et des sandales Start-rite, sur une robe d'été ou un tablier. Ma mère, enceinte de six mois, a peut-être mis une tunique Laura Ashley ou une maxi-robe de forme Empire. Elle avait une veste rouille aussi, qu'elle avait faite ; elle était bonne en couture et nous a fait des tas de vêtements d'après des patrons. C'était une veste à manches longues évasées et à col officier, qui se fermait sous la poitrine par un ruban jaune. Elle l'adorait, cette veste. Peut-être qu'elle l'avait mise puisque c'était sa tenue préférée, à moins qu'elle n'ait fait un effort d'élégance particulier pour la circonstance, qu'elle se soit acheté une veste de couleur sobre et une jupe de future maman discrète dans un grand magasin. Qu'est-ce qu'on met quand on se prépare à rencontrer l'épouse de son amant, père de sa fille et de son enfant à naître, l'homme chez qui l'on vit depuis cinq ans ? Est-ce qu'on s'habille fidèle à soi-même, par défi, ou bien en tenant compte de la circonstance ? Comme si l'on se rendait à un enterrement, puisque, après tout, on n'est pas si loin du compte.

J'ai un flash : je crois revoir Maman en train de se maquiller et de faire bouffer ses cheveux dans la cabine au sol métallique des toilettes du terminal, à Belfast. Mais il est possible que ce soit le fruit de mon imagination secourable, toujours prête à remplir les blancs de mon histoire. Pourtant je suis sûre qu'elle l'a fait. Une touche de blush pour réchauffer ses joues pâles du petit matin après le mal de mer, un nuage d'ombre à paupières pour faire ressortir ses yeux, le rouge à lèvres sans lequel elle ne sort jamais de chez elle, même pour aller à la bibliothèque au bout de la rue ou chez Mr Patel. On n'a pas envie d'avoir mauvais genre quand on va faire la connaissance de l'épouse de son amant. On veut donner l'impression qu'on a confiance en soi, qu'on est en pleine possession de ses moyens, soignée de sa personne. Peut-être qu'elle s'est fait des boucles, aussi, avec les rouleaux en mousse qu'elle rangeait dans un sachet en velours ; histoire de donner un peu de volume à ses cheveux ébouriffés par le vent et aplatis par l'oreiller. Elle avait les cheveux fins et ondulés, d'un châtain plus clair que le mien ; elle les portait épars, avec une raie au milieu, sauf quand elle allait au travail. Lorsqu'elle attendait mon père, elle se posait des bigoudis chauffants pour avoir des anglaises sur les épaules. Je suis sûre, en y repensant, qu'elle a dû vouloir refaire ses boucles. Elle a dû mouiller ses cheveux du bout des doigts dans le lavabo, les mettre en plis avec les bigoudis et se baisser pour les sécher sous le sèche-mains.

Est-ce qu'il y avait des sèche-mains électriques au terminal de Belfast en 1977 ?

Je voudrais bien savoir ce que nous avons fait toute la journée, comment elle s'est déroulée. Il devait être encore tôt, à notre arrivée. La traversée Haysham-Belfast prend huit heures ; si nous sommes parties à dix heures du soir, selon l'horaire actuel, il ne devait être que six heures du matin. Peut-être avons-nous pris un taxi pour nous rendre au centre-ville, et avons-nous trouvé un hôtel où déjeuner. À l'époque, les hôtels étaient la cible fréquente des attentats. L'Europa est devenu l'hôtel le plus plastiqué du monde. Aujourd'hui encore, apparemment, on peut y voir les impacts de balles derrière la réception – curieux sujet de fierté. Mais ma mère ne serait pas allée s'attabler dans un café, lieu clos où son accent britannique aurait éveillé la curiosité, suscité des questions, mon instinct me le dit. Admettons donc que nous ayons marché en ville, et atterri à une table quelconque. Quelle aventure, pour moi, le fish and chips, le ferry, la traversée nocturne ! Peut-être que cette impression s'est prolongée quand ma mère m'a permis de commander des saucisses, du bacon et des muffins, et de glisser mes tartines dans le grille-pain. Ou alors j'étais grognon, fatiguée, désorientée par ce long voyage, gagnée par la tension nerveuse de ma mère. Peut-être qu'il pleuvait une pluie morne et têtue et que les précieuses boucles de ma mère n'étaient plus qu'un souvenir. La dame du comptoir nous regarde d'un drôle d'air ; le petit déjeuner est strictement réservé aux pensionnaires de l'hôtel ; elle nous met à la porte dans le froid humide du matin. Impossible de savoir, je ne peux qu'émettre des hypothèses.

Ça doit faire drôle de se trouver dans une ville qu'on a si souvent vue dans les journaux et aux actualités télévisées. Cette ville d'où vient ton amant, tu le sais, cette ville où il vit. Tu dois te sentir dans l'imposture, toi qui t'y trouves à son insu. Chaque rue, chaque maison, doit te paraître importante. Comme s'il était juste au coin, comme si chaque cigarette laissée fumante dans le cendrier était la sienne, et qu'il venait de quitter la pièce, en laissant la découpe de son corps dans l'air ambiant. Tu es terrorisée, à cause des bombes, des fusillades, tu fais un bond chaque fois qu'une voiture arrive derrière toi, qu'on klaxonne. Et pourtant – la pluie a cessé pour l'instant, les nuages épais se gorgent d'eau mais ils te laissent un répit momentané – tu vas par les rues, celles du centre, Chichester Street, Bedford Street et Donegall Place, la place de l'Hôtel de Ville et tu ne peux pas t'empêcher de dire à ta fille : « Regarde bien », même si elle est trop jeune pour comprendre, parce que cette ville, elle l'a dans le sang. Tu as dû en rêver, de venir vivre ici, te demander si tu voulais, si tu pouvais, ou s'il préférerait s'installer à Londres, histoire de prendre un nouveau départ. Belfast, ce n'est pas une ville où élever des enfants, penses-tu, encore que beaucoup de gens le fassent. Dont lui.

À Londres, il est facile de tenir en respect les images de son autre foyer ; mais ici, elles te tombent dessus. Tu as l'impression que tout le monde te regarde, que les gens s'en doutent, qu'ils savent. Les gens te regardent : la mode est plus sage, ici, elle a au moins dix ans de retard. Dans ta maxi-robe jaune et ta veste rouille, tu es exotique, tu as l'air d'un oiseau de paradis. Peut-être que ça commence à te peser. Peut-être qu'il se remet à pleuvoir. Le dos rond, tu entres dans un grand magasin et tues le temps en laissant ta fille monter et descendre l'escalator, faire un tour au rayon des jouets. Tu prends une tasse de thé sur place, et quand tu as fini, tu commandes une brioche ou un scone, que tu trouves pâteux au bout de quelques bouchées. Il reste encore du temps à tuer, tu traînes encore, tu essaies de regarder les patrons-modèles mais tu ne parviens pas à fixer ton attention. Ta fille s'ennuie, elle commence à mal se tenir, le caprice menace. Tu retournes au café, et tu lui permets de prendre une brioche aux Rice Crispies, un pain de millionnaire, une brioche à la crème, n'importe quoi pourvu qu'elle se tienne tranquille. Tu décides que tu te mettras en route à dix heures, mais tout à coup, ça te paraît trop tôt, alors tu te dis : dix heures et demie, onze heures même, et tu regardes la grosse pendule égrener les minutes, les secondes. À onze heures précises, remaquillée et recoiffée pour la deux ou troisième fois de la matinée, les miettes essuyées sur la bouche de ta fille, tu quittes le magasin – Robinson & Cleaver ou C&A, ou encore Anderson & Macauley – et tu hèles un taxi noir dans la rue. Tu lui tends le bout de papier qui porte l'adresse, adresse que tu as copiée en douce sur le permis de conduire de ton amant, dans son portefeuille. Le chauffeur acquiesce, il enclenche le moteur, la voiture démarre.

81

Ce doit être à peu de chose près ce qui s'est passé. La suite, en revanche, j'en ai le souvenir, quoique nébuleux. Le taxi noir nous a fait traverser la ville, au fil de rues toujours plus feuillues, toujours plus larges ; bientôt il nous a déposées devant l'allée d'une grande maison de brique rouge, carrée, un peu en retrait. Ma mère a réglé la course, nous sommes sorties de voiture et nous avons pris l'allée.

Comme son cœur devait battre la chamade !

Sur le pas de la porte, elle a craché dans son mouchoir et m'a de nouveau essuyé la figure, et puis elle a sonné.

Personne.

Nous avons attendu ; re-sonné ; nous entendions le timbre retentir, mais aucun pas. Nous avons essayé une troisième fois, puis nous avons pensé faire le tour de la maison mais la clôture était haute, et le portail verrouillé.

Cette situation prenait ma mère au dépourvu. Elle devait avoir des poussées d'adrénaline. Elle qui avait fait tout ce chemin, qui était venue de si loin, voilà que sa bête noire, son ennemie, la femme dont elle venait briser le cœur et la vie, n'était pas chez elle. Aussi absurde que ça.

Nous avons remonté l'allée pour attendre son retour. Quelque chose en ma mère, un noyau dur de fierté ou de décence, devait lui interdire de s'asseoir purement et simplement sur le perron.

Pendant un moment, nous sommes restées adossées au mur de la maison d'en face. Mais il pleuvait et je commençais à pleurnicher ; ma mère a dû avoir peur que quelqu'un sorte et lui demande ce qu'elle faisait là. On était au paroxysme des Troubles ; une inconnue, même accompagnée d'une petite fille, plantée devant une maison à seule fin d'en observer une autre suffisait à susciter la peur et la paranoïa. Nous avons donc fait quelques pas le long de la rue, et nous sommes réfugiées dans l'abribus. Je ne sais pas combien de temps nous avons attendu là – une heure, deux ? Une demi-heure ? Deux bus sont passés, mais ma mère m'a dit que ce n'était pas celui que nous attendions.

Et puis, enfin... Un troisième s'est arrêté et une dame blonde en est descendue, des sacs de courses plein les bras ; elle poussait devant elle une petite fille brune. Elles ont dû passer devant nous, en toute ignorance de la situation. Elles ont traversé la route et pris l'allée de la maison que nous avions observée, cette maison dont j'ignorais que c'était celle de mon père. Ma mère est devenue d'une pâleur mortelle. Quant à moi qui avais dû voir un jeu dans cette attente et ce guet – je crois que c'est la raison pour laquelle je me rappelle cet épisode avec autant de détails, je serais bien incapable de vous raconter ma première journée de classe de la même manière –, je me suis soudain rendu compte de mon erreur. Quant on entend dire « le sang s'est retiré de ses veines », on croit que c'est une figure de style, jusqu'à ce qu'on voie le phénomène se produire. Ma mère m'a serré la main à me faire crier. Aussitôt, elle s'est levée et s'est mise à avancer si vite que j'ai dû courir pour me maintenir à sa hauteur. Nous avons rebroussé chemin en grimpant la petite côte qui menait à la rue principale, ma mère comme une créature possédée.

Car la dame blonde, voyez-vous, se trouvait dans un état de grossesse très avancé, plus avancé que ma mère, à vrai dire. La femme de mon père, tout comme sa maîtresse, allait donc accoucher à l'automne. Lorsque ma mère a découvert cette réalité, la confrontation lui est devenue impossible. Je ne dis pas qu'au vu de la suite des événements elle ne l'ait pas regretté, mais en la circonstance, c'était au-dessus de ses forces.

Nous avons fini la journée au musée de l'Ulster, à regarder les dinosaures.

Alfie et moi

Il y a trop de lacunes dans mon récit, je le vois déjà. Trop de choses que j'ignore. Comment notre mère a-t-elle pu rester avec notre père alors qu'il lui avait menti, qu'il avait simplement omis de lui dire que sa femme était enceinte, elle aussi ? Et mon père : avait-il l'intention de rompre avec ma mère maintenant que sa femme attendait un autre enfant, *parce que* sa femme attendait un autre enfant ? Sauf qu'au moment où il s'était blindé pour le faire, elle lui avait annoncé qu'elle était dans la même situation ? Que ressentait-il, lui qui savait que sa femme et sa maîtresse allaient accoucher à peu près en même temps ? Comment maintenait-il des cloisons étanches ? Comment ma mère a-t-elle laissé échapper qu'elle avait vu Catriona ? A-t-il avoué spontanément, a-t-elle dû exiger qu'il s'explique ? Lui a-t-elle dit qu'elle avait fait un rêve, qu'il s'agissait d'une intuition ? Et qu'a-t-il répondu, que pouvait-il bien répondre ? Est-ce qu'elle l'a quitté, ne serait-ce que momentanément ? Il me semble me souvenir que oui. Elle est allée dans le Yorkshire chez ma grand-mère, une femme qui me faisait peur et que je connaissais à peine. Je crois me souvenir du trajet en train, de cette joue parcheminée et poudrée qu'il m'avait fallu embrasser, je me rappelle très vaguement une dispute, des larmes. Pourquoi est-ce que je ne me rappelle rien d'autre ? Pourquoi est-ce que je me rappelle le voyage en Irlande et pas dans le Yorkshire, alors qu'ils ont dû avoir lieu à peu près en même temps, et dans des circonstances pareillement chargées sur le plan émotionnel ? Peut-être que nous ne sommes jamais allées dans le Yorkshire, en fait ? Le père de ma mère était déjà très malade, il venait d'avoir la deuxième attaque d'une série qui a fini par l'emporter. Peut-être qu'elle ne leur avait rien dit de sa grossesse, pour ne pas le perturber. Peut-être qu'elle n'avait rien dit à sa propre mère, d'ailleurs. Elles ne se voyaient presque plus, elles s'écrivaient, se téléphonaient dans les grandes occasions. Il n'est pas invraisemblable que six mois-un an se soient écoulés depuis que ma grand-mère s'était risquée à Londres, pieds et poings liée qu'elle était à un mari invalide porté à se plaindre en permanence. D'un autre côté, sachant son père si malade, ma mère aurait pu tenter le voyage afin de le voir avant qu'il meure. Je n'en sais rien. Absolument rien. Je regrette de ne pas pouvoir lui poser de questions. Ne serait-ce que celles-ci, majeures : As-tu quitté mon père, combien de temps, qu'est-ce qui t'a fait revenir à lui ? L'opprobre dont ta mère aurait été victime, l'idée de vivre dans le minuscule village de Routh, fille mère de deux enfants ? Possible. Mais c'était toujours mieux que de retourner vivre avec l'homme qui t'avait doublement trahie, non ? Comment mon père l'a-t-il persuadée de lui revenir, comment, oui, comment ? Comment sa vie était-elle tenable, un enfant un bébé avec sa femme, un enfant un bébé avec sa maîtresse ? Ce devait être un cauchemar abominable, une farce diabolique. Pour ma mère aussi. Je ne comprends pas. Je ne comprends pas, ça me dépasse. Tout ce que ma mère en disait, c'était qu'elle aimait mon père. Mais là n'est pas la question, tout de même, ça ne suffit pas. L'amour n'excuse pas tout. Et s'il existe un amour assez fort pour surmonter les épreuves qu'elle a traversées, c'est un amour dont je suis incapable.

Hier soir, je suis allée voir Alfie, pour savoir s'il pourrait remplir quelques-uns de mes blancs. Quoique l'essentiel de ce que je cherche à savoir ait eu lieu avant sa naissance, qu'il soit plus jeune que moi, sa mémoire moins fiable encore que la mienne, il était plus proche de notre mère que moi, et je sais qu'elle lui a parlé davantage, surtout au cours des semaines avant sa mort. Il doit savoir quelque chose, pensais-je, si infime ou futile que ce soit, c'est toujours mieux que ces trous béants.

Mais ça ne l'intéresse pas. Il me l'a dit, sans ambages et sans états d'âme. Ces trucs-là, ça m'intéresse pas, Lara. Il ne peut rien en sortir de bon.

Je n'ai pas osé lui avouer que j'étais en train d'écrire. Là, à Welwyn, dans leur salon avec mur «déco» et troupeau de coussins, photos noir et blanc du «meilleur goût» qu'on dirait avoir été achetées avec le cadre, je suis restée à boire un thé qui figure dans les bonnes âdresses de Victoriâ Beckhâm.

Je suis vache, je sais. Je suis même garce. C'est un peu par frustration. Et puis Danielle, sa femme, a le don de faire ressortir mes mauvais penchants. Elle est entrée au moment où je suppliais Alfie de se creuser la tête pour me dire quelque chose, n'importe quoi et elle a posé sa main manucurée sur mon bras avec une expression patiente et peinée ; elle n'avait pas pu s'empêcher d'entendre la teneur de nos propos, et elle ne me cachait pas qu'elle était d'accord avec Alfie ; ça ne servait à rien de chercher à savoir ; je ferais peut-être mieux d'y réfléchir à deux fois, de me demander à quoi bon. Alfie a eu l'air soulagé et mal à l'aise à la fois ; il a dit qu'il ne fallait pas réveiller le passé, ou je ne sais quel lieu commun dénué de sens.

J'ai attendu qu'elle soit retournée faire travailler leur musique aux filles, et je suis revenue à la charge.

« Les derniers temps, Alfie, Maman a bien dû te dire quelque chose. » Je l'avais rejoint sur son canapé ; il se tirait le menton d'un air malheureux.

« Je t'en prie, elle a bien dû… lâcher quelque chose.

— Que veux-tu que je te dise, Lara ?

— Je voudrais seulement que tu fasses un effort.

— Je te l'ai déjà dit, elle était dans la confusion mentale. Tu le sais. Tu sais comment elle divaguait.

— Mais quand même. Il faut bien qu'elle ait dit quelque chose, quelque chose que tu ne savais pas, ou qui t'est resté. S'il te plaît, Alfie, réfléchis.

— Qu'est-ce qui te prend de t'y intéresser à ce point, subitement ? »

L'une des jumelles était en train de massacrer au violon une version simplifiée du *Carnaval des animaux*. Alfie a fait la grimace et souri. Il aurait voulu que je dise quelque chose ; je n'ai rien dit.

« Tu n'as pas bu ton thé, a-t-il remarqué.

— Toi non plus », j'ai répliqué. Il en a bu une gorgée et m'a regardée.

« Pourquoi tu es comme ça, Lara ?

— Comme quoi ?

— Je me dis que tu dois être très malheureuse. Je voudrais tant que tu nous permettes… » Il s'est interrompu, avec un haussement d'épaules, et m'a adressé un petit sourire de guingois.

« Te permettre quoi, Alfie ? ai-je répondu sans hausser le ton.

— Arrête, Lara. De t'aider. Je voudrais que tu nous laisses…

— M'aider. En m'invitant le dimanche et en me servant une méga-coupe de pitié, nappée de coulis de pitié, avec des pépites de pitié pour couronner le tout ? » J'étais odieuse et je le savais. Qu'est-ce qui fait qu'avec ses frères et sœurs on régresse et qu'on se montre sous son pire jour ? Une demi-heure avec Alfie et il avait huit ans et moi douze, je l'asticotais, je le détestais, je l'enviais.

J'ai respiré un bon coup. « Pardon. Je ne voulais pas… j'ai besoin de savoir, c'est tout. Si Maman a quitté Papa quand elle a découvert la vérité, sur Michael. » Mon frère a tiqué en m'entendant prononcer ce nom mais j'ai continué imperturbablement. « Si elle l'a quitté, et où elle est allée, pourquoi elle s'est remise avec lui. Pourquoi ça a continué encore huit ans, huit ans, Alfie. Ce qu'ils comptaient faire quand on serait trop grands pour qu'on nous mente. Et même ces vacances, j'y ai repensé. Je me demande bien pourquoi elle avait accepté d'aller là-bas, déjà. Elle devait bien se douter que ce serait un désastre. Tu crois, toi – parce que c'est ce que je pense pour ma part –, qu'elle essayait de forcer la donne ? Sachant que j'aurais douze ans sur place, elle se disait peut-être que l'heure était venue de… tu vois ce que je veux dire… qu'est-ce que tu en penses ?

— Lara… » Comme notre mère, Alfie hausse rarement le ton, mais il l'a fait en cet instant. Il a une voix trop haut perchée, c'est tout de suite ridicule. « Il faut que tu lâches, tu le vois pas ? Nous ne sommes pas dans leur peau. Ils ont eu leur vie, et nous on a la nôtre. Je sais bien… entre Jeremy et tout le reste… Mais il faut, surtout ne le prends pas mal, il faut que tu essaies de lâcher. Autrement… autrement… » Il s'était penché en avant et serrait son mug si fort entre ses mains tremblantes que ses jointures blanchissaient. Il tendait le cou pour croiser mon regard. J'ai lentement levé les yeux. Les siens larmoyaient presque d'intensité. « Enfin, Danielle l'a dit. Elle l'a dit mieux que moi.

— Danielle ? Qu'est-ce qu'elle en sait, Danielle ? (Trop tard, c'était parti.) Elle ne fait pas partie de la famille. »

Alfie a détourné les yeux. « Je sais que tu ne l'as jamais portée dans ton cœur, Lara. Mais j'aimerais bien que tu me témoignes un peu plus de respect. Danielle, c'est ma famille à moi. »

Les éléphants étaient arrivés au bout de leur menuet, laborieusement, non sans écraser quelques cygnes dans un concert de couacs. Un silence a suivi, que nous n'avons pas rompu ni l'un ni l'autre. Alfie s'est levé, il a ramassé nos mugs. J'ai cherché quelque chose à dire, et comment le dire. Danielle est revenue.

« Ah, tu es encore là, Lara. » Enjouée, artificielle, tolérante. « Freddie, les petites meurent d'envie de te jouer leur morceau. Je suis sûre qu'elles seraient ravies que tu leur fasses la surprise de les écouter toi aussi, Lara.

— Merci, j'ai répondu en me levant, étonnée de me sentir les jambes aussi flageolantes ; on aurait dit qu'elles allaient se liquéfier sous moi. Mais il vaudrait mieux que je rentre, je me lève tôt demain. Une autre fois. »

J'ai effleuré la joue qu'elle me tendait, et j'ai tourné les talons en faisant semblant de ne pas voir le coup d'œil qu'elle a lancé à Alfie et la façon dont il a secoué la tête, presque imperceptiblement : langage secret des couples. Désagréable comme je venais de l'être, je n'en suis pas revenue qu'Alfie me prenne dans ses bras, et encore plus qu'il me serre fort. Mais j'ai réussi à me tenir jusqu'au moment où je suis remontée dans ma voiture, à l'abri des regards.

Qui l'a connu dans son enfance ne risquerait pas de le reconnaître aujourd'hui. Petit, il était blond et fluet, presque joli, avec son toupet à la Tintin et son teint pâle, translucide, ses cils blond roux, ses tempes veinées de bleu. À présent, à l'âge de trente-cinq ans, il est grand et massif, avec une espèce de gaucherie penaude. Il a de grands yeux de cocker, qui ont tendance à larmoyer, ce qui les fait paraître injectés de sang. Cela dit, c'est peut-être l'alcool. Il boit trop, sans exubérance. Quand il boit, c'est avec méthode, assiduité, bière sur bière. Ses tempes se dégarnissent déjà, comme le haut de son crâne, je l'ai remarqué récemment ; et le petit bouc roussâtre qu'il se laisse pousser depuis Noël lui donne des airs de vendeur de voitures d'occasion. Ou peut-être de l'agent immobilier qu'il est devenu. Agent immobilier, Alfie, mon petit frère si timide, si imaginatif ! Mais enfin, à mieux réfléchir, pas besoin d'être fin psychologue pour comprendre que ce choix est étroitement lié à tout ce qui s'est passé après la mort de notre père.

Je suis mal venue d'ironiser, je le sais. Il a aidé notre mère à acheter une maison à Welwyn et, après Jeremy, il m'a aidée, moi aussi. Et puis, j'aurais tort de faire la maligne. Aide à la personne, j'ai tout juste mon bac, ça ne s'appelle pas décrocher la lune. Seulement, quand on pense à son petit frère – celui qu'on a tant aimé et protégé, celui pour qui, pas seulement contre qui, on s'est battu –, on se dit : tu méritais mieux que cette vie-là, qui te rend malheureux ; Danielle est une femme aiguë-menton-pointu, qui coche toutes les cases : yoga, pilates ; régimes divers et variés ; la couleur toutes les six semaines, les ongles tous les quinze jours. Je vis dans la terreur qu'elle le quitte. Il l'adore, désespérément, ainsi que les jumelles qui se font un jeu de le mettre en boîte, d'inventer des scénarios et des histoires élaborés à ses dépens. Il prend ça comme une marque d'affection, mais il n'est que trop clair que quand elles seront adolescentes, dans quelques années, leur gentille condescendance à l'égard de Papa fera place à la dérision, puis au mépris caractérisé. Alfie croit que j'ai tort de vouloir exhumer le passé ; il se trompe tout autant à vouloir l'enterrer.

L'enfance que nous avons eue nous a rendus beaucoup plus proches que la plupart des frères et sœurs. Notre mère n'avait pas beaucoup d'amis et nous en prenions de la graine ; nous n'invitions pas souvent des camarades, nous non plus ; nous préférions ne compter que l'un sur l'autre, petit noyau soudé. Vaguement conscients que nous n'étions pas comme les familles de notre connaissance, nous nous serrions les coudes. Nous faisions tout ensemble, Alfie et moi. Nous avions toujours partagé la même chambre ; à la mort de notre père, j'avais douze ans et lui huit, et nous dormions encore dans des lits superposés. La pièce était petite ; il y avait la place de ces deux lits, d'une penderie, et c'était à peu près tout ; l'été, on y étouffait. Je détestais la partager avec Alfie, depuis quelque temps. Cette année-là, depuis Pâques, je commençais à trouver que ce n'était pas convenable. J'étais d'une sensibilité exacerbée à tous les changements de mon corps ; les petites boules douloureuses de mes seins qui bourgeonnaient, les poils doux, châtain clair, sous mes aisselles, comme un pelage ; les torsades rigides et encore clairsemées de toison pubienne. Un soir que je grimpais dans mon lit par l'échelle sans culotte sous ma chemise de nuit au genou, j'ai senti le regard curieux d'Alfie. Je me suis retournée, je l'ai mis au défi de me dire ce qu'il regardait comme ça, et il m'a répondu avec la simplicité sans fard de ses sept ans : « T'as des poils sur le derrière, tu sais. » J'ai sauté à bas de l'échelle et je l'ai giflé très fort. Il a pleuré, et moi je n'ai pas fermé l'œil de la nuit dans ma honte cuisante et ma détestation de lui comme de moi-même. J'avais l'impression que c'était déplacé, déplacé à un point mortifiant, de partager un espace aussi réduit avec mon petit frère. Certaines filles de la classe avaient une chambre à elles, ou bien en partageaient une avec leurs sœurs ; des chambres sans Lego, sans voies de chemin de fer, où on ne marchait pas sur des chaussettes de garçon ; où l'on pouvait se faire un gaufrage de cheveux, se vernir les ongles, fabriquer des cocottes en papier pour se dire la bonne aventure, parler de son prétendu béguin pour les vedettes de la série *Home and Away* qu'on voyait dans *Big,* et lire à haute voix les tests de personnalité et le courrier du cœur dans les vieux numéros de *Just Seventeen* laissés par les grandes sœurs. Le jour où j'ai pris mon courage à deux mains pour soulever le problème avec ma mère, je l'ai vue aussitôt sombrer dans le mutisme et fuir mon regard.

Aujourd'hui, je comprends mieux sa réaction : qu'est-ce qu'elle y pouvait, en somme ? Mon père – j'étais loin de m'en douter, bien sûr – avait déjà menti à sa femme en lui expliquant qu'il lui fallait quitter son studio (dans un immeuble chic) pour un appartement plus grand tout à côté. Je crois – je me souviens d'avoir posé la question à ma mère, après sa mort –, je crois qu'il a inventé un problème structurel, ou qu'il a dit que les voisins voulaient acheter son appartement pour s'agrandir et qu'ils lui avaient fait une offre qui ne se refusait pas. Comment aurait-il pu inventer, sans éveiller les soupçons, une raison qui le pousse à en prendre un plus grand encore avec trois chambres au lieu de deux ?

Tout en écrivant ces mots, je réalise un peu plus chaque fois combien je suis ignorante de ces faits. Tout l'aspect pratique, entretenir deux familles, deux vies complètes. Comment justifiait-il ses factures de gaz et d'électricité forcément exorbitantes pour une occupation de deux week-ends par mois, une ou deux semaines pour Pâques et autant en été ? Avait-il plusieurs comptes en banque ? Je le suppose. Il mentait sur ses honoraires, siphonnait ses rentrées d'argent par-ci par-là, à notre intention. Il donnait du liquide à ma mère, je m'en souviens. Chaque fois qu'il venait, il lui remettait une enveloppe blanche. Seulement voilà, l'argent liquide laisse des traces, lui aussi. Son comptable à Belfast, qui le conseillait sur les impôts relatifs à sa clientèle privée, connaissait-il sa double vie ? Et elle, Catriona Connolly, ne savait-elle vraiment rien ? N'avait-elle jamais voulu venir à Londres, histoire d'échapper un peu aux tensions et aux Troubles qui régnaient à Belfast ? Il y avait un appartement, tout de même, je devrais dire *ils* y avaient un appartement. Parce que le bien était à son nom à elle – comble de l'ironie. Comment avait-il fait pour la dissuader de venir sur place des années durant ? Car enfin, elle devait en avoir envie, non ? Sinon elle, du moins les enfants. Ils avaient sûrement envie de voir la Tour de Londres, Madame Tussaud, les momies égyptiennes du British Museum, le Donjon, les Hemleys, et tout le reste. Comment s'est-il débrouillé pour les tenir à distance, comment se fait-il qu'ils ne se soient jamais doutés de rien ? On en revient toujours au même point. La banalité de toute l'affaire, les côtés pratiques, les strates de mensonges qui se superposent, mensonges, contre-mensonges, mensonges en cascade. La vie d'équilibriste, le château de cartes. C'est pourtant une situation qui durait depuis plus de douze ans, soit toute ma vie, lorsqu'il est mort. Est-ce que le pot aux roses aurait été découvert s'il n'était pas mort en novembre de cette année-là ? Aurais-je précipité le dénouement ?

Je le crois volontiers. Notre appartement sur Eardley Crescent était situé au deuxième étage d'une grande belle maison ; il était plus vaste que celui d'Allenby Mansions, que nous habitions précédemment, mais nous y étions à l'étroit, surtout lorsque mon père nous y rejoignait. L'été, comme je l'ai dit, Alfie et moi allions jouer au cimetière de Brompton et, s'il pleuvait, nous prenions le bus pour aller au cinéma. Mais par les soirs froids et noirs de novembre ou de février, lorsqu'il pleuvait à torrents et que nous avions des devoirs, chaque fibre de mon être aurait voulu se trouver ailleurs. Nous nous installions dans le séjour, télévision allumée, et nos parents dans leur chambre ; notre père venait d'arriver et, sans jamais en parler, nous savions fort bien ce qu'ils étaient en train de faire et ça nous dégoûtait. Nous n'en avons jamais dit mot, mais dans la pièce trop chaude, gênés, tout raides, nous poussions parfois le volume de l'émission en cours.

C'est ainsi que la situation avait évolué, en tout cas. Mais depuis Fuengirola et la découverte de notre terrible secret de famille, j'aurais voulu avoir mon espace, mon intimité, c'est peu de le dire. Mon père, je ne lui parlais plus. Entre le début août, où nous l'avions revu, et le début novembre où nous l'avons vu pour la dernière fois, je ne crois pas avoir échangé plus de quelques mots avec lui. Pas de ma propre initiative, en tout cas. Mon regard passait sur lui comme s'il était transparent ; j'y prenais un malin plaisir. Parfois, je lui faisais un coup qu'on réservait aux profs remplaçants, à l'école : il suffit de fixer le haut de l'oreille gauche de la personne au lieu de la regarder dans les yeux. C'est étonnamment déstabilisant, si vous n'avez jamais essayé. La victime a beau faire, elle n'arrive pas à croiser votre regard, sans pour autant se rendre compte que c'est voulu. J'y puisais une délectation amère et tendue. Quand j'étais obligée de parler à mon père – parce que ma mère m'avait menacée de m'interdire de sortir, ou qu'Alfie m'en avait suppliée –, je lui parlais sur un ton monocorde, impersonnel, sans la moindre trace d'émotion. Plusieurs fois il a tenté de me parler lui-même, de me coincer en tête à tête, dans ma chambre, ou en promenade, mais je lui ai opposé une fin de non-recevoir. J'éprouvais des sentiments contradictoires, je crois ; je trouvais mon compte dans cette attention entière et soutenue qu'il me portait. J'aurais pu menacer de contacter son autre femme et ses autres enfants et de vendre la mèche – la nuit, dans mon lit, je répétais sans fin ce que je pourrais dire – mais je ne l'ai jamais fait. Il me suffisait de savoir que la chose était possible, je jouissais de mon pouvoir. Ça me donnait du pouvoir à l'école, aussi, sous une autre forme. Dans le primaire, j'avais toujours été une enfant sage qui se fondait dans la masse. Lors des réunions avec les parents d'élèves, les professeurs ne se souvenaient jamais de mon nom. En septembre, quand je suis entrée au collège après le choc et la fureur des révélations de l'été, j'en ai tiré une force que les autres enfants sentaient sans même en comprendre les tenants et aboutissants. Je n'avais plus peur de rien ; je me fichais pas mal de ce que pensaient les professeurs ou les gens en général, je n'avais plus envie de leur faire plaisir, d'être obéissante. Presque tout de suite, je me suis acoquinée avec les infréquentables de ma classe ; ceux qui, à douze ans fumaient déjà, buvaient, reniflaient des tubes de colle dans les sachets en plastique de chez Londis ; et sans jamais être une meneuse, je n'ai jamais été la cible de leurs brimades non plus, car ils savaient qu'ils n'avaient aucun moyen de me faire mal. Souvent, cet automne-là, surtout quand mon père était à ma maison, je passais les soirées à traîner dans les rues et les parcs avec mes nouveaux amis, et je rentrais en puant outrageusement la cigarette, histoire de mettre mes parents ou Alfie au défi de dire quelque chose. Ils s'en gardaient bien. Ils se sentaient dépassés, peut-être, voire coupables, ou bien ils espéraient que les choses se tasseraient, qu'elles s'aplaniraient, que ma rage se calmerait toute seule. Et ma mère ? Espérait-elle encore envers et contre tout que la situation allait se résoudre d'elle-même ? Qu'il faudrait bien que notre père agisse, à présent que nous étions au courant, qu'il prenne une décision, qu'il faudrait bien que quelque chose change ?

Je me suis souvent demandé, ces dernières années, quel effet le fameux été et l'automne suivant avaient pu avoir sur Alfie. La révolte qui était la mienne, c'est presque un cas d'école. Les mauvaises fréquentations, l'alcool et la drogue, les avertissements du collège, les échecs aux examens. Je suis allée jusqu'à détruire les albums de famille – à ce jour, je le regrette encore. J'ai mis les volumes en simili-cuir dans un cabas et je les ai descendus à la poubelle le soir précédant le ramassage des ordures. Toute cette nuit-là, je me suis délectée à l'idée que personne ne se doutait de leur disparition. C'était la première fois que mon père revenait nous voir depuis Fuengirola et, malgré les larmes et les excuses, je me doutais que rien n'avait changé ou n'allait changer dans l'immédiat. Il n'allait pas quitter sa femme, notre mère n'allait pas le quitter. J'aurais pu me raviser, les récupérer, ces albums. Je les avais mis dans un cabas de chez Hamleys, avec ses rangées caractéristiques de petits soldats rouge et noir ; le cabas était facile à repérer parmi les sacs-poubelles noirs malodorants. J'y ai pensé, j'ai failli le faire ; je ne l'ai pas fait. Le lendemain, j'ai regardé les éboueurs avec leurs bonnets de laine tout tachés et leurs mitaines balancer les poubelles dans les mâchoires de leur camion, j'ai eu une bouffée de chaleur, un vertige à la pensée de mon forfait. Mais même à cette occasion, ma mère n'a pas réussi à m'engueuler ou à me corriger ; elle s'est enfermée dans sa chambre, sans répondre quand j'ai frappé. Alfie me regardait avec de grands yeux effarés lorsque je m'approchais trop de lui. À sept ans et demi, en principe, il était assez grand pour comprendre que notre père avait un autre foyer, mais il était encore assez petit pour faire confiance aux adultes, et croire qu'ils finiraient par tout arranger. Ma réaction était épidermique, violente, rebelle et bravache ; la sienne était tout intérieure, au contraire. Il est devenu encore plus discret que d'habitude, je m'en souviens, et je l'ai détesté. Quand je rentrais tard, le soir, je faisais du bruit dans la chambre, j'essayais de le réveiller pour qu'il râle, et que je puisse crier plus fort que lui, pour que notre mère soit obligée d'intervenir. Mais il gardait les yeux fermés alors que je savais pertinemment qu'il était réveillé. Parfois, je lui écartais les paupières de force ; il se tortillait, voulant s'abriter derrière le bouclier du sommeil ; quand il ne pouvait plus faire semblant, il me considérait depuis son lit, ou bien il contemplait les lattes de mon matelas, au-dessus, si je lui disais de ne pas me regarder ; il n'a jamais pipé mot. Plus il était soumis et taiseux, plus il était timide et m'évitait, plus je le haïssais, plus je le maltraitais. Avec ma mère c'était pareil ; elle ne disait rien, soit qu'elle n'ait pas pu, soit qu'elle n'ait pas voulu ; elle serrait Alfie contre elle, m'implorait du regard et pleurait toutes les larmes de son corps, muette et pathétique : il ne me restait plus qu'à la détester.

Les événements ultérieurs, la mort de notre père, nous ont de nouveau réunis, Alfie et moi. Mais dès que nous avons pu, nous nous sommes fuis l'un l'autre, comme nous avons fui le champ de bataille. Des années durant, nous nous sommes peu vus, et ce jusqu'aux derniers mois de la maladie de notre mère, qui nous ont rapprochés. Le soutien qu'il m'a apporté quand Jeremy m'a quittée a eu le même effet, au point que j'ai recommencé à aller les voir le dimanche ; mais nous ne nous entendons plus aussi bien que dans l'enfance. Peut-être que, quand nous sommes ensemble, nous mesurons à quel point nous sommes abîmés par la vie – alors que, quand nous sommes seuls ou avec des étrangers, nous arrivons à faire bonne figure, voire à nous leurrer.

Je tourne autour du pot, mais il va bien falloir que j'écrive ce qui s'est passé ensuite.

Dimanche 24 novembre 1985

Mon père est mort le dimanche 24 novembre 1985. Ces choses-là, on aime penser qu'on les avait pressenties, qu'on les a sues tout de suite ; mais tel n'a pas été le cas pour nous, il nous a fallu deux jours. Il nous avait rejoints pour l'anniversaire d'Alfie, ses huit ans, au début du mois. Nous étions allés au Hard Rock Café, et je l'avais regardé de travers parce qu'il flirtait – blaguait, aurait-il dit – avec la serveuse : pour moi, plus rien n'était anodin. Et j'avais planté le couteau dans mon hamburger en déclarant que j'allais me faire végétarienne. J'avais cessé de l'appeler Papa ; je l'appelais Patrick. J'avais dit qu'il ne méritait plus ce titre et il n'avait pas discuté. Ma mère s'était mise à pleurer. Alfie m'avait suppliée de ne pas séparer la famille le jour de son anniversaire. La soirée avait été abominable. Je me demande parfois si c'est la raison pour laquelle notre père n'est pas venu nous voir la quinzaine suivante, comme prévu. Je l'ai dit à ma mère, une fois peu après, et elle m'a répondu : Bien sûr que non, qu'est-ce que tu racontes, il a eu un changement dans son emploi du temps, c'est tout. Mais j'ai perçu une hésitation dans son regard, elle manquait de conviction. Du coup, pendant des années, je me suis sentie responsable, comme si la force de ma haine l'avait tué.

Dans les faits, voici comment il est mort : l'IRA avait commis un attentat au mortier contre une caserne du RUC, en rase campagne. Ils l'avaient programmé un dimanche soir pour prendre par surprise les policiers installés confortablement dans leurs quartiers temporaires. Cette nuit-là, il faisait un temps de chien. Il avait plu à seaux sans discontinuer toute la journée et, à la tombée de la nuit, le vent avait forci. Des branches cassaient, la pluie battait, toute créature possédant un gîte s'y était terrée. Ils ont frappé sur le coup de dix heures, faisant deux morts et plusieurs blessés, certains grièvement. Mon père avait été prévenu à l'hôpital, mais les ambulances ne passaient pas – un arbre était tombé en travers de la route – et il avait donc été convenu que les victimes les plus atteintes seraient transportées par hélicoptère. À ce stade, on avait perdu pas mal de temps, et mon père s'inquiétait pour les hommes, dont l'un avait eu la jambe arrachée. Il était donc monté dans l'hélicoptère. Le temps qu'il atterrisse à la caserne, l'un des deux blessés était déjà mort, mais grâce à un bloc opératoire de fortune, mon père, le médecin de la caserne et les auxiliaires médicaux ont réussi à stabiliser l'autre en étanchant le flot de sang et en pansant la plaie, après quoi ils l'ont transféré à bord de l'hélicoptère pour qu'il soit opéré d'urgence à l'hôpital de Belfast. Dans les trois minutes suivant le décollage, sans qu'on ait pu déterminer les causes de l'accident – météo, manque de visibilité, erreur de pilotage, défaillance technique –, l'hélicoptère s'écrasait, tuant sur le coup le pilote, l'auxiliaire, le blessé et mon père.

Ce fut une tragédie dans un pays et une période où chaque jour en apportait son lot. On en parla beaucoup aux actualités, mais notre mère détestait les reportages, surtout quand il y était question de l'Irlande du Nord, si bien que, le lendemain, nous n'avions toujours rien appris ni par les journaux ni par la radio. Alfie et moi, nous étions à l'école ce jour-là, un lundi normal et morne. Notre mère n'était pas sortie de la journée ; elle avait fait le ménage, lu son livre, avancé une nouvelle robe. Si elle avait mis le nez dehors, ne serait-ce que pour aller chez Mr Patel, elle aurait peut-être eu vent de quelque chose, mais elle est restée à la maison. Le cabinet de Harley Street a sûrement été prévenu, mais le personnel était loin de se douter qu'une infirmière qui y avait travaillé brièvement des années plus tôt était toujours avec l'un des médecins. Il a donc fallu attendre mardi, mardi soir, pour que nous commencions à nous poser des questions. On n'avait pas de téléphones mobiles à l'époque, mes parents restaient plusieurs jours d'affilée sans communiquer. Ils s'étaient parlé le mercredi où mon père avait annoncé qu'il ne viendrait pas. Puis de nouveau le vendredi soir, brièvement. Le week-end, il appelait rarement, si bien que ma mère ne s'était pas étonnée de ne pas en avoir de nouvelles samedi, dimanche et lundi. Le mardi, elle a commencé à s'inquiéter, mais de cette inquiétude larvée et permanente qu'il ait été pris dans une alerte à la bombe, ou que Catriona ait découvert quelque chose – toutes ces menaces potentielles qu'elle refoulait de haute lutte. Puis, le mardi soir, Alfie a laissé la télévision allumée après avoir regardé les programmes de la BBC destinés aux enfants. Un court reportage mentionnait un accident d'hélicoptère faisant suite à l'attentat contre une caserne, en Irlande du Nord, dans le comté de Fermanagh. Aucun de nous trois ne suivait l'information, mais ma mère, qui préparait le dîner, l'a entendue en fond de bruit. *Les quatre hommes à bord, dont le pilote, un rescapé de l'attentat, un auxiliaire médical et le chirurgien ont été tués sur le coup, ce qui porte le bilan des victimes à…* Elle dit qu'elle a ressenti comme un pincement. Le reportage terminé, elle a demandé à Alfie d'éteindre la télé, et elle a fini de préparer notre dîner. Puis elle nous a mis à table et elle est allée dans sa chambre, où elle a fait le tour de toutes les stations de radio en sourdine pour tenter d'en apprendre davantage, en vain. En désespoir de cause, elle est revenue dans le séjour, et nous a dit calmement qu'elle faisait un saut au magasin. Elle a enfilé son manteau, lacé ses chaussures, coincé son sac à la saignée du bras, et elle est sortie. Alfie et moi, on s'est regardés, on a haussé les épaules, et on a continué à bâfrer nos frites ou nos haricots, enfin ce qu'il y avait dans notre assiette. Quelques minutes plus tard, elle est revenue, des journaux plein les bras. L'accident n'était pas en première page, et elle ne s'était pas arrêtée chez Mr Patel pour les ouvrir. Elle avait pris l'*Evening Standard,* le *Guardian* et le *Daily Telegraph,* le *Sun* ainsi que deux ou trois autres quotidiens. Elle n'a pas dit un mot. On a commencé à sentir qu'il se passait quelque chose. Sans prendre le temps d'enlever son manteau ni ses chaussures, son sac toujours à son bras, elle s'est assise et s'est mise à lire le premier de la pile, le *Times*, en épluchant chaque page pour la poser ensuite. Nous nous sommes regardés, nous l'avons regardée. Elle s'est arrêtée. Elle a inspiré longuement, le souffle tremblant ; pendant un instant, elle est restée figée. Puis elle a laissé tomber son journal, et s'est mise à parcourir fébrilement les autres, en déchirant les pages dans sa précipitation. Alfie et moi, on l'observait. On avait compris.

C'est bizarre, étant donné la précision avec laquelle je me rappelle tout le reste, mais ces quelques heures, ces deux premiers jours sont une tache floue, un blanc. Ce doit être le choc. Je ne me souviens pas d'avoir pleuré, mais sûrement. Je me souviens que je ne suis pas allée à l'école, et que l'un de mes professeurs est venu à la maison. La mère d'un des camarades d'Alfie est venue, aussi, oui c'est ça, avec un bébé qui a bavé sur mon pull quand on me l'a mis dans les bras. Ça a été toutes nos visites, je crois. Notre mère n'avait pas d'amis qui viennent à sa rescousse – comment faire quand on tient secret l'essentiel de sa vie ? Elle racontait à ses connaissances que son mari travaillait les trois quarts du temps en Irlande, mais que, pour des raisons de sécurité, elle vivait ici avec ses enfants. C'était sa version officielle et elle tenait les gens à distance, car s'ils avaient franchi le cordon sanitaire, ils se seraient aperçus qu'il y avait quelque chose qui ne tournait pas rond chez nous, dans notre organisation. Est-ce qu'une voisine est venue nous apporter un plat cuisiné ? C'est plausible, mais je ne m'en souviens pas vraiment. Tout le reste est dans le brouillard. Ce que je me rappelle surtout de cette période, c'est le premier soir, qui pour sa vraie famille n'était pas le premier mais le troisième, bien sûr. Je me revois assise au milieu du fouillis de journaux pendant que ma mère appelait le numéro personnel de mon père à Belfast, chez lui. Au brouhaha de voix à l'arrière-plan, elle a compris qu'il ne s'agissait pas d'une erreur. En posant le récepteur, elle a dit :

Ils m'ont prise pour une journaliste, ils m'ont demandé de laisser la famille faire son deuil en paix.

Nous sommes allés à Belfast pour l'enterrement. Il a eu lieu le lundi suivant, 2 décembre, puisque, chez les catholiques, on n'enterre pas pendant les dimanches de l'Avent. Nous nous glisserions dans l'église après le début de la cérémonie, avait décidé notre mère. Ce n'est que plus tard que notre identité – et d'ailleurs notre existence – ont été découvertes ; d'après notre mère, les Connolly ignoraient encore tout de nous.

C'était donc la première fois qu'Alfie venait à Belfast, et la deuxième pour ma mère et moi. Nous avons pris le premier vol du matin, avec retour le soir même : pas question de passer la nuit dans cette sordide ville de la haine. Je me souviens qu'il faisait gris et humide, que l'air était piquant et visqueux à la fois. Noirs les immeubles, tassés les uns contre les autres, noirs les trottoirs, amer le visage des gens, dans les rues ; les nuages pesaient comme une chape, sans aucun signe que le soleil veuille se montrer. Nous avons attendu dans le graillon d'un boui-boui qu'il soit l'heure de la messe. Alfie et moi avions mis nos uniformes, le sien gris clair, le mien noir ; c'étaient les tenues les plus sobres que nous ayons. Notre mère était en noir, jupe et manteau, chapeau à large bord pour cacher son visage. Elle nous a obligés à commander des petits déjeuners complets à l'anglaise, des frites de l'Ulster, en l'occurrence, pour que nous ayons une raison d'être dans ce café. Et elle nous a obligés à les manger, en plus. Je me rappelle mon haut-le-cœur quand j'ai mâché ces saucisses spongieuses et ce pain gorgé de matière grasse ; le picotement du soda orange au fond de mon nez, pareil à des larmes.

Les rues voisines de l'artère principale nous étaient familières pour les avoir vues souvent aux actualités : rangées de maisons crasseuses toutes semblables, leurs portes souvent murées de briques, des filets pour retenir les gravats. Des femmes en fichu, tête baissée. Une patrouille de l'armée. Un chien maigre et borgne. L'impression réfrigérante d'être observé.

Pour finir, le courage de ma mère l'a abandonnée, et nous n'avons pas assisté à l'enterrement. Nous nous sommes assis sur un mur, à côté d'un immeuble qui s'était écroulé sous les bombes et d'où l'on voyait la porte de derrière de l'église, et nous avons regardé l'édifice noirci de suie, impassibles ; ma mère tenant la main d'Alfie – j'avais retiré la mienne. Le souvenir d'être venue à Belfast avec elle pour regarder une maison du dehors, d'avoir attendu, tenue à l'écart de l'histoire, m'est revenu plus fort qu'auparavant. Nous sommes restés une demi-heure peut-être, c'est difficile à dire. Par deux fois, un policier en patrouille nous a demandé ce que nous faisions là. Nous étions venus à l'enterrement a dit notre mère, mais comme c'était trop dur pour le petit, nous étions sortis prendre l'air et nous attendions les autres. Je me souviens d'avoir été impressionnée par l'aisance et la vraisemblance avec lesquelles ces mensonges sortaient de sa bouche. Il faut dire qu'elle avait eu toute une vie de pratique.

Nous n'avions aucune idée de la longueur d'une messe catholique. À un moment donné, notre mère – elle était au supplice, incapable de s'en tenir à une décision – a résolu de jeter un coup d'œil dans l'église, d'y mettre les pieds, littéralement. Nous l'avons vue traverser la rue, monter les marches pour faire le tour de l'édifice et disparaître. Un instant plus tard, elle revenait, le feu aux joues, en nous disant que la cérémonie se terminait et qu'il fallait qu'on parte. Ça a été tout.

Un ou deux jours plus tard, le fait que notre père avait une famille *bis* éclatait au grand jour. Aujourd'hui encore, j'ignore comment au juste. Catriona Connolly était-elle allée ranger les papiers de son mari à l'hôpital (les médecins qui consultent ont-ils un bureau à eux, d'ailleurs ?) ? Ou son casier personnel, où elle aurait trouvé une photo, un indice ? Est-ce qu'un collègue bien intentionné qui savait ou devinait plus qu'on ne lui en avait dit, a pensé lui rendre, voire nous rendre, service en la prenant à part pour lui chuchoter discrètement à l'oreille ce qu'il soupçonnait ? Est-ce que notre père aurait livré un détail à sa mère – notre grand-mère – ou à sa sœur? Ces femmes savaient-elles quelque chose, ou en avaient-elles deviné assez pour poser des questions? Y avait-il des documents compromettants, des factures, des relevés qui ne collaient pas? Est-ce que Catriona s'était déjà doutée de quelque chose, tout en remisant ses soupçons sur une étagère hors de portée du quotidien? En tout cas, une chose est sûre, ça s'est su. Nous avons été découverts et, en Irlande, tous les journaux en ont parlé. Le plasticien aux deux visages, Dr Jekyll et Mr Hyde – les tabloïds s'en donnaient à cœur joie. Catriona s'est procuré notre numéro de téléphone, ou bien on le lui a donné, et elle a appelé un après-midi. Je ne sais pas ce qu'il s'est dit ; notre mère a emporté le téléphone dans sa chambre en tirant sur le fil. Nous, nous écoutions, mais nous n'entendions que des Oui et des Non, Oui, Je vous demande pardon, En pointillés, Treize ans, Toute notre vie ; des syllabes d'excuse. Les journalistes aussi se sont procuré notre adresse. Nous avons été photographiés au moment où nous quittions l'appartement d'Eardley Crescent : le cliché ne flatte pas ma mère, visage dur et vieilli ; Alfie et moi, on a des bandeaux noirs sur les yeux. C'est là qu'elle leur a dit, par bravade peut-être, mais allez savoir, moi j'ai toujours cru qu'elle était sincère : *Si c'était à refaire, je referais tout sans rien changer, pas même la fin, pas même si je savais d'avance comment ça finirait.*

Si la chose s'était produite plus tôt – si la vérité avait éclaté avant les obsèques, disons – il aurait pu y avoir une forme de « réconciliation ». Non, le mot est trop fort, mais nous aurions au moins pu assister à l'enterrement, et rencontrer nos demi-frère et demi-sœur, notre grand-mère, notre tante, ces cousins que nous n'avions jamais eus. Mais en l'occurrence, et avec les mots de ma mère en grosses lettres dans les tabloïds, Catriona Connolly a déclaré qu'elle ne voulait pas entendre parler de nous, jamais, et je dois dire que je la comprends.

North End Road

Trois mois après la mort de mon père, on nous informe qu'il faut vider les lieux : Catriona vient de mettre en vente l'appartement de Eardsley Crescent, qui est à son nom et que notre père lui a légué. Ils avaient évoqué – dit ma mère – la possibilité qu'il nous couche sur son testament ; ce devait être peu après la naissance d'Alfie. Quelles qu'en soient la ou les raisons, c'était resté à l'état de projet. Encore une chose que je n'ai jamais pu comprendre. Je n'arrive pas à croire qu'il s'agisse d'un déni caractérisé de nos personnes, d'une indifférence cruelle. Alors quoi ? Simple négligence ? Je n'y crois pas davantage. Était-ce un problème pratique – il aurait eu besoin de la signature de sa femme pour toute modification dans son testament ? Est-ce que son avocat était un ami de la famille à qui il ne pouvait faire de confidences, ni se dévoiler ? Est-ce que, lorsqu'il était chez lui à Belfast, nous nous effacions un peu de sa vie, moyennant quoi ces questions lui paraissaient moins pressantes ? Quoi qu'il en soit, je n'arrive pas à comprendre, ni à le comprendre, lui, ni à lui pardonner. Sur nos livrets de caisse d'épargne, nous avions quelques centaines de livres chacun : autant dire rien. Il aurait tout de même pu nous pourvoir d'une façon ou d'une autre. Le seul fait tangible et incontournable, c'est qu'il a laissé courir. Au diable les raisons, en somme.

Février ; froid mordant. Les platanes sont noirs, leur tronc visqueux. Des monceaux de feuilles en putréfaction enserrent

103

l'enclos des poubelles. Les pigeons, qui ne sont plus que des boules de duvet et de puces, sautillent, l'œil terrible, sur les trottoirs trempés – encore plus pestilentiels que d'habitude. On abandonne les parapluies baleines rompues, inutiles contre les quatre vents. Au retour de l'école, je reste des heures à la fenêtre du séjour ; je regarde les oiseaux et les journaux, les emballages de frites que le vent bourlingue d'un côté de la rue à l'autre, infects sous l'éclairage orangé des réverbères. Je regarde la foule grouillante rentrer du travail, dos rond, cou rentré dans de longs manteaux sombres, traînant dans son sillage les reliefs du jour, mégots, papiers, détritus divers et variés.

Un confrère londonien des avocats de Catriona vient évaluer l'appartement et prendre en main la procédure. Puis c'est un agent immobilier. Alfie, Maman et moi, on subit chaque visite sans rien dire, en rang d'oignons sur le canapé : trois paires d'yeux accusateurs, honteux, indéchiffrables. On pense qu'ils nous prennent pour des locataires, mais on ne peut pas en être sûrs. L'avocat est un type rapide et efficace, qui a l'air de s'excuser ; il est affligé d'un léger strabisme ; il perd ses cheveux. L'agent immobilier est maigre et dégingandé malgré son visage poupin ; je n'ai jamais vu une acné aussi catastrophique. Je l'imagine en train de s'entamer les pustules au rasoir tous les matins, de les faire suinter. Je dessine pour Alfie une BD où ils jouent le rôle des méchants. Le quatrième ou le cinquième acheteur potentiel se porte acquéreur de l'appartement, mais fait une offre très inférieure au prix demandé ; il sait, ou il devine, que le vendeur est pressé. Il faut que tout soit ficelé (c'est l'expression de l'avocat) dans les plus brefs délais ; telles sont ses instructions.

Il ne nous regarde jamais en face. Il ne nous prend pas pour des locataires, en fait. Il a dû voir les journaux de Belfast, la photo de notre mère et ses paroles de défi. Il aurait fallu qu'elle se repente, qu'elle s'excuse, qu'elle demande pardon ; mais elle n'en a rien fait, pas question.

Notre mère travaille tout le temps, à présent, pour tâcher de faire bouillir la marmite. Son emploi principal l'emmène à Hammersmith où elle est aide-soignante à l'hôpital de

Charing Cross. Elle s'est mise à faire les quarante minutes de trajet à pied pour économiser le ticket d'autobus. Seulement quand elle est dans l'équipe de nuit, nous la supplions de prendre le bus pour remonter Lillie Road le long de Normand Park à cause des camés et dealers qui traînent dans le secteur, le soir. Alfie insiste et moi aussi. J'ai le sentiment incongru et tenace que j'ai tué notre père – que j'ai voulu sa mort, que je l'ai causée. Tout à coup, j'éprouve une terreur irrationnelle pour notre mère, parce que je l'ai détestée, elle aussi, ces derniers mois. Elle nous assure qu'elle prend le bus. Espérons qu'elle dise vrai. Aide-soignante : faire les lits, vider les bassins, laver, panser, nettoyer-essuyer des culs malades, ça ne paie pas, même quand on enchaîne l'équipe de jour et celle de nuit, sans compter les urgences. Alors depuis quelques semaines, notre mère cherche aussi des ménages. On le prend très mal, Alfie et moi. Elle a mis des annonces dans la vitrine du marchand de journaux, du fast-food indien, à la bibliothèque, au café en face de la station de métro de West Brompton, on en est mortifiés. Pour nous et pour elle. Mais elle ne trouve guère preneur, ce qui nous soulage au-delà de tout. Les gens n'aiment pas l'idée qu'une femme entre deux âges, de race blanche, qui a si manifestement connu des jours meilleurs, lessive leur plancher ou récure leurs toilettes sales. Ça les met mal à l'aise, ils se sentent trop proches d'elle.

En attendant, elle ne sait pas comment nous allons nous en sortir. Son visage est tendu, ses joues se creusent, elle a pris des rides. C'est un cliché, mais il se vérifie : elle paraît facilement dix ans de plus que son âge. Sa mère pourrait peut-être nous aider ou bien sa sœur Helen, mais elle est trop fière pour leur avouer où nous en sommes. En outre, ce n'est pas comme si l'une ou l'autre pouvait être d'un réconfort immédiat. Notre grand-mère habite Beverley, maintenant ; elle vit d'une retraite modeste, dans une petite maison de trois pièces. Quant à Helen, elle a épousé un Canadien et s'est installée à Toronto. Lorsque Maman fait les nuits, je me glisse subrepticement dans sa chambre pour lire les lettres que notre tante nous écrit parfois à la va-vite sur un fin papier « par avion » et je me demande si notre mère envisage de partir

là-bas. *Vous devriez venir, vous autres, les gosses adoreraient.*
Bien sûr, Helen veut dire : venir en vacances, mais je pense :
Pourquoi pas ? Un nouveau départ, recommencer de zéro, en
mettant la moitié du globe entre nous et le passé. Aujourd'hui
encore, je me demande ce qu'il en aurait été si nous avions
changé de peau pour devenir canadiens. Je pense à ces autres
nous, à cette autre vie, et l'idée me rend curieusement triste.
Déplorer la perte de ce qu'on n'a jamais eu : c'est ridicule.
Rien ne dit que nous aurions connu un sort meilleur, du reste.
Il aurait peut-être été pire. Nous aurions pu nous retrouver
doublement, triplement exilés de nous-mêmes et de notre vie
d'avant. Et pourtant, maintenant encore je ne peux m'empêcher de me demander si c'est un virage que nous avons raté ;
et ces temps-ci, depuis Jeremy, l'idée m'accable avec une
intensité renouvelée.

Peut-être que c'est l'âge, me dis-je, et mon moral en prend
un méchant coup. Je vois ça tout le temps avec les vieux dont
je m'occupe. Tous sans exception, ou presque, pleurent sur
leur double avantageux, sont hantés par leur vie-fantôme,
l'homme ou la femme qu'ils auraient pu, voire auraient dû,
être. Moi, je suis trop jeune pour ressentir ça. Mais la vérité,
c'est que j'ai presque quarante ans, que je suis seule, sans
enfants, avec peu d'espoir de me sortir du scénario et de l'histoire dont je suis prisonnière.

Je continue donc, je n'ai pas le choix.

Nous ne sommes pas partis au Canada, cette éventua-
lité n'a peut-être jamais existé que dans mon imagination.
Un beau jour, voilà que l'avocat qui louche téléphone :
Mrs Connolly, sa cliente, l'informe que nous recevrons la
moitié du produit de la vente de l'appartement, taxes et
impôts déduits, en un versement unique. À la condition
expresse, souligne-t-il, que ma mère s'abstiendra de toute
tentative pour contacter Mrs Connolly. Qu'elle ne dira rien
aux médias de notre situation particulière s'ils venaient à
faire des travaux d'approche, ou des offres dans ce sens. Ces
clauses s'appliquent dès réception de la proposition, et toute
communication entre les parties devra désormais passer par
la voie officielle, c'est-à-dire par son intermédiaire.

Il ignore – mouais ! – que deux journaux irlandais du dimanche ont déjà demandé à notre mère de leur raconter son histoire, et qu'elle les a envoyés se faire foutre l'un comme l'autre, car elle n'a nulle envie de jeter sa vie et celle de ses enfants en pâture à ces charognards.

Je m'interroge encore sur ce qui a pu pousser Catriona Connolly à prendre une décision pareille. C'était, c'est toujours, une catholique fervente, que je sache. La voix de sa conscience ? Le besoin subit de faire une bonne œuvre ? À moins que ses avocats ne lui aient soufflé que nous pourrions revendiquer une part des biens de feu son mari, pour avoir vécu en squatters dans sa vie, en somme ; et qu'alors son geste désamorcerait toute démarche de notre part. Il couperait court à un procès-imbroglio susceptible de traîner en longueur. Par la suite, je me suis renseignée, l'air de rien, et il semble en effet que nous aurions pu entamer une procédure avec succès. La loi sur l'héritage, la famille et les dépendants suggère que nous aurions pu intenter une action, surtout si le testament de notre père ne comportait pas de clause explicite restreignant sa descendance à ses enfants « légitimes ». À ma connaissance, personne n'a jamais suggéré à ma mère qu'elle prenne un avocat. Je me suis toujours demandé pourquoi elle ne l'avait pas fait. La peur que nos noms risquent de traîner dans les tribunaux et que notre affaire revienne aux oreilles des gens de sa connaissance l'a peut-être réduite au silence. Sauf que ça ne colle pas vraiment. Après tout ce qu'elle avait subi, se laisser abattre par la honte ? À moins que la mort de mon père n'ait creusé un vide dans lequel se seraient engouffrées la mauvaise conscience et la culpabilité qu'elle tenait en lisière depuis toutes ces années. Mais il se peut que ce soit par fierté, au contraire. Peut-être était-elle trop fière pour quémander, pour s'humilier.

D'un extrême à l'autre le pendule va et vient, on essaie de raisonner, on essaie de savoir. Toujours en vain. Comment entrer, si peu que ce soit, dans la tête de quelqu'un d'autre avec ses pensées, ses peurs, tout son être ?

Notre mère repose le combiné, elle est blême. Elle a été tirée de son sommeil, deux pauvres heures volées entre sa journée et la garde de nuit qu'elle a accepté d'assurer. Elle a les cheveux en bataille. Je remarque et pas pour la première fois qu'ils grisonnent. Elle n'avait que trente-cinq ans, elle était plus jeune que moi aujourd'hui. Des poches sous les yeux, comme des lacs brunâtres ; son visage, dissous par le sommeil, flasque sous l'effet du choc, s'anime à vue d'œil d'un relief complexe. Une part du produit de la vente, répète-t-elle, comme pour tester l'effet des mots sur elle. Ça ne va pas suffire pour acheter un appartement, mais ça nous permettra de payer un loyer pendant des années, pourvu qu'on fasse attention, et qu'on place la somme convenablement sur nos comptes personnels.

Alfie s'est approché d'elle en douce, et moi je suis restée assise dans le couloir où nous étions postés pour l'observer et l'écouter dès que nous avions compris qu'il ne s'agissait pas d'une communication banale.

« On va s'en sortir, a-t-elle dit, et puis, elle a repris son accent du Yorkshire en tendant les bras à Alfie : Aie pas peur, mon trésor, on va s'en sortir, maintenant.

— Il est à nous tout entier, cet appartement, a répondu Alfie. Elle, elle y est même pas venue, jamais. »

Notre mère l'a serré contre elle, et elle m'a lancé un regard par-dessus sa tête. Je me suis détournée.

Quelques semaines plus tard, début avril, nous déménageons. Le vent souffle en rafales, il rabat mes longs cheveux dans ma figure, j'en ai plein la bouche et les yeux en descendant les marches, chargée des derniers cartons et sacs-poubelles où nous avons fourré nos affaires. Alfie monte la garde devant ce tas d'effets empilés à la va-comme-j'te-pousse sur le trottoir, le long de la grille. On dirait un réfugié tant il est maigre et pâle, ses grands yeux aux aguets, ses lèvres gercées à force de les mordre. C'est bien un réfugié, me dis-je. Nous le sommes tous les trois. Réfugiés de notre vie passée.

Une infirmière de Charing Cross, collègue de ma mère, a proposé de nous donner un coup de main ; son mari est chauffeur de minicab. Il arrive dans son tacot cabossé pour nous conduire, nous, nos cartons et nos sacs-poubelles jusqu'à notre nouveau domicile. Il est originaire d'Afrique de l'Ouest, nigérian je pense, et sa radio qui sonne comme une casserole bêle du Fela Kuti entre les parasites. On bourre la voiture à bloc. Il attache nos matelas sur le toit en les arrimant avec de la corde à travers les fenêtres, et puis notre mère monte devant et nous lui tendons les objets fragiles – deux photos encadrées, le pot de monnaie-du-pape qui périclite –, sur quoi ils démarrent. Alfie et moi avons pour consigne de rester sur le trottoir avec le reste des affaires, ils reviendront nous chercher. Nous sommes assis chacun sur un sac de vêtements – type sac à patates – nous n'ouvrons pas la bouche. Les bourrasques transpercent allègrement mon sweat-shirt, contrefaçon de la marque Fruit of the Loom et cadeau de Noël acheté à la dernière minute, je le sais, dans un marché de rue – ainsi que la jupe écossaise que je porte avec des leggings et des chaussettes roulées sur mes tennis. L'humidité frisquette remonte du sol par leur mince semelle, je suis transie. Je replie les genoux contre la poitrine, je tire sur ma jupe pour m'en faire une tente et je rentre le menton dans l'encolure de mon sweat-shirt. Alfie a déniché un bâton, et il le trempe dans une flaque d'eau pour faire des dessins sur le bitume. Au bout d'un moment je m'aperçois que ce ne sont pas des dessins mais ses initiales qu'il trace indéfiniment, jusqu'à ce que son carré de trottoir en soit couvert.

Notre mère revient nous chercher plus tôt que je n'aurais cru. Nous faisons un autre chargement, cette fois ce sont les sommiers qu'on arrime sur le toit, en logeant le plateau de la table dans le coffre arrière. La voiture démarre, hayon ouvert et agité de soubresauts comme une gueule qui rirait. Au troisième voyage, nous réussissons à caser le reste des affaires et, au quatrième, nous avons la place de nous loger tous les trois, Alfie sur mes genoux ; la voiture dégage une âcre odeur de renfermé ; Fela braille toujours, et de mon côté la portière passager tient avec de la ficelle et du scotch. Les petites fesses osseuses d'Alfie me rentrent dans les cuisses et je lui donne un coup de coude pour qu'il bouge. Il se retourne et me regarde, perdu. Pour faire bonne mesure je le pince ; il ne piaule même pas.

Il ne faut pas cinq minutes pour arriver devant notre nouveau chez nous. On suit Lillie Road, on dépasse la station de métro West Brompton et puis on prend à droite North End Road. À pied, c'est l'affaire d'un quart d'heure, de dix minutes même. (Sauf que je ne ferai jamais le trajet en sens inverse ; je ne retournerai jamais à Eardley Crescent. Même quand j'emmène Alfie à l'école, je fais un détour pour que nous ne passions pas devant les endroits où nous avons vécu, comme si l'espace était lui-même un temps, révolu aujourd'hui.)

« On a à peine l'impression de déménager, non ? » dit ma mère.

Nous ne répondons pas, ni l'un ni l'autre. Je n'ai pas l'habitude de plaindre ma mère. La détester est plus facile. Et ces émotions me tourneboulent l'estomac.

Elle a mis des jours et des jours à nous le dégoter, ce nouveau logement. Il fallait qu'il soit à peu près dans le même secteur, à cause de nos écoles et de son hôpital, et aussi, je suppose, pour nous donner une impression de continuité au quotidien. Il lui a fallu arpenter des kilomètres et traquer les petites annonces de *Loot* et celles écrites en pattes de mouche et bourrées de fautes d'orthographe qui s'affichent chez les marchands de journaux et dans les pressings, avant de trouver un appartement qui nous convienne et soit dans nos moyens.

Le mari de l'infirmière se gare en double file et allume ses feux de détresse.

« Eh bien, nous voilà », dit ma mère avec un enjouement factice dans la voix. Elle fait tinter les clefs du trousseau passé dans son pouce.

Nous tendons le cou pour voir par les vitres embuées de la voiture. Le mari de l'infirmière descend et aide notre mère à décharger nos affaires par la seule portière qui ouvre encore ; la voie est donc libre pour nous.

« Je vais vous aider à monter les derniers paquets, propose-t-il, bonhomme, avec un accent africain prononcé.

— Mais non », s'oppose ma mère. Je me demande aujourd'hui si elle était gênée pour nous ou pour lui quand il verrait nos têtes, à Alfie et à moi.

« Qu'est-ce que vous racontez ? » proteste-t-il. Il lui prend les clefs et nous sourit de toutes ses dents, puis il se balance un sac-poubelle sur chaque épaule et se dirige vers un des immeubles.

Je pousse Alfie dehors, et je m'extirpe de la voiture à mon tour. Nous voici devant une rangée de maisons décrépites, trois étages, bow-windows carrés, corniche des fenêtres effritée, peinture écaillée. Le mari de l'infirmière vient de pénétrer dans l'une d'entre elles et nous faisons quelques pas dans cette direction. L'entrée est jonchée de détritus en tout genre, cannettes de Coca et de Special Brew, paquets de chips roulés en boule, deux ou trois préservatifs usagés. À la fenêtre du premier, carreaux cassés, remplacés par du contreplaqué. Je recule et m'aperçois que je viens de marcher dans une flaque de vomi en forme d'étoile de mer.

« Allez, on avance », dit ma mère, avec une tension dans la voix.

À l'intérieur, le hall couloir est couleur tabac, carpettes en jute pourri, miroirs fêlés et sales. Ça sent l'humidité, le chou, la pisse. Nous entrons, passons devant une porte marron sur la droite, celle de l'appartement du rez-de-chaussée, et nous nous engageons dans l'escalier. Nous, précise notre mère, on est au premier.

« Là où il y a les carreaux cassés ? » demande Alfie, et notre mère lui assure que le propriétaire va faire le nécessaire incessamment. J'ai beau être sous le choc, et dans le flou, je vois bien qu'elle ment. Notre appartement de Eardley Crescent était un peu défraîchi sur les bords, mais il était lumineux, aéré, élégant. Celui-ci est sombre, infect, il sent ce que j'identifierai bientôt comme un désespoir muet autant qu'insidieux. Nos affaires sont entassées au milieu de la pièce principale. Le mari de l'infirmière claque dans ses mains et serre la mienne et celle d'Alfie, solennellement, en nous souhaitant bonne chance. Il s'en va, nous écoutons son pas lourd dans l'escalier : le bruit d'un cercueil qu'on cloue. Nous voilà seuls, tous les trois, dans notre nouveau chez-nous, dans notre nouvelle vie.

Ces premières minutes dans l'appartement de North End Road sont aussi nettes dans ma mémoire que si elles avaient eu lieu cet après-midi. Alfie a saisi ma main et, sans protester, j'ai serré sa petite patte poisseuse. Nous avons fait le tour de l'appartement en ouvrant des yeux comme des soucoupes. Dans le temps, c'était sans doute une maison respectable. La fenêtre du premier, comme celle du rez-de-chaussée immédiatement au-dessous, était une baie carrée. La plafond était assez haut, quoique affaissé, avec des moulures qui se décomposaient au centre et sur le pourtour. Le fond de la pièce avait été isolé par une cloison en contreplaqué pour créer une kitchenette dont les murs crasseux et le linoléum écaillé étaient couverts d'une pellicule grasse. La salle de bains, composée d'une toilette et d'une cabine de douche en plastique visqueuse, se trouvait au bout d'un couloir étroit. Il ne se passait rien quand on tirait sur le cordon de la lumière, mais la lueur aqueuse qui provenait du vasistas sale suffisait pour voir qu'étaient piquetés de moisissure les murs et les joints des carreaux de la douche. Et puis les chambres. Il fallait traverser le séjour pour y accéder. En fait d'appartement, deux pièces de réception avaient été divisées par des cloisons minces comme du papier à cigarettes. Une seule – celle que ma mère s'est empressée de nous proposer – possédait une fenêtre, donnant sur une arrière-cour et quelques poubelles. L'une comme l'autre étaient tout juste assez grandes pour loger un lit à deux places ; nos penderies devraient s'adosser à un mur du séjour.

« Ouais, ben, si tu crois que je vais partager ma chambre avec Alfie, tu te trompes. T'as qu'à le prendre dans la tienne. Des filles de bientôt treize ans qui dorment dans la même pièce que leur pisseux de frère, moi j'en connais pas. »

Je l'ai dit, j'étais devenue répondeuse – selon l'expression de notre mère – depuis l'été. Mais ces mots-là, je ne les ai pas prononcés, Dieu merci ; je crois que notre mère serait tombée raide morte sur le sol crasseux.

En fait, Alfie toujours accroché à moi comme une créature sous-marine à la dérive, je suis ressortie, j'ai fait encore une fois le tour de l'appartement, dans l'espoir que nous ayons raté quelque chose ; que notre mère s'aperçoive qu'elle s'était trompée d'endroit. Faites qu'il y ait eu maldonne, Seigneur, ou Jésus, ou les anges, ou qui voudra, un échange de clefs, quelque chose, n'importe quoi.

« On va lui faire une beauté, a dit notre mère, et je me suis aperçue avec horreur qu'elle plaidait sa cause auprès de moi, par-dessus la tête d'Alfie. Bien sûr, il a besoin d'un coup de fraîcheur, et puis avec toutes nos affaires emballées comme ça... mais on va lui faire une beauté, à cet appartement, Lara, hein ? Alfie ?

— J'ai faim, a annoncé Alfie.

— Ferme-la, j'ai répondu.

— Mais c'est vrai, je meurs de faim.

— Eh bien, alors, qu'est-ce qui te ferait envie ? Poulet frit, pizza, menu chinois, indien ? » D'un geste notre mère désignait la rue, dehors. Sur le trottoir d'en face se succédaient en effet les fast-foods, les officines de prêt sur gages, les coopératives de crédit, les salons de massage. Elle s'est mise à rire. D'un rire trop aigu pour être naturel.

« Maman, j'ai dit, *Maman*. »

Son rire s'est brisé net.

« Quand est-ce qu'on commence ? » j'ai demandé.

Le cadre de nos lits superposés et celui de notre mère étaient pêle-mêle dans le séjour. Elle s'est accroupie, elle a attrapé un pied et deux lattes, et elle les a regardés. Elle et Mr Jarvis, le voisin du sous-sol à Eardley Crescent, avaient mis toute la matinée pour les démonter. Nous avons donc tiré les matelas dans les chambres, et campé comme des nomades les premières nuits, jusqu'à ce qu'elle supplie le propriétaire – ce Turc libidineux tenait absolument à nous faire la bise pour nous dire bonjour, à elle et à moi ; il s'appliquait à rater ma joue et frottait ses lèvres caoutchouteuses à la commissure des miennes – de l'aider à remonter les lits.

En écoutant le grondement étouffé de la circulation, les sirènes incessantes, les chocs sourds et les hurlements des bagarres devant les fast-foods, la musique qui gueulait dans les voitures toutes glaces baissées, le grattement derrière la plinthe près de ma tête, je me répétais farouchement que c'étaient des souris et pas des rats, des souris et pas des rats.

(*On ne pleure pas, on ne pleure pas.*) Je savais bien qu'il y avait beaucoup de gens à Londres, et sur North End Road même, qui vivaient dans de pires conditions ; dans des conditions bien pires, bien plus humiliantes. Alors naturellement, on l'a fait nettoyer, repeindre, cet appartement ; les carreaux ont été changés. Quelques mois plus tard, ma mère a acheté un canapé-lit pour le séjour, et elle s'est mise à y coucher, si bien que, mon frère et moi, nous avons pu avoir chacun notre chambre. De sorte qu'en écrivant ces mots, je me rappelle le sketch de *Monty Python* : oui, les trois premiers mois, nous avons vécu dans un sachet en papier au fond d'une fosse septique. North End Road était bien située, près des parcs, avec, maintenant encore, un marché de rue animé tous les jours sauf le dimanche, des boulangeries, des petits bazars à deux sous. Aujourd'hui, j'y habiterais volontiers. Alors, j'arrête. Qu'il suffise de dire que, en ce jour d'avril, nous avons eu l'impression que la vie que nous connaissions était bel et bien finie.

Et à bien des égards, elle l'était. Vous venez de lire mes mémoires d'enfance, et ce premier jour dans North End Road, mon père mort, exilés que nous étions de notre foyer familial, exilés de la notion même que nous ayons jamais formé une vraie famille, je le considère comme celui où mon enfance a définitivement pris fin.

Chez Mr Rawalpindi

J'ai raté mon coup, je le sais. Je voulais raconter mon histoire dans l'espoir de comprendre – mes parents, nous –, dans l'espoir de mettre de l'ordre dans les choses, de leur faire droit, pour qu'elles reposent en paix. Mais je n'ai pas réussi à écrire un seul épisode sans m'interrompre en plein milieu par des questions, des hypothèses devant tout ce que je ne sais pas et n'ai aucun moyen de savoir. Pathétique, non ? Notre propre histoire, il nous manque des éléments pour la raconter, au fond.

L'atelier d'écriture a pris fin hier soir, et je m'aperçois à retardement combien il va me manquer. À mon insu, ma semaine s'était mise à tourner autour de ces soirées du lundi, au Centre culturel irlandais, dans cette salle minable éclairée au néon, où je me figurais venir uniquement pour Mr Rawalpindi. La professeure nous prenait un quart d'heure en tête à tête dans son bureau avant chaque séance, pour parler de notre travail. Elle nous faisait l'honneur de donner ce nom aux brassées de feuillets que nous lui avions remises la semaine précédente avec une timidité maladive.
« Moi, ça ne va pas du tout, je le sais, l'ai-je prévenue en entrant, histoire de prendre les devants.
— Pourquoi dites-vous ça ?
— Eh bien parce que voilà, quoi, ça ne marche pas. Il y a trop de trous et de contradictions, trop de manques. Trop de choses que je ne sais pas et que je ne saurai jamais. »

Elle a penché la tête sur le côté, et elle m'a regardée ; je ne savais plus où me mettre.

« Vous avez une dent contre la fiction, hein, Lara ? Vous pensez que, parce que vous racontez une histoire vraie, il n'y a que la vérité exacte et absolue qui tienne. C'est un impératif moral, pour vous. Seulement, en fait, tout ce que nous écrivons n'est qu'un récit. Nous lui donnons une forme, une structure, nous décidons où il commence et où il finit. Vous dites que vous achoppez sur des blancs, des manques et des lacunes, mais le travail de la fiction, précisément, c'est de tisser un filet. Ce filet ne retient pas tout, ce n'est pas possible, mais il restitue l'effet que ça faisait de vivre telle situation, de prendre telle décision. La fiction, c'est la démarche la plus magique et en même temps la plus humaine qui soit ; elle a le pouvoir de guérir, de régénérer, précisément parce qu'elle jette un pont sur nos gouffres. Nous ne saurons jamais ce que c'est que d'être quelqu'un d'autre, sinon par la fiction. Une idée répandue voudrait que la fiction cherche à échapper à la réalité ; mais il n'en est rien, ou en tout cas, ce n'est pas tout. La fiction nous permet d'échapper à nous-mêmes pour aller vers le monde. »

Elle en a dit davantage, mais voilà l'essentiel. J'étais rouge de confusion et la tête me tournait légèrement à l'idée qu'elle avait bel et bien lu mon histoire – des parties de mon histoire, disons – j'avais hâte de sortir.

J'ai raccompagné Mr Rawalpindi chez lui ; nous nous sommes installés dans son jardin-jungle ensauvagé, parmi les pavés disjoints et la bouillie de feuilles en décomposition, et là, sur des chaises en fer forgé rouillé, nous avons fumé son herbe. Des années que je n'avais pas fumé, et je me suis rappelé pourquoi. Le joint n'a fait que me donner la nausée et des battements aux tempes. Mr R. a exhumé de nouveaux cartons moisis, et il m'a fait voir des photos ramollies par l'humidité, auréolées, piquetées. Il avait pris le journal intime de son amant, aussi, un volume luxueux, relié de cuir et doré sur tranche, couvert d'une écriture serrée et élégante au stylo-plume, sur un épais papier tavelé. J'y étais, m'a-t-il dit, et il m'a montré les dernières pages où l'écriture tremblait, et les entrées se faisaient plus courtes, avec des abréviations cabalistiques. Sans doute sous l'effet de l'herbe plus que de tout autre chose, et parce que j'étais au creux de la vague depuis la fin du cours, j'ai senti mes yeux se gonfler de larmes et, une fois les vannes ouvertes, ce furent les grandes eaux. J'ai tout avoué : que j'avais détruit les albums de photos, que je n'avais pas su poser les bonnes questions à temps à ma mère, que tout ce qui me restait d'elle, c'étaient des boîtes à chaussures pleines de bribes inutilisables. Avant sa mort, j'avais été prise de l'idée subite d'enregistrer nos conversations. J'avais fait la bêtise d'acheter un dictaphone hors de prix que j'avais laissé au chevet de son lit d'hôpital ; de cette façon, si elle se mettait à parler, comme le font souvent les gens pendant leurs derniers jours, leurs dernières heures, ses paroles seraient sauvées. Mais tout ce que j'avais obtenu, en fin de compte, se réduisait à onze minutes d'enregistrements où l'on entendait mes sollicitations fébriles susciter son désarroi et son irritation. Je me les étais passés et repassés, ces enregistrements, je les avais même transcrits au cas où ils seraient endommagés, perdus, ou effacés accidentellement. Ils ne m'apprenaient rien, et je n'avais rien d'autre. Ma mère, tête de mule jusqu'au bout, avait refusé de décharger sa conscience, et mes espoirs fous de découvrir une lettre, un journal, quelque chose qui m'explique, qui donne sa version des événements, avaient été réduits à néant.

Mr Rawalpindi a écouté mes élucubrations, et son visage lumineux et sillonné de rides m'a paru si triste, si peiné pour moi que je me suis remise à pleurer et renifler à fendre l'âme. Il est rentré dans la maison en traînant les pieds, et il est revenu avec une veille serviette de table monogrammée pour que je m'essuie le visage. Ça m'a fait rire – d'où sort-il des objets pareils ! – et ça a un peu détendu l'atmosphère. Il commençait à faire frisquet et nous sommes rentrés nous soûler comme des cochons avec ses fonds de bouteilles de derrière les fagots – whisky et alcools divers accumulés au fils des ans. J'ai pris place sur un fauteuil de velours éventré où je soulevais un nuage de poussière chaque fois que je changeais de position et, après avoir descendu une liqueur non identifiée dans ma flûte à champagne sale, je lui ai tout déballé : mes parents, mon enfance, ce que j'avais essayé de consigner dans mes mémoires, ce que je n'avais jamais avoué à personne, pas même à Jeremy. En retour, il m'a parlé de son amant, WASP new-yorkais riche à millions qui avait presque le double de son âge et l'avait littéralement enlevé dans les années soixante-dix pour l'emmener vivre avec lui. Il en réservait le récit à ses mémoires, m'a-t-il dit, mais il appréhendait de ne plus avoir le temps : il écrivait nuit et jour depuis le début des ateliers, et il n'était qu'à mi-course de son enfance. J'ai essayé de rire, de prendre son aveu à la plaisanterie, mais je l'ai senti frissonner de peur, et la tristesse s'est abattue sur lui comme un linceul. C'est un vieil homme malade, son corps part en morceaux autour de lui.

Tout à coup, je me suis rendu compte qu'il était épuisé. Il était presque minuit, et moi, entre l'alcool, l'herbe et les émotions, j'étais vidée aussi, les jambes flageolantes. Au moment où je me levais, il a dit : « Je crois qu'elle a raison, vous savez. »

J'avais la tête embrumée : « Pardon ?

— Le professeur d'écriture, a-t-il précisé avec impatience. Je crois que vous devriez écrire votre histoire comme un roman. L'histoire de votre mère. J'ai l'impression que c'est elle que vous cherchez à atteindre, alors, écrivez son histoire.

— Mais comment faire, je ne sais même pas par où commencer ?

— Commencez donc par ne plus traquer, ne plus chercher à épingler avec exactitude ce qui s'est passé, comme le collectionneur épingle le malheureux papillon à la planche. Donnez-vous les coudées franches. Mettez-vous dans la peau de votre mère, adoptez son point de vue ; racontez quel effet ça pouvait faire d'être elle. Quand on ne sait pas quelque chose (il a essayé de claquer des doigts), il faut trancher, se servir de ce qui vient le plus naturellement pour boucher le trou, et si ça ne va toujours pas, tenter autre chose, jusqu'à ce que votre affaire tienne la route, sonne le plus vrai possible. »

J'ai hésité un moment, mais il y tenait tellement que j'ai fini par promettre d'essayer. Le temps que je l'aide à vider et nettoyer sa poche de colostomie, à laver et essuyer l'embouchure, à remettre le clamp en place, que je range ce qui traînait et que je lui prépare une tasse d'infusion, il tombait de sommeil sur son fauteuil. Je lui ai enfilé son pyjama, je l'ai aidé à monter dans son lit; il est devenu si léger, si desséché, qu'on aurait dit une poupée de chiffon. J'ai laissé une veilleuse, pour le cas où il se réveillerait en pleine nuit et ne saurait plus où il est – il s'est plaint récemment de faire des rêves bizarres et intenses où les gens de son passé reviennent lui parler. Là-dessus, je suis sortie sans bruit, j'ai repris le chemin de halage et je suis rentrée chez moi.

J'étais bien convaincue qu'au réveil j'aurais trouvé tous les arguments pour ne pas tenir ma promesse. Or, curieusement, au cours de la nuit, elle avait pris racine, et l'idée d'écrire au nom de ma mère, au lieu de sembler saugrenue, m'a soudain paru passablement engageante. J'ai téléphoné au travail en me faisant porter pâle – pour la première fois, et ce n'était qu'un demi-mensonge –, puis j'ai disposé devant moi ce qui me reste de ma mère : les transcriptions de nos conversations et le contenu des boîtes à chaussures. Vous au moins, m'avait dit Mr Rawalpindi, vous ne partez pas de zéro. Il y avait en effet dans le groupe des gens qui inventaient de toutes pièces des dystopies ou des mondes alternatifs sur le mode de la science-fiction. Il a raison, me dis-je. Ce que j'ai, c'est presque rien, mais c'est tout de même quelque chose : négatifs photographiques, souches de tickets, poèmes de Sylvia Plath avec ses annotations dans les marges, sans compter mes propres souvenirs, et les bribes qu'elle a laissées échapper, ou plus rarement, lâchées sciemment. Le jeu en vaut la chandelle, me suis-je dit. Et sitôt que j'en suis arrivée à cette conclusion, j'ai eu la surprise d'éprouver une excitation certaine ; je me sentais intimidée, certes, mais sans nul doute excitée, aussi. Mis bout à bout, je dois cumuler près d'un an de congés – pourquoi prendre des vacances quand on n'a personne avec qui partir et nulle part où aller ? Ironie de la vie, c'est aujourd'hui une aubaine. Je vais poser mes dates au plus tôt, stocker des denrées de première nécessité, café, biscuits, vin, et puis je me mettrai à écrire, et je vais me débattre comme un beau diable pour raconter l'histoire de ma mère.

L'HISTOIRE DE JANE MOORHOUSE

Harley Street, septembre 1971

C'est son amie Lydia qui leur a trouvé les entretiens d'embauche à la clinique. Elles avaient appris qu'il y avait un poste par une amie de sa cousine, qui y travaillait à l'accueil. Le salaire était deux fois plus élevé que celui qu'elles gagnaient à St Bart, pour deux fois moins d'heures, avait expliqué Lydia. La question ne se posait pas une seconde. Elles pourraient quitter leur piaule, emménager dans un appartement plus agréable, un quartier plus agréable, s'offrir fringues, chaussures et maquillage, une autre vie, quoi. Elles sortiraient avec des types plus classe, au lieu de fréquenter ces petits médecins méprisants qui se figuraient qu'elles allaient retirer leur culotte par gratitude puisqu'ils daignaient leur payer leur journée et faire des plaisanteries de carabin sur leur personne ensuite. Jane était moins convaincue. Elle était plutôt contente de son poste à St Bart, mais la logique de Lydia était imparable. Elle avait donc dactylographié sa lettre de candidature, qu'elle avait envoyée en même temps que Lydia la sienne. Sitôt arrivée sur les lieux, elle avait compris qu'elle n'avait aucune chance. En plein Harley Street, perron, colonnes, sonnette sur plaque dorée à la feuille ; à l'intérieur, épais tapis pour amortir les bruits, œuvres d'art, lis dans de hauts vases. À l'accueil, les hôtesses avaient des allures de mannequins, grandes, ultra-minces, impeccablement coiffées et fardées. Lydia s'était fait un chignon, et une manucure ; elle n'avait pas lésiné sur le rouge à lèvres et l'ombre à paupières – assortie à son tailleur bleu buvard emprunté pour la circonstance. Jane considérait qu'elle avait forcé sur le maquillage et que sa jupe était un tout petit peu trop serrée, mais elle avait tout de même beaucoup plus le look de l'emploi qu'elle-même, si « nature », dans sa tenue beige, avec son visage banal.

Elles avaient été soufflées l'une comme l'autre lorsque Jane s'était vu offrir le poste. À bien y réfléchir, pourtant, on se fiche de la coiffure et du mascara d'une infirmière, avait remarqué Lydia. Une réceptionniste, c'est une autre affaire, c'est la première chose qu'on voit en entrant, l'image de marque de la maison. Mais l'infirmière, il faut qu'elle soit nette, impeccable, on ne lui en demande pas plus. Parfait créneau pour Jane : petite, propre sur elle, anonyme, sans signes particuliers ; la fille qui se fond dans le décor, qui ne vous distrait pas en salle d'op – ne le prends pas mal, avait conclu Lydia, et Jane l'avait bien pris. Lydia et elle étaient amies, on aurait même pu dire que Lydia tenait le rôle de « meilleure amie » dans sa vie. Elles avaient étudié à l'école d'infirmières ensemble, partagé la même chambre à l'internat, elles étaient venues à Londres ensemble, avaient pris un appartement ensemble, faisaient presque tout ensemble depuis trois ans. C'était grâce à Lydia que Jane avait posé sa candidature, et elle avait accepté le poste par égard pour elle plutôt que pour la narguer ; elle se disait qu'elle la fâcherait en le déclinant.

La clinique avait été fondée quatre ans plus tôt tout juste, elle était spécialisée dans la chirurgie plastique légère : ablation des naevi bénins, des cicatrices et des taches de naissance, demi-lift mannequin, double menton, lifting simple. On projetait d'entreprendre aussi des mammoplasties, avec réduction et augmentation des seins, mais pour le moment, on se limitait à des interventions mineures. Les trois fondateurs – un Américain, un Irlandais et un autre, né en Israël – avaient élaboré des statuts permettant aux praticiens de prendre une clientèle privée à discrétion, rémunératrice et peu problématique, tout en conservant leur poste plus stimulant à l'hôpital. Ils avaient publié de discrètes annonces en noir et blanc, type « avant et après » dans des magazines haut de gamme ainsi que dans le *Times*. Les coûts d'investissement avaient été élevés, les honoraires l'étaient aussi : de quoi rassurer le patient. La clientèle avait mis un certain temps à venir, et puis le bouche à oreille fonctionnant, deux ans après l'ouverture, on installait un second bloc opératoire entièrement équipé pour doubler la capacité de la clinique, et on engageait deux nouveaux chirurgiens, dont Patrick Connolly. Il avait fallu ouvrir un poste d'infirmière de bloc, celui pour lequel Jane avait candidaté. À sa prise de fonctions, deux infirmières-anesthésistes travaillaient déjà sur place, ainsi qu'une réceptionniste et quatre infirmières diplômées, dont celles de salle d'op.

Elle y est, dans le bloc ; elle tient les pinces qui soulèvent la peau du front de la patiente pendant que le chirurgien coupe et retire des bandes de tissu sous-cutané, ligature les nerfs faciaux et replace un faisceau de fibres musculaires. Elle est debout depuis des heures, depuis des jours. Elle ne tient plus sur ses jambes, mais elle veut tenir, et elle se récite, farouchement, avec l'énergie du désespoir, la table de multiplication. Elle a beau ne pas respirer fort, son masque lui rentre dans la bouche ; elle voudrait s'en débarrasser, l'arracher, mais elle a les deux mains prises par les pinces. Si elle ne cesse pas de trembler, elle risque de déchirer la peau de la patiente. Il faut qu'elle se concentre. Sept fois sept quarante-neuf, sept fois huit cinquante-six. Son front à elle est moite d'une sueur froide, sa blouse lui colle au dos. Neuf fois sept soixante-trois, ET dix fois sept soixante-dix ! Ridicule, d'avoir choisi la table de multiplication. D'autres infirmières se récitent des psaumes, les paroles de chansons populaires ; ce sont les tables qui se sont logées dans sa cervelle et elle n'ose pas chercher plus loin ; alors elle s'y accroche, à chacune d'elles, comme aux barreaux d'une échelle, comme aux centimètres de corde grimpés au gymnase, pieds serrés, mains en feu. Elle a eu tort de venir ici. Elle aurait dû rester à St Bart. Pas une semaine qu'elle est arrivée, elle ne peut pas s'en aller tout de suite. Si au contraire, puisqu'il n'y a qu'une semaine qu'elle est arrivée. Mais qu'est-ce qu'elle fiche ici, bon Dieu ? Ce n'est pas le moment d'y penser. Huit fois un, huit fois deux, trois fois huit, son cœur sombre dans sa poitrine, mais elle sait sa table, vingt-quatre, et quatre fois huit trente-deux deux, et cinq fois huit quarante et six fois huit quarante-huit. Ça marche. Elle retrouve ses esprits. Ses mains tremblent. Si, elles tremblent, ce n'est pas un effet de son imagination : le médecin la regarde, elle le voit plisser les paupières au-dessus de son masque moucheté de sang. Les sécrétions du corps ne lui ont jamais fait peur, jusqu'ici. Sept fois huit cinquante-six, huit fois huit soixante-quatre.

« Vous tenez bon ? » dit-il, ses paroles feutrées par son masque, et elle hoche la tête de peur d'ouvrir la bouche : et si, au lieu des mots, il allait en sortir le flot de vomi qu'elle sent monter dans sa gorge ?

Neuf fois huit, neuf fois huit, neuf fois huit. Son cerveau va lâcher la corde. Elle s'avance, pas à pas : soixante-cinq, soixante-six, soixante-sept, soixante-dix moins six, reste deux, soixante-douze. Neuf fois huit soixante-douze. Bien sûr, ça fait quatre-vingts moins huit.

Il nettoie, il tamponne, elle lui tend les pinces et ses bras retombent le long de son corps comme deux poids morts. Il lui demande le nécessaire de suture – comme il est fier de son travail, il fait ses sutures lui-même, alors que la plupart des chirurgiens laissent ça aux infirmières. Mais elle a des mains comme des pattes, de grosses pattes maladroites, incapables de saisir, de tenir, d'attraper. L'autre infirmière lui passe le plateau avec l'aiguille enfilée, les strips, la gaze et les tampons d'iode. Elle est toujours debout, en nage, elle qui avait froid une minute plus tôt. Elle n'aurait pas dû quitter St Bart. Elle n'a jamais connu cette impression. Elle n'a rien d'une petite nature. À l'école d'infirmières, il y en avait qui s'évanouissaient toutes les semaines, les premiers mois. Certaines à la vue du sang, d'autres en vidant les bassins, en retirant le pansement d'une plaie gangrenée, d'un ulcère infecté. Mais on s'y habituait, on s'en accommodait, justement parce qu'on était dans l'action, toujours en mouvement. Pas comme ici, où il faut rester planté sur place, au contraire.

Le chirurgien termine, l'infirmière anesthésiste surveille le masque à oxygène et les signes vitaux ; l'autre infirmière remplace les instruments qui ont servi. Quelqu'un vient de faire une plaisanterie, tout le monde rit, mais elle n'a pas suivi. Dix, vingt, trente, quarante, la table de dix, c'est trop facile. Onze, vingt-deux, trente-trois ; celle de onze aussi. Peu importe, à présent, c'est fini. Dans quelques minutes, elle va partir pour ne jamais revenir. Elle en a sa claque, de cette clinique. Elle n'en est pas à sa première opération mais à sa troisième, et ça ne s'arrange pas. Il faut qu'elle s'en aille. Elle va écrire sa lettre de démission, et elle la leur remettra demain, à la première heure. Est-ce bien nécessaire, d'ailleurs ? Elle est encore à l'essai. Il suffit peut-être de leur expliquer qu'elle n'est pas faite pour ce poste, et elle pourra retourner à St Bart et ses salles où l'on est perpétuellement sur la brèche, parmi les malades qu'il faut panser, soigner, avec qui faire la causette pour les rassurer. Voilà ce qu'elle veut. Le voilà, le métier d'infirmière, rien à voir avec ce qui se pratique ici auprès de ces femmes riches et nombrilistes, qui se font retirer des grains de beauté ou remonter les bajoues. Aucune envie de passer sa vie dans cet univers. Elle avait beau se plaindre des petits médecins, comme Lydia et les autres, au moins, elle rencontrait du monde. Ici, il n'y a que des femmes, et des turbo-chirurgiens. Des turbo-chirurgiens, une expression qui pourrait venir de sa mère. C'est vrai : ils viennent, ils consultent, ils opèrent, et les voilà repartis à leur vraie vie. Pas de danger qu'ils restent une minute de trop. Aucune vie sociale ; jamais un verre après le boulot, ni une séance de cinéma les jours de congé, rien du tout. Elle ne risque pas de faire la moindre rencontre.

Toutes ces pensées tournent dans sa tête et elle sursaute quand le chirurgien retire son masque et lui demande :

« Ça va, vous ? » Elle s'aperçoit que l'intervention est finie, on entraîne la patiente sur le chariot, l'infirmière-anesthésiste et sa collègue s'en vont. Il lui revient de ramasser tout ce qui est à jeter, de stériliser les instruments pour que les femmes de ménage fassent leur travail.

« Oui, merci, répond-elle machinalement.

— J'ai bien cru que vous alliez nous tourner de l'œil. »
La voilà qui se trouble.

« Naaan, je vous fais marcher. » Il retire ses gants en latex, sa charlotte et les laisse tomber par terre. « Vous êtes nouvelle ?

— J'ai commencé lundi.

— Et ça vous plaît ?

— Honnêtement, dit-elle sans se laisser un instant de réflexion, je ne suis pas taillée pour ce poste. »

Il s'esclaffe bruyamment. « Pas taillée pour ce poste ? Elle est bien bonne ! »

Elle ne le disait pas pour rire. Elle ne voit pas très bien ce qu'il y a de drôle, du reste.

« Ah, répète-t-il, elle est bien bonne. Je la retiens, celle-là. Pas taillée pour le poste. »

Elle n'a pas l'habitude que les médecins, les extérieurs, adressent la parole aux simples infirmières. Drague ou gentillesse ?

« Je parle sérieusement.

— Vous êtes une petite marrante, vous, hein ? Retirez votre masque, que je vous regarde. »

Elle rougit et s'exécute gauchement. Elle aurait dû le planter là et quitter la salle, songe-t-elle. Sur quel ton il vient de lui parler ! Lydia a giflé un jeune gars qui lui parlait de travers, un jour, en tout cas, elle le dit.

Il examine son visage. Il n'y a pas grand-chose à voir, pense-t-elle. Un petit visage pâlot, une petite mine. Des traits bien dessinés, réguliers, mais banals ; lèvres minces, yeux clairs ; des mèches de cheveux humides qui s'échappent des barrettes. Une veine bleue sur le front, trop saillante, presque laide. C'est le seul trait distinctif de son visage.

« C'est quoi votre nom, déjà ?

— Jane.

— Ji-ann. » Il prononce son prénom sur deux syllabes. « Ji-ann quoi ?

— Mmmoorhouse. Jane Moorhouse.

— Eh bien, Ji-ann Moorhouse (il prononce *house* comme aïse avec une résonance ironique), ne le prenez pas en mauvaise part, mais il ne faudra pas avoir les deux pieds dans le même sabot si vous décidez de rester, bien sûr. J'entends bien que ce travail est assez nouveau pour vous, et j'en tiens compte. Mais dans l'avenir, il ne s'agit pas d'avoir la tête dans les nuages. Je me fais comprendre ? »

Elle a l'impression d'avoir été giflée. Elle ne sait que répondre, ni où tourner les yeux. Il lui donne une tape sur le bras. « Vous fâchez pas, hein ? Conseil d'ami, c'est tout. » Il tourne les talons en sifflotant, roule sa blouse en boule et la balance sur le sol éclaboussé de sang : ramasse, ma fille. Elle n'a jamais été aussi humiliée de sa vie.

C'est pourtant ce qui va tout changer, retourner la situation. Ce soir-là, contre toute attente, comme par esprit de contradiction, elle décide qu'il n'est plus question de partir. Impossible. Elle va rester et faire ses preuves. Qu'un homme pareil la traite de cette façon ! Et comment, qu'elle va rester faire ses preuves. Elle est têtue, Jane Moorhouse. Sa physionomie anodine cache une volonté de fer qui lui interdit de s'attendrir sur son sort ; c'est quelque chose qu'elle ne comprend pas pleinement elle-même parce que jusqu'ici, dans sa petite vie, elle n'en a pas eu besoin. Et ce soir-là, cette force se tend en elle.

L'hôtel Langham, 1972

Elle lui fait l'effet d'un virus; il l'a dans la peau. Il n'a pas l'habitude qu'on reste insensible à son charme, à sa faconde, à son physique de beau gosse. Or elle, si, et il en est déconfit. Il n'arrive pas à mettre le doigt dessus – elle est toujours nette et précise, l'œil à tout, d'une politesse irréprochable. Et pourtant il demeure persuadé qu'elle le dédaigne, ou qu'elle se moque de lui en douce, tout le temps. Jamais il ne s'est heurté à un pareil mur et, quand elle le regarde, il se liquéfie, il perd pied comme si elle perçait à jour son être profond. Ridicule, ces formules, il le sait. N'empêche, c'est ce qu'il éprouve. Il redoute les jours où elle est dans son équipe, mais en même temps il les attend avec ferveur; et un certain jeudi, la nouvelle qu'elle est rentrée chez ses parents dans le Yorkshire le met d'une humeur massacrante qui lui gâche la journée et la soirée. Elle ne baisse jamais les yeux la première, c'est peut-être là que le bât blesse. C'est toujours lui qui finit par regarder de côté, trouver un prétexte pour se détourner comme une petite gourde énamourée. Il a au bas mot dix ans de plus qu'elle, il est considérablement plus haut dans la hiérarchie, mais il n'en retire pas auprès d'elle l'autorité attendue. Il n'y comprend rien, ça le mine. Il pense à elle bien plus que de raison.

Sa femme est enfin enceinte; elle accouche de leur premier-né. Au lendemain de l'événement, il tient absolument à inviter toutes les filles à boire un verre, depuis la tête de linotte à l'accueil et l'infirmière-anesthésiste jusqu'à l'infirmière de bloc et même la femme de ménage. C'est tout à fait excessif, il le sait mais il y tient. Qu'est-ce qu'il cherche, au juste? À la provoquer? L'impressionner? À faire étalage de générosité? Les autres femmes sont éméchées, elles gloussent, elles roucoulent à qui mieux mieux devant les photos du nouveau-né. Pas elle. Il fantasme – des semaines qu'il fantasme – que, lorsque toutes les autres seront parties, elle se laissera persuader de rester et qu'alors... C'est scanda-leux, il le sait, il a une femme et un bébé de quatre semaines en Irlande. Il le sait bien. Il n'arrive pas à se la sortir de la tête, voilà tout. Même pas tellement jolie, au fond. On ne se retournerait pas sur elle dans la rue, c'est plutôt le genre qui passe inaperçu. Seulement, il y a quelque chose en elle, il y a quelque chose entre eux, et ce serait bien le diable qu'il soit le seul à le ressentir. Parfois il pense qu'elle le fait mar-cher. Puis il se dit: C'est ridicule. Entre deux séjours à Londres, quand il retourne ces pensées dans sa tête, il sent croître et embellir le pouvoir qu'elle a sur lui, jusqu'à lui brouiller la vision. Il doit se répéter que ce n'est qu'une fille parmi tant d'autres. Or justement il n'en est rien, mais n'allez surtout pas lui demander pourquoi.

Elle reste boire une coupe et demie au Langham; les gor-gées douces et acides du liquide pétillant la font tousser; elle s'éclipse pendant qu'il est aux toilettes. Elle a le cœur qui cogne, la paume des mains moite en tendant son ticket de vestiaire. Elle s'en veut de cet affolement, elle est furieuse. C'est là qu'elle réalise qu'elle pense plus souvent à lui qu'à n'importe lequel de ses petits amis d'hier, ou aux gamins avec qui il lui arrive de sortir de temps en temps. Pas un qui ait son charisme; ils font pâle figure à côté de lui, ils sont falots, insignifiants. Ces sorties au cinéma, ces soirées, ces punchs maison, ces étreintes maladroites sur des piles de vêtements qui puent dans des chambres d'amis, dans des ruelles, sur le canapé du salon quand c'est son tour d'y coucher, ça ne l'amuse plus et elle a même cessé de se le faire croire. Elle commence à penser – elle se déteste de le penser, mais ça ne l'avance à rien – qu'il s'y prend sûrement beaucoup mieux.

Lorsqu'elle a appris par Jackie, la réceptionniste, que sa femme allait accoucher d'un jour à l'autre, on aurait dit qu'un obus venait de lui faire un gros trou en plein milieu du corps. Cet arrosage au Langham, ridicule, détestable de *a* à *z*. Le faste des salons avec leurs grands lustres, la deuxième, puis la troisième bouteille de champagne : c'était grotesque, déplacé, ça a coûté l'équivalent d'une semaine de leur salaire, si ce n'est deux. Dans le bus, sur le trajet du retour, elle s'exhorte à l'indignation vertueuse. Quand elle raconte l'affaire à ses colocs, Lydia se met à rire et lui dit : Tu es folle amoureuse de lui. Pas du tout, répond-elle, prise de court. Et Lydia rit de plus belle. Cette nuit-là, elle ne ferme pas l'œil, elle est malheureuse et un scénario flashe dans la tête : il l'immobilise, il la bouscule, il la prend. Cette fois, elle n'arrête pas. Oh, bon Dieu ! pense-t-elle plus tard, en fumant une cigarette russe au parfum âcre à la fenêtre de la salle de bains. C'est pourtant vrai, merde alors ! Elle s'asperge le visage et se jure de redoubler de froideur à son égard.

Un mois plus tard, il lui propose un verre après le travail et elle accepte. Elle passe une heure abominable, ils ne parlent de rien, le temps file et puis c'est fini. Sur le trottoir, devant le pub, elle éclate en sanglots inexplicables autant qu'intarissables. Tape-toi-le, conclut Lydia. Après, tu penseras à autre chose.
Lors de son séjour suivant à Londres, il n'y a plus de verre, plus de dîner, plus de faux-semblant. Il consulte, ce jour-là, il n'opère pas ; après le départ de la dernière cliente, elle entre dans son bureau en apportant un rouleau de papier protecteur pour le lit d'examen. C'est la première fois de la journée qu'ils sont en tête à tête.
« On boit un verre tout à l'heure ? Je vous attends là où nous sommes allés la dernière fois ? »
La porte est entrouverte, elle entend la réceptionniste glousser sans savoir de quoi.
« Est-ce qu'on… commence-t-elle, et puis elle déglutit.
— Ça va depuis… la dernière fois, je veux dire ? Bon Dieu, quand vous êtes partie comme ça… »

La salle de consultation est toute proche de l'accueil. Elle jette un coup d'œil par la porte. Elle n'a aucun prétexte pour se tenir là où elle est. Son cœur est une boule de flipper dans sa cage thoracique.

Il baisse la voix : « Je n'arrête pas de penser à vous. Je vous en prie. Un verre, je ne vous en demande pas plus. »

Elle s'est répété ces mots si souvent dans sa tête, la nuit, dans le bus pour venir au travail, et quand elle était censée faire tout autre chose, écouter les histoires de ses colocs et les théories de Lydia sur les hommes, à la soirée du week-end dernier, où elle a embrassé un autre homme qu'elle n'aurait pas su reconnaître cinq minutes plus tard ; pendant qu'elle choisissait du Liberty pour une nouvelle robe, tissu dont elle n'a ni le besoin ni les moyens ; tissu qu'elle tripotait en l'imaginant la déshabiller. Dans son bain, hier soir, tout en laissant l'eau couler à flots au mépris de la facture, et en priant le bon Dieu que personne n'ait l'idée de s'étonner qu'elle fasse un shampoing-mise en plis un mercredi soir.

« Bon sang, Jane Moorhouse », lui dit-il, de sa voix grave et rugueuse. (Et elle trouvait son accent vilain !)

C'est mal. C'est mal et elle le sait, archi-mal, ultra-mal.

« On va chez vous ? » Elle prononce ces mots sans le regarder, elle sent qu'il sursaute et n'est pas sûr d'avoir bien entendu.

« Je vous attends à l'entrée de Regent's Park, côté Park Square Gardens », précise-t-elle.

Là-dessus elle s'en va, tout de suite, sans leur laisser le temps de faire ou de défaire quoi que ce soit. Tape-toi-le, ma belle, après tu pourras penser à autre chose.

« Vous allez bien ? » demande-t-il en introduisant sa clef dans la serrure. Ils ont à peine échangé un mot sur le trajet, métro jusqu'à Piccadilly direction ouest. Elle pouvait à peine le regarder, agrippés qu'ils étaient à la même barre, bringue-balés, projetés l'un contre l'autre, n'évitant qu'à moitié de se cogner au fil des cahots. La chaleur, la solidité, l'odeur qui se dégagent de lui, tout près. La main qu'il a posée au bas de ses reins, en sortant du wagon, à Earl's Court. Un frisson brûlant qui lui a parcouru l'échine, jusqu'au bassin. Elle a fait le vide dans sa tête, il n'y a plus qu'eux, ici, maintenant.

«Jane? insiste-t-il.

— Bien sûr», répond-elle en se mettant dans la peau de Lydia, d'Helen, d'une fille qui sait ce qu'elle fait. Pour l'instant, elle ne connaît le sexe qu'à travers des médecins blondinets qui jouissent en quelques secondes et s'excusent aussitôt. Ou bien des types qui mettent tout le film à lui effleurer le bout du sein ou de la cuisse et n'osent plus croiser ses yeux quand les lumières se rallument.

«Rien ne nous y oblige, dit-il au moment où ils montent dans l'ascenseur.

— Oh, que si», s'entend-elle répliquer, et cette fois, elle le fixe droit dans les yeux et le voit déglutir; il lui renvoie son regard où elle lit l'étincelle de la surprise, puis du désir. Alors c'est comme ça que ça se passe, se dit-elle, et une nouvelle onde de chaleur la parcourt.

Elle a gardé son uniforme, simple tenue blanche ajustée, qui se boutonne par-devant. Elle aurait bien voulu se changer, étrenner sa robe débardeur – un patron de *Vogue*, avec un haut moulant et échancré. Mais l'une des filles l'aurait vue et l'aurait mise en boîte ou lui aurait posé des questions; et si elle était repassée par chez elle, elle n'aurait peut-être pas eu le courage de ressortir. Il s'avance vers elle. Ils sont dans le séjour; ils ne sont même pas allés jusqu'à la chambre, n'ont pas pris le temps de boire un café, ni de faire le tour du propriétaire. Il la déboutonne de haut en bas et s'agenouille quand il arrive au niveau de la taille. Il baisse son collant sur ses hanches et pose la tête contre elle; elle sent tout son corps frémir.

Ils baisent à même le tapis du salon. Il la soulève sur lui et la tient serrée par la taille, elle se cambre pour aller et venir. Puis il la prend en levrette. Ensuite il la retourne sur le dos et lui accroche les jambes à son cou; il se penche sur elle, pesant de tout son poids. Elle sent ses poussées répétées, dans l'urgence à présent. La voix qui détestait ce qu'ils font s'est tue en elle, elle en veut, elle en redemande. Elle s'entend crier, l'encourager. Après, elle se sent meurtrie à l'intérieur, à vif, déchirée. Elle panique, elle dit qu'il faut qu'elle parte. Il lui propose de prendre une douche, de boire un verre – il la supplie maintenant – mais elle décline tout. Elle reboutonne sa tenue froissée, enfile ses chaussures à la va-vite, sans remettre son collant, et elle s'en va. Une fois dissipé le brouillard torride, elle se dégoûte. Fini, se dit-elle. Plus jamais.

Le vendredi, elle se fait porter pâle, et le samedi aussi, pour ne pas être obligée de le revoir. Il appelle ; la propriétaire se hisse jusqu'à l'entresol et lui braille qu'un Irlandais la demande au téléphone. Elle fait la sourde oreille. Elle sait bien que la dame est trop grosse et trop feignante pour monter voir si elle est chez elle. Il a téléphoné. Il s'est débrouillé pour trouver mon adresse et mon numéro de téléphone, et puis il a appelé. Un frisson de peur la parcourt.

Ce passage à l'acte dans lequel l'un comme l'autre voyaient une fin – qui leur permettrait de tourner la page – ne fait qu'embrouiller, compliquer la situation, l'aggraver. Cet acte qui devait assouvir n'a fait que déchaîner.
Elle s'est juré de ne jamais recommencer et elle y a peut-être cru elle-même.
Lui aussi, de son côté. Il est retourné à sa femme et sa petite fille, et s'est promis de repartir de zéro. Il en a déjà eu, des liaisons, et il a su rompre. C'étaient des aventures de hasard, des divertissements, il a été facile de s'en dépêtrer. Mais là, avec elle, il s'agit d'autre chose. Il n'y comprend rien.
Lors de son séjour suivant à Londres, ça recommence, et ainsi de suite : les voilà dans une liaison. Ils se disent chacun de son côté – et se le disent quand ils sont ensemble – que c'est physique, comme si les attachements physiques tiraient moins à conséquence que les attachements sentimentaux. Mais bientôt, ils dînent longuement ensemble, ils passent des heures à se soûler tout doucettement dans des pubs loin de Harley Street. C'est le printemps, et puis c'est l'été ; ils se baladent dans les roseraies de Regent's Park, pique-niquent à Hyde Park, une fois ils font même du bateau sur la Serpentine.

Le dimanche, ils vont au cinéma, comme un couple ordinaire. Voilà qu'elle reste dormir chez lui, de temps en temps du moins.

Quand il est loin d'elle, il a hâte de la revoir, c'est un manque qui lui creuse les tripes, un manque trop profond, trop radical pour être comblé par le sexe seul. Sa femme, son enfant, même quand il est avec elles, Jane l'obsède. Il pense à elle quand elle n'est pas là, surtout quand elle n'est pas là. Elle, au contraire, reprend le dessus quand il n'est pas là. Chaque fois qu'il repart pour Belfast, elle se jure que c'est la dernière. Seulement voilà, ça ne l'est jamais.

Ils font toujours l'amour sur le mode de l'urgence, comme si ce devait être la dernière fois, si bien qu'il leur arrive de ne pas prendre toutes les précautions qu'ils devraient. Cet automne-là, elle remarque qu'elle a les seins sensibles et le ventre aussi ; elle reconnaît le langage codé de ces pincements soudains, de ces vertiges inopinés. Les premières règles qui ne reviennent pas, l'analyse d'urine chez le docteur : Je suis désolé, Miss Moorhouse, mais le test confirme que… Il est gentil, ce médecin, avec sa calvitie naissante, ses demi-lunes épaisses comme des culs-de-bouteille, et sa diction soignée ; il lui tend son mouchoir et lui fait signe de prendre un bonbon choco-citron dans une coupe, sur son bureau. Curieux détail, ce choco-citron, mais elle ne l'oubliera jamais alors même qu'elle n'aura pas l'occasion d'en remanger. Les éclats piquants dans la bouche, l'acidité sèche et gluante à la fois, il lui colle aux dents de manière embarrassante ; le docteur se penche gauchement vers elle, il lui tapote l'épaule, elle retombe en enfance. Elle voudrait s'expliquer mais ne trouve pas les mots ; elle ne pleure pas de chagrin ; pas que de chagrin, en tout cas.

Elle lui téléphone depuis la première cabine. Elle appelle son hôpital de Belfast, le Royal Victoria, sur Grosvenor Road : Mr Connolly peut-il rappeler Miss Moorhouse, de la clinique de Londres, oui, il connaît le numéro, non, ce n'est pas urgent, mais c'est tout de même important, merci beaucoup.

Elle repose le combiné, tremblante, et s'aperçoit trop tard que, quand il appellera la clinique, quand il la demandera, Jackie ou Pam vont se douter de quelque chose. Même s'il déguise sa voix, s'il prétend être quelqu'un d'autre, elles vont le reconnaître. Qui d'autre appellerait la clinique avec un accent de l'Ulster aussi prononcé? La voilà qui s'affole. Elle avait pensé prendre sa matinée, mais se précipite au travail pour le cas où il appellerait. Ils ont fait tellement attention, jusqu'ici, pour que personne ne se doute de rien. En public, ils se traitent avec une froideur plus grande encore que du temps où ils étaient vraiment froids l'un envers l'autre. Ils s'interdisent même de badiner (elle l'aime, son mot), elle n'essaie jamais de voler quelques instants en tête à tête avec lui dans la salle de consultation, comme elle le faisait au tout début. Elle n'a rien laissé filtrer auprès des autres infirmières. Elle s'est ingéniée à s'inventer des petits amis, à raconter des anecdotes de ses ex comme si elles s'étaient passées la veille. Une ou deux fois, elle est même allée au cinéma toute seule pour pouvoir raconter l'intrigue du film. Elle reprend le nom de garçons qu'elle a connus à l'école primaire. Vis-à-vis de ses colocs, sa tactique est tout autre : Patrick? Un coup d'un soir, sans lendemain. Lydia n'est pas dupe ; elle plisse les paupières, pas de commentaire, mais Jane sait bien que son ardoise s'allonge : à l'amende, celle qui ne partage pas, ne se confie pas, ne demande pas conseil.

Il ne rappelle pas, il est plus malin qu'elle. Elle reste à proximité de la cabine, au bout de la rue, sous une pluie oblique, et il n'appelle pas, là non plus, pas même à l'heure où ils ont l'habitude de se joindre. Ils en parlent le lendemain matin, elle reçoit son appel dans le séjour de sa propriétaire, qui pue les chats, la soupe et la pisse chaude ; ils sont sur leurs gardes, c'est un échange codé ; une conversation qui a des allures de fin.

Cette impression que tout est fini se renforce au cours de la semaine qui précède son retour. Elle se sent gourde, elle est malheureuse comme les pierres. Elle s'était laissée aller à rêver, laissée aller à un fol espoir. Cet imprévu est une façon d'en finir. J'étais tout ce qu'il y a de sincère quand je t'ai dit qu'il me fallait vivre avec toi. À la sortie du travail elle erre sans but dans Regent Street et Oxford Street ; pas d'illuminations de Noël cette année, mauvais climat économique, grève des mineurs ; les rues sont mornes et sans joie. Il fait doux, en plus, trop doux pour la saison. Tout va de travers. Elle ne se raconte plus ce qu'elle s'est secrètement raconté ces derniers mois par intermittences, à savoir qu'un bébé ferait peut-être pencher la balance en sa faveur. Elle essaie de ne pas voir en lui un bébé, leur bébé. Parfois, elle se force à imaginer qu'il s'agit seulement d'une masse de cellules qui se sont mises à se dédoubler fébrilement en elle. Un pépin de pomme, un pois, un grain de raisin. Pas un bébé, pas leur bébé. Déjà, il mesure 1,6 centimètre ; le temps que Patrick arrive, il en mesurera 2,3. Elle se documente dans un livre, à la bibliothèque : *ses poignets sont maintenant flexibles ; ses pieds perdent leur apparence palmée ; ses paupières couvrent mieux ses yeux ; des papilles se forment sur sa langue.* Elle referme le livre à la jaquette de plastique grasse et le refourre sur son rayonnage. L'odeur des toux réprimées et la poussière des tapis lui donnent la nausée. Elle se dit qu'il faut en finir d'une manière ou d'une autre, tôt ou tard. Elle se dit qu'elle en arrive à la désirer, cette fin, comme dans un engourdissement. Elle n'a pas la force, apparemment, de mettre un terme à leur liaison, ou alors il est trop persuasif, ou bien ils se disent : Encore une fois et on arrête. Après, elle aura une raison, un prétexte, pour cesser de le voir. Après, ils ne pourront plus fonctionner comme ils l'ont fait. Parce qu'il faut savoir ce qu'on veut, tout de même. Être conscients que l'accident pourrait se reproduire et que, au pied du mur, ils ont choisi de ne pas donner suite. Elle est malheureuse, elle ne dort plus, elle maigrit. Les maîtresses sont des femmes fantasques, follement séduisantes, et françaises. Elle, c'est Bécassine débarquée de son Yorkshire. Elle se prépare à lui dire au revoir. L'une de ses colocs connaît quelqu'un, une vague parente, une amie d'amis, qui loue un cottage l'été sur la côte du Suffolk. Il n'y a pas de chauffage central, la prévient sa coloc, la maison est en triste état. Elle s'en fiche. Chez lui, ils n'arrivent pas à se dire ce qu'ils ont à se dire. Il y a trop de souvenirs. Il faut qu'ils prennent du champ. Elle s'arrange pour louer la maison le week-end. Elle tente désespérément de se raisonner, de faire preuve de sens pratique et d'exigence envers elle-même. Elle n'aurait jamais dû se fourrer dans cette histoire, d'abord. Mais à quoi bon se morigéner aujourd'hui. Elle n'a que ce qu'elle mérite. Pas très utile non plus. Voilà l'occasion de s'en sortir. C'est encore la façon la plus positive de voir sa situation.

Seulement, il y a aussi les autres fois. Celles où elle sait qu'elle veut par-dessus tout, parce que c'est eux, eux deux, et au diable les contingences et les conséquences pratiques. Lydia, Jackie et Pam, tout comme ses parents, traversent la vie en ruminant, vaches au pré, chevaux de trait qui cheminent avec des œillères. Elle, elle a vécu le comble de la joie et du désespoir ces derniers mois. Elle a réveillé des zones de son être dont elle ignorait jusqu'à l'existence. Elle a eu un aperçu de ce dont elle était capable, elle, Jane Moorhouse, la petite souris, et cette expérience la remplit d'un sentiment de puissance débridé. Elle sait qu'il en va de même de son côté à lui. Il le lui dit, d'ailleurs : C'est plus que de l'amour, c'est du besoin. J'ai besoin de toi, Jane.

Elle oscille dangereusement entre ces deux visions des choses, une certitude chassant l'autre. La semaine qui précède son retour est interminable, jamais de sa vie elle n'a été aussi maigre, aussi pâle ; elle se consume sous l'effet du manque, de la peur et du désir. Elle ne peut pas vivre sans lui. Il faut qu'ils l'aient, ce bébé. Comment pourraient-ils l'avoir, ce bébé ?

Orford, Suffolk, décembre 1972

Le jardin de la maison s'entoure d'un mur ; à l'assaut de ses briques effritées, mangées de lichen, grimpent un lierre vernissé et une clématite fleurie en plein décembre avec ses nuées de pétales d'un blanc rosé sur des tiges dénudées. Dans des pots, de part et d'autre de la porte de derrière, s'élance le jasmin d'hiver dont les fines baguettes sombres font éclore de minuscules étoiles jaunes, tour de magie pris sur le vif. Jadis, un amateur de jardins a aimé ces plantes, il les a choisies et soignées, de sorte qu'aujourd'hui, au cœur de l'hiver, il subsiste de la couleur et de la vie. Le jardin s'ensauvage, pourtant ; les roses prêtes à fleurir, tuées par le gel, ont noirci sur leur tige. Un treillage éventré ploie sous le fardeau de sa glycine. Des feuilles mortes amoncelées pourrissent dans l'humidité. Des moraines de gazon et d'herbes folles envahissent l'allée, le perron de derrière disparaît sous cinq centimètres de mousse.

C'est le matin, pas trop tôt, dix-onze heures, peut-être. Ils sont assis dehors sans vraiment se toucher et boivent un café épais dans des mugs ébréchés, sur une vieille bâche dénichée dans la cabane du jardin. La bâche est striée d'huile, des mottes de boue séchée y adhèrent, un peu de terre aussi. Les tapis dans lesquels ils sont enveloppés puent l'humidité et le chien. Quelle sotte d'avoir mis le nouveau tailleur pantalon prune, dont elle a acheté la panne de velours du côté de Portland Place. Le bas des jambes s'est déchiré, taché, il est irrécupérable, et ses chaussures à plateforme ont récolté toute la boue de l'allée. Elle a cessé de se préoccuper de sa tenue vestimentaire. Ils n'ont guère dormi. Ils ont passé la nuit dans les bras l'un de l'autre, à pleurer ; elle est lessivée, retournée. Entre la fatigue et l'émotion, ce matin lui paraît étrange et neuf, pourtant, elle se sent légère et transparente comme si le pire était derrière elle, et qu'elle était prête à prendre un nouveau départ, tout devenant possible.

Un rouge-gorge donne des coups de bec sur la terre dure et noire. Il y a une toile d'araignée parfaitement tendue entre le treillage et le magnolia, et des gouttes de rosée s'y déposent comme les vestiges givrés d'un rêve saisi au vol. Un peu trop sophistiquée, cette image, se dit-elle ; mais tel est ce jour, irréel, tarabiscoté. Il se caractérise par une singulière lucidité, elle a l'impression de percevoir et de penser plus que d'habitude, comme au ralenti.

Il vient de dire : Et si tu t'installais chez moi à Earl's Court, mettre ce bébé au monde ? On verrait bien après.

Elle n'a pas encore réagi à cette proposition ; elle n'est pas sûre de pouvoir parler. Ils en ont discuté tant et plus, cette nuit. Leur conversation, dans ses boucles et ses sillons, n'a été en rien différente des nombreuses discussions indécises sur le chapitre qu'ils ont pu avoir ces derniers mois, et auxquelles chaque fois l'un ou l'autre, elle le plus souvent, a voulu mettre un terme. Il ne peut pas quitter sa femme pour le moment. Nicky (elle doit se retenir d'exploser quand il parle de « Cat » et « Nicky » parce qu'elle déteste cet excès de familiarité ; quand il faut qu'elle les mentionne, elle les nomme cérémonieusement Catriona et Victoria Louise). Nicky, donc, n'a qu'un an, et Cat a traversé une période pénible ; la maternité n'a rien eu d'évident pour elle ; après un accouchement difficile, elle ne s'y est pas encore faite. Et puis il y a leurs familles, l'Église, le mariage. Il a des devoirs, il faut qu'elle le comprenne, ce n'est pas le moment qu'il parte. Quand Nicky aura un an de plus, alors, ce sera une autre affaire. Mais pour l'instant, il ne peut pas, ne veut pas les quitter, il n'en est pas question.

C'est elle qui devrait partir sur-le-champ, elle le sait. Si elle n'était pas aussi épuisée. S'ils n'étaient pas aussi loin du monde, dans ce fichu cottage du Suffolk. Si, si. Il y a toujours une bonne excuse. Elle l'apprend en ce moment même, elle l'apprend depuis le début de leur liaison et elle pense : Voilà la vie que tu te prépares si tu ne prends pas tes jambes à ton cou. Des promesses et des excuses bancales. Rien ne va changer. S'il ne part pas tout de suite, il ne partira jamais. Après Quand Nicky aura un an de plus, ce sera Quand Nicky ira à l'école, Quand Nicky entrera au collège, Quand Nicky quittera la maison. S'il veut d'elle, s'il veut d'eux, c'est tout de suite.

« Jane ? »

Ils pourraient se trouver sur une scène de théâtre ou sur un plateau de cinéma. C'est l'impression qui se dégage de cette journée. Ils ont un public, attentif aux décisions qu'ils vont prendre.

« Ta femme et ta fille », prononce-t-elle d'une voix sourde, sans prendre la peine de mettre un point d'interrogation à la phrase. Ce n'est plus une question. À supposer que ça l'ait été, il y a répondu, son choix est clair.

« Tu connais la situation, reprend-il, j'aimerais pouvoir te répondre autre chose. Tout ce que je peux te dire, c'est que... »

Sauve-toi, Jane, sauve-toi, va-t'en, va-t'en, va-t'en.

On entend le ressac et la gerbe des cloches de l'église, au loin. Joyeuses. C'est un mariage, peut-être. Ils écoutent le carillon sonner à toute volée puis mourir. Tout ce qu'ils n'auront jamais. Elle tourne le mug entre ses mains. Elle a cru qu'ils prendraient cette décision à deux : soit ils gardaient le bébé et vivaient ensemble avec tout ce que ce choix impliquait, soit ils choisissaient l'avortement (n'ayons pas peur du mot) et mettaient un terme à leur liaison séance tenante. De deux choses l'une, pour elle. Et pourtant ce qu'il dit, mais enfin, quoi, il n'irait pas le dire s'il ne croyait pas sincèrement qu'un jour, pas maintenant, mais un jour, dans un an, peut-être, ou encore quand le bébé sera né... Son espoir soudain, obscur, secret, c'est que le bébé soit un garçon. Il a déjà une fille. Si elle pouvait lui donner un fils... Car tous les hommes veulent des fils, au fond, non ? Si elle pouvait être plus vieille de quelques mois…

Elle vient de s'apercevoir qu'elle s'est autorisée à y penser, à ce qu'il propose. Quel chiendent, l'espoir, songe-t-elle sombrement. Il pousserait dans ce jardin abandonné. Il se nourrit de la moindre goutte ; il s'accroche, il s'entretient tout seul, il résiste. Un rien le fait fleurir, une remarque aléatoire, une réflexion en passant, tout ce qui peut s'interpréter comme un engagement.

« Quand tu dis on verra bien… », commence-t-elle.

Leurs conversations ressemblent si souvent à celle-ci, avec ses silences, ses sous-entendus en lieu et place des choses trop délicates ou trop cruelles à dire.

« Je ne sais pas, Jane (il a l'air malheureux), tout ce que je sais, c'est que quelque chemin que prenne ma vie, je ne peux pas vivre sans toi. »

De nouveau, les cloches de l'église, leur volée finale. Ces mots-là, pense-t-elle, tu n'es plus libre de les dire. Tu les as déjà prononcés, le jour de ton mariage, cet engagement tu as dû le prendre avec sincérité.

« Il me faut, tente-t-elle à nouveau, il me faut ta parole, j'ai besoin que tu me promettes.

— Je te promets, Jane, je te promets. » À l'instant même où il le dit, elle s'aperçoit qu'il ne lui promet rien, concrètement. Ne fais pas la sotte, Jane, c'est toute une vie de demi-promesses trahies qui t'attend.

Elle a pris rendez-vous en chirurgie pour le lendemain matin huit heures – ils ne pouvaient pas lui en donner un plus tôt. Elle n'a pas voulu se laisser le temps de revenir sur la décision qu'ils auront prise aujourd'hui. S'ils gardent le bébé, elle réservera sa place ; la sage-femme lui fera une prise de sang, la pèsera, la mesurera. Dans le cas contraire, comme elle est à moins de dix semaines de grossesse, c'est pour une IVG qu'elle réservera, avant la fin du premier trimestre.

Cette semaine, votre bébé mesure 2,5 centimètres de longueur et il pèse un peu moins de 2 grammes. Ses paupières recouvrent désormais ses yeux en totalité et elles se ferment pour permettre le développement des pupilles ; elles ne se rouvriront qu'à la vingt-sixième semaine. On voit apparaître de minuscules lobes aux oreilles. *Ses poignets se sont développés, ses chevilles sont formées, des doigts et des orteils apparaissent. Déjà, il a davantage l'air d'un humain en réduction. Sa physiologie de base est en place.*

Si elle l'appelait Patrick Michael ? Si elle lui donnait son nom ?

Qu'est-ce qu'elle dirait à ses parents ? Elle pourrait dire que c'est un accident, à la suite d'une aventure d'un soir. Le père est... marin ou pilote de ligne, elle n'a plus aucun moyen de le joindre. Ils seraient atterrés ? Et après... Mais n'est-il pas injuste de mentir à un enfant sur l'identité de son père ? Sauf qu'elle n'en ferait rien, bien sûr. Cet enfant connaîtrait son père, et d'ici qu'il ait l'âge de s'en préoccuper – mais encore ? L'âge scolaire ? Ça leur laisserait encore cinq ans, et d'ici cinq ans, qui sait ce qui se passera. Il ne pourra plus prétexter qu'il reste avec Catriona par devoir, d'ici cinq longues années.

Elle le veut, ce bébé, elle le veut tellement. Un bébé de lui, leur bébé. Tellement.

« Je regrette de ne pas t'avoir rencontrée plus tôt, Jane, se désole-t-il comme s'il lisait dans ses pensées. Avant. Si je t'avais connue avant, nous n'en serions pas là. »

Sauf que pour qu'il la rencontre avant Catriona, il aurait fallu qu'il aille la chercher à la sortie de l'école primaire... Elle ne le lui dit pas. Elle a l'habitude, déjà, de ravaler ces choses-là ; de les ignorer.

Il soupire et se retourne pour leur reverser du café. Ils l'ont fait sur le poêle, dans une cafetière scandinave en grès. Ils l'ont laissé bouillir, il a un goût amer. Elle lui fait signe qu'elle n'en veut pas :

« J'ai peur que ça me fasse du mal. »

Il pose la cafetière en équilibre sur une dalle affaissée.

« Alors, qu'est-ce que tu en penses ?

— Ce que j'en pense, Patrick... » Elle voudrait tant répondre sèchement, mais elle entend la note implorante, la faiblesse dans sa voix, et un frisson de dégoût la parcourt. Rappelle-toi en quoi tu lui as plu, au départ. Il ne faut pas être en demande, il ne faut pas être en état de faiblesse. Il a horreur de ça. Je crois que je vais vomir. Elle se lève et s'extrait des tapis en titubant pour se diriger vers la glycine, mains sur les cuisses, penchée en avant, elle essaie de respirer. L'air a un goût d'eau, il est doux et froid. Elle se calme. Elle sent la main qu'il vient poser sur son dos.

« C'est rien, c'est passé.

— Est-ce que tu as… (il hésite)… des nausées, le matin ? » Il l'a hasardé d'un air penaud, parce qu'il n'avait pas eu l'idée de lui poser la question plus tôt.

« Non, des vertiges de temps en temps. Des coups de fatigue. Mais des nausées, non.

— Tu as de la chance. » S'il ajoute : Catriona, elle en a eu, elle, et sévères, je ne te dis que ça, elle le plante là, elle franchit le portail, elle descend l'allée boueuse, et elle file jusqu'à la gare ; elle se bouchera les oreilles s'il la rappelle ou s'il la poursuit ; et merde à tout, merde pour tout ce qu'elle laissera derrière elle.

Tu es très forte sur les résolutions, ces derniers temps, se dit-elle.

Mais il n'ajoute rien, il lui caresse le dos et lui embrasse le crâne.

Il y a un vieux nid dans la glycine, un écheveau de brindilles de blé, qui penche sur le côté. Les cloches de l'église se remettent à carillonner ; il doit être midi. Il va falloir partir. Il faut faire les valises, fermer la maison, remettre la clef à une voisine, prendre un taxi pour la gare de Wickham Market. Le train est à treize heures ; il n'y en a que toutes les deux heures le dimanche, et il faut qu'ils soient à Londres à temps pour qu'il prenne le vol du soir qui le ramènera chez lui. Le train de treize heures, dernier délai.

Un carré de monnaie-du-pape à sa droite, dont les coques sales ont la texture du papier et laissent entrevoir l'ovale nacré à l'intérieur. Elle tend la main machinalement, glisse son ongle sous la coque et la fend pour ramasser les graines. Elle les met dans sa poche ; une fois à Londres, elle les plantera dans des pots sur sa fenêtre ; année après année, elle conservera les graines dans une enveloppe avec la date.

« Qu'est-ce que tu fais ? » lui demande-t-il.

Dans une pile de livres de poche sur une chaise, au chevet du lit, un méli-mélo de romans policiers et de guides d'ornithologie achetés en un seul lot à la même boutique de charité, comme l'indique le prix marqué au crayon sur chacun d'eux, elle a découvert un mince recueil de poèmes, *Arbres d'hiver*, ça s'appelle. Elle l'a choisi parce que c'était celui qui lui paraissait le plus neuf avec sa jaquette encore brillante, alors que ses pages commencent à gonfler et se déformer sous l'effet de l'humidité qui règne dans ce cottage si rarement habité. Elle l'a lu hier soir, pendant que Patrick allait au village chercher une cabine téléphonique pour passer son appel quotidien à Belfast. Elle n'en lit pas souvent, des poèmes, mais ceux-là l'ont conquise, l'un d'entre eux surtout. *Tu ressentiras une absence, aussitôt / Qui va croître auprès de toi comme un arbre.* Elle met le livre dans sa valise quand ils partent.

Rien n'a changé mais tout a changé. À ne pas prendre de décision, le choix s'est fait. Ils ne sont pas parvenus à s'accorder, en tout cas pas à temps, sur le fait qu'ils ne veulent pas le garder. À présent, il la tient dans ses bras. Ils s'accrochent l'un à l'autre comme deux êtres en chute libre. Il est tellement plus grand qu'elle : un mètre quatre-vingt-cinq contre un mètre cinquante-cinq. L'ours et le moineau. C'est un élément qui entre en ligne de compte, évidemment. Il l'écrase, physiquement, comme il écrase tout ce qui l'entoure. Il lui sature le champ visuel. Quand il est devant elle, quand il l'enveloppe, ses grands bras, sa barbe, sa large poitrine, ses épaules solides, elle ne voit pas au-delà de lui, littéralement. Il n'y a plus que lui. Si c'était à refaire, je referais tout sans rien changer, pas même la fin, pas même si je savais d'avance comment ça finirait.

Routh, East Riding dans le Yorkshire, Noël 1972

La maison du Yorkshire est massive, carrée ; toute en briques du XIXe siècle blanchies à la chaux. Elle se dresse, trapue, un peu en retrait de la rue principale, à quelques centaines de mètres de la mairie. La mère de Jane, tout comme les Spratley qui habitent le cottage adjacent, et Mrs Dunning du presbytère, ont les clefs de la mairie. Un petit groupe de scouts s'y réunit le mardi soir, quoique la plupart des garçons aillent à Tickton, un peu plus loin sur la route. Il y a les petits déjeuners paroissiaux, la Fête de la Moisson. De temps en temps un vide-grenier, ou une réunion paroissiale. Routh : son église et son cimetière, sa mairie, son garage, une rangée de cottages, quelques maisons et une ou deux fermes. Voilà tout.

À l'intérieur de la maison, il fait sombre. Foncés les rideaux bordeaux, le papier peint assorti, foncés les meubles et les sièges en acajou ; les fenêtres donnent au nord et, durant les mois d'hiver, elles laissent glisser un jour oblique chargé d'humidité. La chambre de Jane et celle d'Helen, sur le devant de la maison, ont vue sur les routes, les champs, le ciel. Il y a des couvre-lits en patchwork ; des sachets de lavande dans les penderies. Jane a toujours connu ses parents entre ces murs. Son père a reçu une mauvaise blessure pendant la guerre – sans gloire, au cours d'un entraînement – et depuis, il travaille pour la RAF, un emploi de bureau à la base de Leconfield, à Beverley. Derrière la maison, le jardin a été bétonné, pour ne pas avoir à tondre. Il y a une cabane, où il découpe et colle ses modèles réduits d'avion ; ces avions que Jane a adorés, puis auxquels elle a fait semblant de s'intéresser pour finir par les ignorer. Derrière la cabane, des familles de champignons pâles gagnent du terrain.

Elle a retardé tant qu'elle a pu le moment de revenir ici. Patrick était passé à Londres pour le repas de Noël de l'équipe – un enfer. Ils sont allés au restaurant français du coin de la rue, et elle a dû glousser de concert avec les filles de l'accueil et les infirmières pendant que les chirurgiens buvaient comme des trous et pontifiaient comme devant un amphi ; ensuite les filles ont décidé d'aller faire une virée, les chirurgiens ont continué à boire dans un pub et elle a vu leurs dernières heures ensemble s'effilocher sans qu'ils y puissent quoi que ce soit ni l'un ni l'autre. Après avoir réussi à s'échapper, elle a attendu devant chez lui mais il s'est mis à faire trop froid, elle grelottait, si bien qu'elle a dû rentrer chez elle. Finalement, ils se sont tout juste dit un « au revoir-joyeux Noël » entre deux portes, le lendemain matin, avant qu'il prenne le métro pour Heathrow. Ça a failli tout remettre en question. Et puis elle est rentrée à Routh où elle a vécu la journée la plus noyée, la plus maussade de l'année dans la maison de son enfance, avec ses odeurs et ses craquements familiers, et elle s'est dit avec un désespoir assorti à la météo : Non. C'est derrière moi, tout ça.

L'avant-veille de Noël, Jane et Helen sortent faire un tour. Dès après déjeuner (bouillon de légumes, pain blanc à la margarine, jambon détrempé, verre de boisson à l'orange), le jour cède, il se replie, se laisse refouler aux confins de l'horizon, réduit à un fil. Elles cheminent sur la route principale, vers Tickton, l'une derrière l'autre. Sans qu'elles se soient concertées, chacune éprouvait le besoin d'échapper à l'atmosphère pesante de la maison entre les sautes d'humeur de leur père et l'enjouement fragile et propitiatoire de leur mère. Mais une fois dehors, elles ont du mal à se parler. Deux-trois mots sur le temps qu'il fait, sur la direction qu'elles vont prendre, et puis elles s'emmitouflent dans leurs cache-nez et leurs duffel-coats et se mettent en route. Quelques corneilles, banderole de suie effilochée, décrivent des cercles dans le ciel terne ; un vol d'étourneaux s'éparpille comme une poignée de confettis. Passé la mairie et les cottages, passé le garage et les quelques maisons, telles des dents isolées dans le paysage, il n'y a plus rien que la route plane et les champs. De temps en temps, elles se rabattent sur le bas-côté pour laisser place à une voiture. Des mottes de boue collent à leurs bottes jusqu'à ce que leur poids les décroche. Respirer leur pique la gorge. À gauche et à droite, les champs sont nus, ou bien ombrés de chaume avec quelques épis de blés épars, qui pourrissent sur leur tige. Parfois, elles longent un pré peuplé de moutons, la dent jaunâtre comme la toison, l'œil usé et sournois dans leur face oblongue et stupide.

Il leur faut près d'une demi-heure pour arriver à la taverne de Tickton. À l'intérieur, un nuage de fumée opaque nimbe les corps dans sa tiédeur indolente ; le vin qui chauffe dégage une odeur de terreau et d'épices ; un feu brûle dans l'âtre. Elles se fraient un chemin entre la mauvaise humeur de ceux qui vivent ici à l'année et les jacasseries de ceux qui sont rentrés pour Noël, et elles se coulent contre le bar.

« Deux vins chauds. » Helen n'a pas laissé à Jane le temps de commander une boisson sans alcool. La barmaid les sert à la louche dans des verres mal lavés. Helen paie et elles s'avancent en fendant la foule vers l'arrière-salle, à la recherche d'un endroit où s'asseoir. Helen aperçoit des filles qu'elle connaît et va leur parler ; Jane reste en retrait ; avec son petit doigt, elle remue la tranche d'orange piquée d'un clou de girofle. Elle essaie de faire bonne figure, d'ignorer son isolement. Elle est partie depuis trop longtemps, et revenue trop rarement ces temps-ci, pour avoir gardé le contact avec ses camarades de classe. Elle ne pourrait jamais revenir vivre ici, se dit-elle de nouveau. Impossible. Pourtant, l'idée de s'installer chez Patrick lui donne envie de vomir ; une nausée jusqu'au plus profond d'elle-même. Elle trempe la tranche d'orange, l'enfonce dans le vin, et la regarde gonfler et se désagréger. Elle est à treize semaines de grossesse ; elle pourrait l'annoncer, si elle voulait. Le bébé est gros comme une demi-banane dans son ventre, et il est physiologiquement complet, jusqu'au dessin de ses doigts. La question de le garder ne se pose plus. Par chance, ça ne se voit pas encore. Elle est si menue et si mince que chez elle toute prise de poids se remarque. Mais elle avait tellement maigri ces derniers temps, entre Patrick et tout le reste, qu'elle paraît seulement revenue à sa corpulence habituelle. Pour l'instant, elle entre encore dans ses pantalons, de justesse, en ouvrant le bouton du haut après les repas ; ses gros pulls sont assez vagues pour couvrir son petit ventre qui s'arrondit. Le jour de Noël, elle portera une robe habillée dont elle a lâché les pinces, avec un cardigan par-dessus. Elle enfile un peignoir sur son pyjama quand elle descend, quand elle va de sa chambre à la salle de bains, et même quand elle se lève la nuit pour faire pipi. Mais comme il fait froid dans la maison, son père ne voulant pas entendre parler d'installer le chauffage central, personne ne s'en étonne.

Un berceau dans sa chambre ? Transformer celle d'Helen en chambre d'enfant ?

Elle regarde dans la direction de sa sœur, qui bavarde et qui rit avec ses connaissances. Jamais elle ne s'est sentie aussi seule. Le besoin de téléphoner à Patrick, de lui parler, d'entendre sa voix, la saisit si fort qu'elle en a un instant le souffle coupé. Il n'y a pas de cabine téléphonique à Routh et il ne peut pas l'appeler chez ses parents. Sa mère entendrait sa voix en décrochant, elle poserait des questions – ou bien s'en abstiendrait ostensiblement – et Jane finirait par s'emberlificoter dans un mensonge quelconque. La dernière fois qu'elle a pu lui parler, c'était il y a trois jours, au moment où elle quittait Londres, et il leur faudra attendre le lendemain de Noël pour qu'il puisse s'éclipser de chez lui sous un prétexte quelconque. Il y a un téléphone derrière le bar, elle le sait. Si c'est sa femme qui répond, elle pourra toujours dire qu'elle a fait un faux numéro. Ou encore qu'elle l'appelle de la clinique : c'est un rendez-vous du nouvel an qui est remis. Une infection qui vient de se déclarer. Sa femme ne doit pas savoir que la clinique est fermée ces quinze jours – quoique... si, bien sûr, elle le sait. Alors comment faire ? Un faux numéro, c'est ce qu'il y a de plus sûr. Elle n'a jamais appelé chez lui mais elle le sait par cœur, son numéro. Elle le connaît parce qu'elle a vu son adresse sur son permis de conduire, qu'elle l'a retenue et que, plus tard, elle a appelé les Renseignements, cœur battant, moyennant quoi, au bout du fil, une voix morne et professionnelle le lui a énoncé, ignorant toute l'importance, tout l'impact sur elle de cette série de chiffres. Impossible de l'appeler. Impossible. Si sa femme allait répondre et le lui passer, ou bien s'il était là et que ce soit lui qui décroche, qu'ils doivent jouer le sketch du faux numéro ? Il ne sait même pas qu'elle le connaît, son numéro. Il penserait qu'il est arrivé quelque chose, que c'est une urgence. C'en est une d'urgence, justement ! Elle attend un bébé, elle attend un bébé, ils attendent un bébé. De temps en temps, par éclairs, la chose lui semble saugrenue à elle-même. Sylvia Plath, de nouveau mais dans « Le Colosse », cette fois. *Je suis un instrument, je suis une scène, je suis une vache qui vêle. J'ai mangé un plein sac de pommes vertes, pris le train dont on ne descend pas en route.* Elle a consigné la date de son écriture soignée, au crayon, Noël 1972. Les mots du poème la font sourire, pleins d'esprit malgré l'anxiété, bravaches. Elle les a appris par cœur et se les récite tout bas : *Une monnaie toute neuve gonfle ma bourse.* Elle est soulagée à l'idée qu'elle n'a plus le choix, que tout est sur des rails et qu'elle n'est plus que le véhicule de forces qui la dépassent.

Elle va annoncer la nouvelle à ses parents ; il le faut. Mais elle ne parlera pas de Patrick, pas tout de suite. Elle dira seulement qu'elle est enceinte, que c'est un accident, qu'elle ne connaît pas le père. Elle le fera le matin de son départ, valise bouclée, une heure avant de prendre le train, en s'en tenant au fait. Elle a si souvent répété son discours dans sa tête qu'elle aura l'impression de lire celui de quelqu'un d'autre. Le seul point sur lequel elle se soit trompée, c'est qu'elle a sous-estimé la solitude qu'elle éprouve ici. Sa chambre, inhabitée et froide, ses parents, sa sœur, Noël.

Comment ferait-elle pour le voir si elle s'installait ici, le temps qu'il ait réglé son problème familial ? Il faut quatre heures pour aller de Londres à Beverley, et encore, en comptant qu'on ait toutes les correspondances, ensuite de quoi il reste à pousser jusqu'à Tickton. Il ne pourrait pas venir à Routh ; ses parents refuseraient de le recevoir. Est-ce qu'elle irait l'attendre à Beverley, bébé à ses basques ? Nuit chez l'habitant, dans un Bed and Breakfast minable ? Non, impraticable, impensable. Elle se retrouve démunie face à ces questions d'organisation, ces soucis, ces appréhensions. Quand il est là, il se débrouille pour les balayer, pour les dissiper, les reléguer au second plan. Mais sitôt qu'il s'en va, ces tracas rappliquent de plus belle, grouillent comme des rats, et la narguent dans l'obscurité incertaine.

Le nœud de la nausée se resserre dans son ventre.

Puis revoilà Helen, le feu aux joues, essoufflée, qui lui rapporte le dernier potin. À l'état civil, Helen est sa cadette de trois ans, mais elle a des années-lumière d'avance sur elle quant à l'usage du monde. Elle boit comme un trou (du brandy-babychamp, du Martini-citronnade), fume des cigarettes mentholées, et garde toujours un petit ami en stand-by. Elle est élève-maître à York, mais ce qu'elle veut faire, c'est lancer sa ligne de vêtements. Comme Jane, c'est une virtuose de la machine à coudre. Leur mère leur a appris à s'en servir, et elles ont accroché l'une et l'autre. Elle exécute tous les patrons de *Vogue*. Aujourd'hui, sous le manteau confortable et le cache-nez qui l'emmitouflent, elle porte une robe chemisier rouge vif à poignets rigides et lavallière vaporeuse. Quelle belle fille, disent les gens. Elle est toujours superbe. Elles se ressemblent assez pour qu'on voie qu'elles sont sœurs, mais alors que Jane a les traits pincés dans un visage menu, ceux d'Helen se placent harmonieusement. Dire que Jane a pu croire qu'elle connaissait la vie et qu'Helen avait des œillères, qu'on s'ennuyait avec elle ! Elle n'en revient pas elle-même. Helen est parvenue à la chute de son histoire, elle rit, pliée en deux, en serrant le bras de Jane. Jane s'oblige à rire avec elle sans avoir la moindre idée de ce qu'elle vient de lui raconter. Tout son être, la partie essentielle de son être en tout cas, s'involue, il encorbelle son fils. Leur fils. Il faut qu'elle s'en souvienne. Qu'elle ait confiance. Leur enfant, leur fils. Quand elle a demandé à l'infirmière s'il était possible de connaître le sexe du bébé, celle-ci lui a répondu qu'en la matière l'intuition de la mère était souvent la bonne. Patrick Michael ; Patrick Michael junior. Elle ne l'appellera pas Paddy, comme dans la chanson enfantine – *nick nack paddywhack, give the dog a bone.* Pas de diminutif, Patrick il sera, Patrick junior. Il lui faut garder la foi, avoir confiance, croire. Sinon, elle va couler à pic. Il faut qu'elle se rappelle l'assurance qu'elle avait, qu'elle a toujours quand elle est avec le père de son enfant.

« On remet ça ? » Le verre d'Helen est presque vide, un fond de lie et un bâton de cannelle détrempé. Elle le brandit en direction de Jane, puis aperçoit celui de sa sœur. « Ben alors, tu y as tout juste trempé les lèvres, fillette. Allez, sois mignonne, bascule. (Elles s'amusent volontiers à retrouver le parler du Yorkshire, détail piquant quand on sait les efforts qu'elles ont déployés pour perdre leur accent.)

— Bien trop sucré pour moi, dit Jane.

— Une vodka, alors ? Un gin ? Allez, c'est Noël, et bon Dieu de bois, grimace-t-elle, il va falloir tenir jusqu'à ce qu'on se couche.

— Je vais me contenter d'une eau pétillante, je crois. »

Helen lève les yeux au ciel et plonge de nouveau vers le bar ; quand le garçon passe ramasser les verres, Jane repousse le sien au milieu des chopes de bière vide. *Votre bébé est physiologiquement complet, jusqu'au dessin de ses doigts.*

Elles boivent leur deuxième verre. Les joues d'Helen se teintent d'un joli rose alors que, dans le même cas, les siennes se marbreraient. Jane laisse sa sœur gérer toute leur conversation ou presque. Il fait nuit lorsqu'elles quittent l'auberge pour reprendre le chemin de la maison. Le vent est âpre, on y sent percer la neige. Elles ont le visage à vif, les yeux qui pleurent. Helen glisse son bras sous celui de Jane, et elles se disent combien il serait abominable de devoir vivre ici à demeure. Tout d'abord, Helen ne s'aperçoit pas que sa sœur a sombré dans le mutisme et, quand elle s'en rend compte, elle l'asticote pour la faire parler. Jane secoue la tête.

« C'est pour un gars que tu te tracasses ?

— Non.

— Eh si, pardi ! » Helen marque un temps. « Il est marié ? »
Jane la regarde, bouche bée. Elle se ferme comme une
huître. Elle sent le sang se retirer de ses joues, puis y affluer
de nouveau. Elle remercie le ciel qu'il fasse noir, que la rue
soit mal éclairée.

« Bougresse de bourrique », commente Helen.

Elles sont presque arrivées, mais par un accord tacite, elles
dépassent la maison et tournent à gauche dans Meaulx Lane,
en direction de l'église. L'église de Tous les Saints est un bel
édifice solennel de sobre pierre grise. Son clocher date du
XIIe siècle. Jadis, on venait sans doute de tous les hameaux
environnants assister à la messe, mais voilà dix ans que le
dernier curé est parti et, depuis, il n'y a plus qu'un abbé,
le vicaire de Beverley, qui vient donner la communion un
dimanche sur deux et dans des occasions particulières, plus
une fois par mois pour l'office du soir. Dans leur adolescence
elles retrouvaient leurs amis au cimetière, Helen surtout, pour
fumer leurs premières cigarettes, boire du vin cuit aux épices
ou de la liqueur de quetsche que la fille du fermier apportait
dans des récipients en plastique cabossés. Elles se forcent un
passage par le même trou dans la haie, débouchent derrière
l'église et parviennent devant une pierre tombale usée par les
intempéries, où elles venaient s'asseoir à l'époque. Elles s'y
perchent aujourd'hui, la mousse qui la recouvre est humide,
le froid leur remonte dans les membres. Helen allume une
dernière menthol, regarde Jane tout en soufflant un rond de
fumée approximatif.

« Bourrique, répète-t-elle. Tu es trop naïve, Jane. Pas taillée
pour ce genre d'histoire. » Puis elle ajoute : « Il s'appelle
comment ?

— Patrick », s'entend répondre Jane. Le seul fait de prononcer son nom l'envahit d'une onde de soulagement. « Il
s'appelle Patrick. C'est un médecin de la clinique – un chirurgien. Et il est, il est… »

Comment le décrire ? Par où commencer ? Il a dix ans de
plus que moi, c'est un Irlandais du Nord. Il mesure un mètre

quatre-vingt-cinq, il est brun, avec une tignasse de boucles, barbu. C'est le type le plus brillant, le plus drôle que j'aie jamais connu. Il me rend folle, et quand on fait l'amour, il me bloque les poignets comme s'il voulait les casser, et il lèche la transpiration au creux de mes reins, il me dévore comme un ogre.

«Je l'aime, Helly, j'en suis raide dingue», dit-elle plus simplement.

Helen se borne à secouer la tête en tirant sur sa cigarette. Jane entend sa phrase grincer dans l'air ambiant; des mots camelote, des mots à deux balles, sans aucun sens. Formules de pacotille. «C'est vrai, reprend-elle, je l'aime. Et il m'aime.»

Elle voit bien qu'Helen ne sait que dire, qu'elle est gênée pour elle.

«Il faudrait qu'on rentre», annonce sa sœur, en se levant.

Le soir de Noël. Déposer des cartes chez les voisins, les Spratley qui habitent à côté de la mairie, les Dunning du presbytère, les Lamplughs et la vieille Mrs Jewitt. Un peu de brioche aux fruits confits, vous prendrez bien un sherry? Un peu de brioche aux fruits confits, vous prendrez bien un sherry-brandy? Et puis du thé à longueur de tasse, en veux-tu en voilà. Elles retournent dans Meaux Lane pour chercher une dinde à la ferme; un Christmas pudding, échangé contre un jambon. Malaxer la farce, l'introduire dans la cavité froide et grasse, et puis brider la volaille pour l'enfourner le lendemain. Pendant ce temps-là, sucer de la racine de gingembre pour prévenir les indigestions. C'est filandreux, il n'en reste plus que la fibre dans sa bouche. La radio passe des chants de Noël, il y a du feu dans la cheminée du salon. Helen cabriole, plaisante, et réussit à arracher un sourire à leur père. Jane déniche une caisse de vieux disques en haut de sa penderie, et elle les joue en boucle. Les Kinks chantent «Tired of Waiting for You», las de t'attendre. Elle avait seize ans quand le titre est sorti. Les mots ne lui disaient rien de particulier, à l'époque. Patrick et elle n'ont pas de chanson à eux. Sur quoi il a pu danser, avec sa femme, le jour de leur mariage ? Quel enfantillage ! Elle le sait, ce n'est pas ce qui va arranger ses affaires, mais elle n'y peut rien. Le simple fait de se trouver chez ses parents induit cette régression. Elle se met à parler et à se conduire comme une enfant. Si elle revenait vivre ici, elle se laisserait piéger ; il cesserait d'exister, elle ne repartirait jamais. Respire. Le jour de Noël. Le matin, messe, puis retour à la maison, éplucher les patates, fendre au couteau la tige des choux de Bruxelles pour enlever leur amertume, couper les carottes et les navets en rondelles, classique. Du sherry, oui, elle s'autorise à en boire, il est sucré et liquoreux, c'est la même bouteille que l'an dernier et l'année d'avant, une croûte de sucre se dépose sur le goulot ; au déjeuner, des biscuits. Ils ne sont plus que tous quatre, ces temps-ci. Demain, elles verront leurs petits-cousins ; les seuls qu'elles voient à cette date. Le frère de leur mère a émigré en Australie il y a des années. Le frère de leur père a été tué à la guerre, en Afrique. Tous leurs grands-parents sont morts, aujourd'hui. Elle étoufferait, ici. Son père, sa mère, elle, le bébé. Impossible. Chez les Moorhouse, on s'offre les cadeaux après le déjeuner de Noël. D'abord, c'est le discours de la reine, qui rassemble la maisonnée. *Nous avons tous été profondément touchés par l'affection que vous nous avez témoignée à l'occasion de nos noces d'argent et nous voudrions tout particulièrement remercier, etc. Le couple uni et durable figure parmi les grands idéaux chrétiens.* Une nausée la cloue sur place. Elle s'efforce de ne plus rien entendre. Ce ne sont que des mots, ils ne veulent rien dire, ils ne la touchent pas. *Le Royaume-Uni connaît un foyer de douleur avec l'Irlande du Nord, et je voudrais adresser un message de sympathie à tous ces hommes, ces femmes et ces enfants qui ont tant subi, tant souffert.* Elle se lève, bafouille qu'elle va aux toilettes. Son père fronce les sourcils, sa mère bat des paupières et lui fait chut ! Helen ouvre des yeux ronds. Elle attend dans le couloir, elle attend la fin du reportage. *Noël est par-dessus tout le temps du renouveau de la vie. L'heure est venue de regarder l'avenir avec espoir, car il saura remettre en perspective les problèmes que le monde affronte aujourd'hui.*

Les cadeaux. Les ouvrir en aveugle, les admirer dûment et remercier. Ensuite, aider sa mère à la vaisselle. La journée est presque finie. Il ne reste plus que demain à tenir, et puis mardi elle partira au train de quatorze heures quarante. D'ici là, elle leur aura dit ; d'ici là, ce sera fait.

Sa mère lave, Jane essuie, frotte les traces de savon sur les assiettes et les couverts, et elle les passe à Helen qui les range. Tout à coup, de but en blanc, sa mère dit : Tu es enceinte. Ce n'est pas une question. Elle se fige ; le temps ralentit. Helen est dans la pièce à côté, elle range dans le buffet les verres en cristal, cadeau de mariage qui ne sert qu'une fois par an. Sa mère ne la regarde pas, les yeux rivés à l'évier, elle récure les plats.

« Qu'est-ce qui te fait penser ça ? parvient-elle à articuler.

— Je suis ta mère », lui répond celle-ci, tranquillement, tournée vers elle, à présent, mains levées au-dessus de leur cage de couverts dans un geste qui veut tout dire.

Sa mère est une petite femme à l'œil vif et aux cheveux presque tout gris, à présent, qu'elle coupe trop court pour sa forme de visage. Margaret, elle s'appelle. Margaret Ann Moorhouse, née Pearson.

« C'est un accident, c'est ça, hein ? Oh, Jane ! »

Elle tremble. Elle tremble de tous ses membres.

« Il est marié, Maman. » Son scénario si bien rodé et mémorisé est dans l'instant oublié.

Helen rentre dans la cuisine et s'arrête net. « Helen, dit leur mère, va tenir compagnie à Papa, veux-tu ? »

Le regard d'Helen passe de leur mère à Jane. « Oh, mon Dieu ! s'exclame-t-elle.

— Helen. »

Helen sort de la pièce.

Jane se figure que sa mère va entrer en fureur, crier, tempêter. Elle s'y est préparée. Mais sa mère reste plantée là et se met à pleurer des larmes silencieuses, mains oubliées dans leur nid de couteaux.

Allenby Mansions, Earl's Court
Juin 1973

Quinze jours avant l'arrivée prévue du bébé, Margaret Ann vient à Londres. On est en juin, il fait tiède, une vague de chaleur s'annonce mais elle s'est mise sur son trente et un comme on endosse une cotte de mailles. En ce mardi de 1973, à Londres, qui d'autre qu'elle arborerait tailleur, chemisier en soie épaisse, chapeau, chaussures fermées et bas? Cet effort, sa fille va le remarquer; espérons qu'elle ne lui en tiendra pas rigueur. Parce qu'elle s'en rend compte à présent, elle aurait dû s'habiller comme tous les jours, pour ne pas avoir l'air d'accorder une importance exceptionnelle à l'événement. Déjà elle transpire dans son corsage, sous les aisselles, jusqu'à sa veste; elle espère qu'en gardant les bras soudés au corps ça ne se verra pas. Elle a les cheveux moites, aussi, sous son chapeau, sa laque commence à coller. Son rouge à lèvres est en train de filer dans les ridules autour de sa bouche. Elle a emprunté un caddie à la vieille Mrs Jewitt, et l'a bourré de plats cuisinés, légumes et viande, shepherd's pie, répartis dans des sachets scellés ou des barquettes en aluminium qui vont au freezer. Deux jours en cuisine, à éplucher, hacher, enfourner. Elle apporte même un gâteau. Elle a l'impression de se faire remarquer, d'être ridicule avec ce caddie bringuebalant qu'elle traîne après elle dans les escalators de bois graisseux et les couloirs sans air du métro. Jack lui a donné de l'argent et lui a fait promettre de prendre un taxi à l'arrivée et au retour, mais si elle préfère le métro, ce sera toujours ça de plus qu'elle donnera à Jane. Seulement, dans la chaleur de la rame, elle est convaincue qu'on sent ses victuailles, même à travers leur emballage. La viande, épaisse, indiscrète. Elle n'a pas voulu la congeler avant de partir parce qu'elle aurait dégelé en route et qu'ensuite il n'aurait plus été possible de la recongeler. Ses cheveux lui picotent la nuque, la transpiration perle entre ses seins ; elle jette des regards furtifs autour d'elle pour voir si les gens froncent les sourcils ou reniflent d'un air significatif. Intimidée, malheureuse, sa mission lui fait déjà l'effet d'une erreur.

Elle a espéré, prié le bon Dieu, que Jane change d'avis et revienne vivre chez eux. Parfois, elle s'est même laissée aller à penser que ce serait peut-être une bonne affaire d'avoir la compagnie d'un petiot à la maison, qui babille et peine à se tenir sur ses petites jambes potelées. Ça lui manque, leur odeur de lait, leur façon de dégringoler l'escalier comme s'ils n'avaient rien de plus urgent à faire que de donner un bisou. Il est fini le temps – son temps, d'ailleurs – où la fille qui avait un bébé hors mariage était regardée de travers, traitée de tous les noms ou fuie comme la peste. Les gens jaseraient, bien sûr, et après ? On se blinde et les bavardages finissent toujours pas cesser. Dans un an ou deux, Jane trouverait peut-être du travail ; Jack pourrait glisser un mot en sa faveur à la base, il pourrait y avoir un poste à Beverley… Mais Jane refuse d'en entendre parler. Il y a une semaine, Helen les a appelés : Elle ne veut pas revenir habiter chez vous, Maman, sa décision est prise. Elle construit sa potence toute seule et se passe la corde au cou, c'est la formule de Jack. Il n'en a pas dit plus long, mais il est profondément blessé, ils le sont tous deux. On ressent les chagrins de ses enfants plus fort encore que les siens propres, même quand ce ne sont plus des enfants.

Un petit-fils ou une petite-fille. Ce n'est vraiment pas juste, se dit-elle dans ses moments de mélancolie égoïste. Les petits-enfants, on le sait bien, c'est un bonheur de tous les instants, on en a plein la bouche, on montre les chaussons qu'on leur tricote, on ne boude pas son plaisir. Elle n'a pas eu le cœur de tricoter la moindre babiole, et ce n'est qu'après une semaine d'insomnie qu'elle s'est décidée à cuisiner ces plats et les porter à sa fille, encore l'a-t-elle fait sans le moindre plaisir. Si seulement elle acceptait de revenir !

Le métro arrive à la station Earl's Court dans un bruit de ferraille et elle essaie de faire le vide dans sa tête, de se blinder, pour aller où elle va et faire ce qu'elle doit y faire.

Jane a briqué l'appartement, il est propre comme un sou neuf, dirait sa mère. Elle s'est appliquée à faire disparaître les signes de la présence de Patrick, son bazar. Elle l'a fait de mauvais gré, à son corps défendant. Que sa mère vienne ici la culpabilise, aggrave la mauvaise conscience qu'elle tient en lisière au quotidien. Ces dernières semaines lui ont appris qu'il faut avancer comme sur une corde raide, ne jamais regarder autour de soi, ni se voir de l'extérieur ou en surplomb, mais fixer un point devant soi et mettre un pied devant l'autre en oubliant tout le reste. L'arrivée de sa mère compromet cet équilibre.

Elle s'est installée chez Patrick il y a un mois, au début de son congé maternité. Elle a démissionné de son poste – en racontant aux filles que le père était un gars de sa province, et qu'elle allait retourner au pays – et puis elle a emménagé chez lui. C'est le plus logique, a-t-elle dit à Helen, au téléphone. Elle ne pouvait pas rester avec ses colocs après la naissance du bébé. Et pourquoi gaspiller ses économies et entamer encore davantage celles de Patrick en loyer – à supposer d'ailleurs qu'elle trouve un propriétaire qui s'accommode des pleurs d'un nouveau-né – puisqu'ils ont cet appartement sous la main ? Un appartement inhabité les trois quarts du temps, a-t-elle ajouté. Et de fait, depuis qu'elle y vit, elle se rend compte à quel point il y est rarement lui-même. Elle aime voir traîner ses affaires, qui lui donnent l'impression qu'il va revenir d'un instant à l'autre, qu'il n'est pas rentré en Irlande mais descendu faire une course au coin de la rue, à deux pas. Il est bordélique, Patrick, non, bordélique est un peu sévère, disons qu'il laisse courir. Il ne lui viendrait pas à l'idée de ramasser un objet, ni vieux journaux, ni tasses à café ; les mégots s'amoncellent dans les cendriers ou les soucoupes ; le dos d'un fauteuil sert de cintre à son immense peau de mouton qui sent la bête et qu'elle l'a persuadé d'acheter au marché aux puces de Notting Hill, parce qu'il est hors de question qu'il la porte à Belfast, qu'elle prend trop de place dans la penderie et qu'elle est trop lourde pour la patère de la porte ; ses deux écharpes aussi sont en vue, celle qu'elle lui a tricotée, et celle en soie dont elle lui a fait cadeau ; elles ont son odeur, et elle aime les avoir là sous la main, les toucher, se les enrouler autour du cou, ou s'en faire un turban. Ses chaussures surpiquées à l'ancienne (personne n'en porte à Londres, en 1973, pas même les hommes de son âge, et elle ne l'en adore que plus) sont posées devant la porte, son rasoir sur le bord de la baignoire, son peignoir au dos de la porte de la chambre. Le stéthoscope, le paquet de cigarettes de dépannage et le lourd cendrier en verre ; le livre avec son marque-pages, la revue médicale, le courrier qui s'empile sur la cheminée, Mr P. M. Connolly, Mr, car il est chirurgien, mais parfois, c'est Dr – bref, toutes ces affaires, elle les a escamotées dans des placards, aujourd'hui, fourrées dans des penderies, derrière les portes.

Au fond d'elle-même, quelque part, elle aurait bien voulu les laisser où elles étaient pour défier sa mère, lui signifier : C'est ma vie, c'est mon choix, et s'il te reste en travers du gosier, tu n'as qu'à retourner à Routh par le premier train. La vie est trop dure, trop compliquée pour toi, tu crois la connaître, mais tu n'y comprends rien, rien de rien. Elle a mal vécu la tolérance peinée de sa mère, son chagrin, le silence délibéré de son père. Elle aurait préféré qu'ils l'engueulent, qu'ils la jettent dehors, qu'ils coupent les ponts, parce que, alors, elle aurait pu tirer un trait sur eux. Une rupture chirurgicale, claire et nette, ce serait l'idéal. La dernière fois qu'elle est allée à Routh, il y a deux mois, elle faisait déjà beaucoup de volume, et son père évitait son regard ; or curieusement, ça l'a arrangée. Si seulement elle pouvait ne plus avoir aucun rapport avec eux, ne plus subir leur jugement, leur pitié, jusqu'à ce qu'il ait quitté sa femme et qu'ils puissent regarder le monde en face, tous les deux, les événements leur ayant donné raison...

Alors, une demi-heure avant l'arrivée de sa mère, pendant qu'elle tâche de se mettre dans sa peau pour traquer ce qui pourrait lui offenser la vue, pendant qu'elle neutralise ou efface toute trace de la présence de Patrick, elle a le sentiment de le trahir.

Margaret Ann serre dans sa main libre le bout de papier où elle a consigné les indications que Jane lui a données par téléphone. Ce coup de fil abominable, Jane d'une voix sans timbre, lointaine et définitive, qui lui a ordonné d'aller chercher du papier et de quoi écrire, et lui a récité sa nouvelle adresse avec son numéro de téléphone. Elle en a eu le souffle et les jambes coupés, elle s'est recroquevillée par terre et il lui a fallu cinq bonnes minutes pour se lever, lisser son corsage, et retourner préparer le dîner. Elle refoule le souvenir et se met à suivre le numéro des immeubles. Allenby Mansions est un vaste ensemble de brique rouge, respectable derrière sa grille noire ouvragée et les marches de mosaïque qui mènent à son perron. Il y a des impatiens violets, roses et rouges dans des corbeilles suspendues de part et d'autre de l'entrée, et un interphone sur plaque de cuivre étincelante avec des boutons correspondant à chaque appartement. Elle a l'estomac à l'envers, elle se liquéfie. Elle inspire en tremblant et regarde son reflet doré que la plaque déforme ; elle tamponne les gouttes de sueur sur sa lèvre supérieure et repousse une vrille de cheveux qui s'est échappée du chapeau ; puis elle appuie sur le bouton de l'appartement 54.

Jane sursaute en entendant la sonnette, qu'elle attendait cependant. Elle se dirige lentement vers l'interphone. Le bébé bouge dans son ventre. Il lui a donné des coups de pied toute la matinée, et elle l'a senti gigoter ; peut-être perçoit-il son agitation, par l'adrénaline. Elle caresse son ventre énorme, tendu comme un tambour, pour le calmer. Patrick Michael, le petit Patrick Junior, lui et elle, contre le reste du monde. Quand il verra son fils, il viendra à elle, il viendra, elle en est sûre, il suffit qu'elle tienne le coup encore quelques semaines, quelques jours, quelques minutes… La sonnette se fait entendre de nouveau, accusatrice, discordante. Elle prend sa respiration. Avant de répondre, elle fait un dernier tour d'horizon pour s'assurer qu'il ne reste plus trace de lui, rien qui puisse choquer sa mère, rien dont elle puisse prendre ombrage.

N'empêche qu'il est bien là. Margaret Ann pressent sa présence, la devine, la renifle, même. Elle écarquille les yeux sur ce qui l'entoure pendant que Jane va pendre sa veste et son chapeau. Le mur tendu de papier à la fleur de lis, marron et crème, le fauteuil de velours vert et le tapis laineux couleur rouille, la cheminée au gaz, avec ses carreaux de céramique. Le meuble à disques et le pick-up dans sa mallette, l'affreuse affiche jaune qui fait la réclame de quelque chose qui s'appelle M*A*S*H*, et puis un poème encadré au mur. *Malgré toute son imposture, ses tâches absurdes et ses rêves brisés, le monde est beau. Sois gai, emploie-toi à être heureux.* Il ne manque pas de culot ! Puis elle se demande si c'est Jane qui a accroché ce poème, et ses yeux s'emplissent de larmes. Ne bats pas des paupières, se dit-elle. Si elle bat des paupières, elle va se mettre à pleurer comme un veau. L'appartement sent le mâle, l'odeur agressive de cet homme. Des relents de lotion après rasage dans les tentures, un effluve de tabac froid. Rien qui rappelle sa fille, sinon ce poème triste. Un imperméable jaune sagement pendu à la porte, un pot de jacinthes bleues hâtives. Jane n'a pas de place, ici ; elle n'est pas à sa place. Ça ne va pas, rien ne va, tout va de travers. Elle ravale une aigreur au fond de son gosier et tousse pour dénouer le nœud qui enserre sa poitrine. Pour que Jane ne voie pas son visage, elle se retourne et fait mine de découvrir le reste de la pièce ; la machine à coudre, dans un coin. Ses yeux tombent dessus avec soulagement. Elle leur fournira un sujet de conversation, quelque chose à se dire.

« Te voilà installée, alors », s'oblige-t-elle à annoncer. Mais à voir Jane se raidir, elle comprend que tout ce qu'elle dira sera pris comme une insulte, comme un reproche. Elle n'arrive pas à croiser le regard de sa fille. Elle se met à défaire barquettes et paquets dans la kitchenette, consciente de déployer une activité excessive. Jane la suit, grosse comme une vache, pieds nus dans une robe orangée qui ne l'avantage pas. Elle a un visage rond de petite fille, on dirait un gros bonbon. Ce n'est pas comme ça que tu vas le garder, aurait-elle envie de dire. Elle en éprouve un malin plaisir et se déteste aussitôt.

« Tu as de quoi manger pour au moins la première quinzaine, dit-elle en ouvrant le tout petit freezer qu'elle bourre derechef. Il y a du poulet et des légumes, tu verras, j'ai mis des étiquettes, et dans les Tupperware, tu trouveras de la shepherd's pie. Il suffit que tu les sortes la veille pour qu'ils décongèlent, et puis tu les réchauffes au four, mais attention qu'ils soient bien chauds. Je t'ai fait un cake, aussi. Il est dans du papier sulfurisé, si tu le laisses dans sa boîte en fer, il se gardera très bien. C'est bon pour l'allaitement, il va te falloir toutes tes forces.

— Du pain d'Arval, en somme, dit Jane avec un drôle de sourire.

— Pardon ?

— Du pain d'Arval, celui qu'on mange aux enterrements, c'est bien comme ça que les vieux l'appellent, non ? Fais pas cette tête... »

Margaret Ann regarde sa fille, ébahie. Elle a perdu la boule. Jane lui rend son regard avec une expression indéchiffrable. Tout à coup, elle revoit les filles au temps où elles marchaient tout juste, quand on les surprenait en train de faire quelque chose qu'elles savaient défendu.

« Oh, Janey, rentre donc chez nous, va, réfléchis... » Elle n'a pas pu se retenir, c'est sorti. « Je sais bien qu'on en a déjà discuté, et que tu as été claire là-dessus, mais il n'est pas trop tard, Janey, tu as encore le temps. On t'aidera, ma chérie. On refera ta chambre, on y mettra un petit lit, et quand le bout de chou sera assez grand, il prendra l'ancienne chambre d'Helen. Tu pourras trouver du travail à Tickton ou à Beverley, on va se débrouiller. Et puis, va, faut pas t'en faire pour le qu'en-dira-t-on. Parce que, Ann Spratley et les autres, elles ont pas besoin de savoir ce qu'on leur dira pas. D'ailleurs, la benjamine de Joan Lamplugh, elle sortait bien avec un homme marié à Beverley, alors elle serait mal placée pour te jeter la pierre. S'il te plaît, Janey. Oh, je suis dans un état, moi, je tremble comme une feuille. J'aurais pas voulu te le dire comme ça, mais voilà, c'est sorti. Reviens chez nous, ma chérie. Reviens-nous.»

Jane la regarde entre deux battements de paupières, l'œil atone, comme si les mots étaient des mouches bleues que l'on chasse d'un revers de main.

«Veux-tu du café? lui propose-t-elle avec une politesse excessive. Je t'offrirais bien du thé, mais je crois qu'on n'en a plus. Et puis quelque chose à grignoter, tu dois mourir de faim. On a des biscuits, ou alors il y a de la génoise aux amandes. Elle n'est pas maison, mais elle est bonne quand même.»

Le réfrigérateur cliquette et ronflote pour s'adapter à sa nouvelle charge. Les deux femmes ne se sont pas encore assises.

La mère cède la première.

«Un café, ce serait, ce serait...»

Jane s'efface pour la laisser passer: «Va t'asseoir, tu as voyagé, ça t'énerve, je le sais. Je te sers.»

Le café est tiédasse, aigrelet, faiblard. Elle fait tourner la tasse entre ses mains, et se force à boire de petites gorgées. Elle a abattu ses cartes trop tôt. Elle a débité son discours d'un trait, quelle gourde, mais quelle gourde. Revenir à la charge? Mais quand? Quel moment choisir, sur quel ton le dire?

Elles sont assises. Jane ne semble pas éprouver le besoin de parler; elle ne l'a même pas remerciée pour les plats. Elle n'y voit pas un cadeau innocent, mais un prétexte. Margaret Ann se demande soudain s'il va en profiter, lui. S'il va liquider sa shepherd's pie, tout ce qu'elle a cuisiné. Oh, qu'elle le déteste! Elle est forte, cette haine, forte et noire. Dieu nous préserve. Elle mord une grosse bouchée de génoise qui colle aux dents et la fait descendre avec une rasade de café. Elle cherche que dire.

Il y a un triptyque de photos de Jane avec un homme, derrière une vitrine; elle ne l'avait pas vu jusque-là. Entouré d'un cadre à bon marché, comme on en achète dans la gondole des bonnes affaires, chez Woolworth. C'est lui. Elle est tiraillée ; elle voudrait tendre la main, sortir le cliché et l'étudier de près puisqu'elle n'a jamais vu de photo de lui. Mais aussitôt, elle s'insurge, indignée. Si c'était Jack, et que l'*autre* ait placé une photo de lui en évidence ? C'est mal, tout ça, c'est terriblement mal ; sa fille est en train de commettre une erreur monumentale. Il faut lui ouvrir les yeux, il le faut.

Margaret se lève brusquement, ou du moins, aussi brusquement qu'elle le peut et repose son café d'une main tremblante. Elle étouffe ici. Ça la rend malade d'être chez lui, dans son appartement ; elle sent de nouveau monter en elle un dégoût insurmontable.

« Sa femme est au courant, à présent ? Il a l'intention de le lui dire ? »

Jane la regarde de nouveau en clignant des yeux, moche, stupide, et l'espace d'un instant, elle déteste sa fille, elle voudrait la dérouiller, lui faire mal. « Ton père et moi, on t'a pas élevée comme ça », s'entend-elle lancer, et là c'est parti. Tout ce qu'elle s'était promis de ne pas dire, tout ce qu'elle n'avait fait que penser dans son for intérieur au cœur de la nuit la plus noire ; elle a crevé l'abcès et, maintenant, il suppure devant Jane, assise en face d'elle dans son fauteuil, mains posées sur son énorme ventre insolent, sans dire un mot. Elle devrait se ratatiner de honte, mais pensez-vous ! Elle fait une tête de martyre et rien de ce qu'elle peut lui dire ne l'atteint, qui sait même si ça ne l'amuse pas, la tête que fait sa mère, alors c'est mille fois pire, et du coup ça la pousse à aller bien plus loin qu'elle n'aurait pensé.

Quand c'est fini, s'installe entre elles un silence assourdissant. Jane n'a toujours pas dit un mot ; pas un traître mot. Margaret est toute tremblante ; tout intoxiquée, comme aurait dit sa mère, on croirait que des vapeurs empoisonnées lui sont entrées dans le sang et les os.

« Pardon, mais il fallait que je te le dise. »

Jane soupire et tend la main vers les tasses et les assiettes à gâteau ; elle les empile avec soin sur le petit plateau rond.

« Laisse, je m'en occupe », dit Margaret en tentant de lui prendre le plateau. Mais Jane ne lâche pas. « Laisse-moi faire, bon Dieu !» Autant siffler dans un violon. Elle suit sa fille dans la cuisine. Ses jambes se dérobent sous elle, elle titube comme un mouton qui a la tremblante. Jane ne lui répond rien, et c'est le pire de tout. « Reviens sur ta décision, l'implore-t-elle en partant, l'émotion accusant son accent. Ravise-toi donc, et rentre chez nous. »

Après son départ, Jane ouvre le freezer et en extrait le premier sachet encore mou qui commence à figer sur les bords avec des cristaux de glace. Poulet cocotte, a écrit sa mère en majuscules au crayon, sur une bande de papier collant. Elle déchire un côté et fait glisser le conglomérat congelé dans la poubelle à pédale. Le suivant est aussi un « poulet cocotte », le troisième affiche « légumes variés ». Elle ouvre le premier Tupperware de shepherd's pie et marque un temps. Des repas pour deux semaines, ce n'est pas à dédaigner. Dans la touffeur de juin, ralentie par sa dernière semaine de grossesse, elle ne va pas se mitonner des petits plats et les mettre en barquette, elle le sait. Patrick viendra autant qu'il le pourra pour que tout soit prêt, mais il est incapable de se faire cuire un œuf. La montée initiale de pure rage froide salutaire se dissipe – un peu. Elle referme le couvercle de la poubelle et remet la barquette au freezer. Ce geste lui procure une satisfaction morose inattendue. Elle a vaincu sa mère, malgré tout. Elle l'a défaite : encore une bataille de gagnée. Elle retourne au salon de son pas chaloupé. Elle veut se coucher sur le tapis, près du téléphone, pour le cas où Patrick appellerait. Ces derniers jours, elle met trop longtemps à arriver de la chambre. Au passage, elle en profite pour ouvrir les placards, libérer les cigarettes, les cendriers, les chaussures et les écharpes. Ravise-toi donc, se moque-t-elle. Elle entend sa propre voix s'élever, grêle dans la petite pièce sombre. Elle se représente le visage vieilli, ridé, pincé et odieux de sa mère. Son accent caricatural en la circonstance. Elle se répète qu'elle a gagné. Et c'est vrai. Elle a eu ce qu'elle voulait. Maman ne risque pas de revenir, et c'est bien ce qu'elle voulait, non ? Elle est toute retournée, au fond d'elle-même, un moineau s'affole dans sa cage thoracique, il bat des ailes à l'aveugle. Elle se laisse glisser contre le tapis, sur le flanc droit, comme l'a dit la sage-femme, elle ferme les yeux et pratique ses respirations.

Chelsea et Westminster, juillet 1973

Patrick est là pour la naissance. Contre toute attente, après ses espoirs sévèrement revus à la baisse, il est là. Il est là aux premières douleurs et quand elle perd les eaux. Il est là pour téléphoner à l'hôpital et demander quand se mettre en route, là pour appeler un taxi, et pousser le fauteuil roulant jusqu'au service de la maternité. Là pour respirer avec elle, quand sa respiration est une bulle sur chaque contraction, qui s'amplifie avec la montée de la douleur. Là quand le grand muscle utérin se soulève, envoie des ondes dans son corps, se tend à la limite de la déchirure pour reprendre ensuite sa position initiale. Là quand l'obstétricien pose ses clamps et tire le bébé par la tête pour le mettre au monde.

C'est un accouchement difficile et sa présence lui permet d'en venir à bout. Trente-six heures de travail, déchirure du périnée, pieds dans les étriers, forceps, elle perd tant de sang qu'il est question de la transfuser. Même lorsque l'effet du masque s'émousse, même dans son délire et sa douleur, sa présence donne un pouls à Jane, il est là, il est là, c'est forcément un signe.

« Reste avec moi, Jane, répète-t-il, reste avec moi. » Et elle pense : Maintenant il faudra bien qu'on reste ensemble.

Mais l'enfant n'est pas le garçon qu'elle espérait – qu'elle était même sûre d'avoir. Quand on lui tend ce petit bout, avec son visage chiffonné, sa bouche ouverte qui pleure, son crâne cabossé et déformé par les forceps – Félicitations,

Maman, voilà votre belle petite fille en parfaite santé –, elle comprend qu'il y a maldonne. Félicitations, monsieur, dit la sage-femme, vous voilà Papa. Mais il l'était déjà, a-t-elle envie de crier. Même dans cette circonstance, elle ne peut lui donner ce qu'il a déjà, et ce bébé qui n'est pas un garçon est un symbole, un message ; les choses ne vont pas changer.

Cette fâcheuse méprise, comment l'expliquer ? Tous sans exception, sages-femmes, amies, tous les gens à qui elle a parlé, lui ont dit que l'intuition de la mère se confirmait toujours. Le poids qu'elle a pris : tous les livres disent qu'on grossit plus pour un garçon que pour une fille parce que les nouveau-nés garçons sont plus gros, en général. Tous les tests des livres de bibliothèque et des magazines lui annonçaient un garçon, chaque fois. Elle portait bas. Quand elle avait des envies, c'étaient des envies de salé, pas de sucré, de cacahuètes, de chips, de crackers Ryvita, de fromage. Ses jambes – elle est sûre que ce n'est pas le fruit de son imagination – étaient plus velues qu'en temps normal, sous l'effet de la testostérone. Ses pupilles se dilataient chaque fois qu'elle se regardait dans une glace plus d'une minute, signe infaillible d'après une de ses colocs. Même quand elle se livrait à des trucs de bonne femme (additionner le chiffre de son âge à la date de la conception – vingt-trois ans – et celui de son partenaire – trente-trois ans –, plus le mois de conception, octobre, le résultat était pair, et indiquait donc un garçon).

Le chagrin et le désespoir la font divaguer.

« Tu vas rester ? bredouille-t-elle sans cesse à Patrick. Tu vas rester, ça ne fait rien que ce soit une fille ?

— Chut, répond-il sans rien y comprendre. Elle se porte bien, c'est tout ce qui compte. Ça n'a aucune importance, voyons, que ce ne soit pas un garçon. »

Ce n'est pas seulement que le bébé est une fille, naturellement ; c'est qu'il lui faut confronter ce qu'elle essaie de tenir en respect depuis si longtemps, à savoir la terreur absolue de la suite des événements. Elle entend expliquer que c'est l'épuisement, les hormones, la médication, mais elle demeure inconsolable et ils finissent par la mettre sous sédatifs.

Au bout de cinq jours, elle est tout juste sortie de l'hôpital, il rentre à Belfast avant de repartir pour Donegal, où Catriona et la petite Veronica Louise séjournent pour l'été avec les parents de Catriona, son frère et ses deux enfants, ainsi que sa belle-sœur et le bébé de celle-ci. Un sacré clan, la famille de Catriona. Patrick a profité de leurs retrouvailles pour venir à Londres, et caser quelques consultations. C'était le prétexte, mais ce n'est pas qu'un prétexte, car il va avoir besoin d'argent pour faire vivre ce nouveau foyer. Déjà, il s'est absenté trop longtemps – douze jours en tout, c'est la première fois – et il faut qu'il rentre avant d'éveiller les soupçons, qu'il fasse sauter la petite Nicky dans ses bras et joue à la famille heureuse avec la horde de Catriona.

Son autre famille. Sa vraie famille. Jane croit qu'elle veut mourir.

L'enfant n'a pas de nom, les premiers jours. Au début, à l'hôpital, elle est le « bébé Moorhouse » parce que Jane a pris tous ses rendez-vous sous son patronyme, son nom de jeune fille, son seul nom. Elle aurait pu l'appeler Patricia, certes, ou encore Michaela, mais elle y aurait vu une farce. Pendant les quelque deux jours qu'ils passent ensemble à la maison, ils l'appellent simplement « le bébé ». Enfin, dans la panique et les faux mouvements qui précèdent le départ de Patrick pour l'aéroport, ils décident qu'elle sera Lara, prénom inspiré par l'affiche du *Docteur Jivago*, qui recouvre la peinture écaillée de la porte de la salle de bains ; d'ailleurs elle n'a pas de meilleure idée à lui soumettre. Satisfaire les besoins strictement physiques de l'enfant a remué quelque chose de très profond, de primal, en elle ; au-delà de l'épuisement ou de la déception, des émotions humaines habituelles. On croirait que quelque chose en elle sait que, si elle s'effondre maintenant, elle sera irrémédiablement brisée. Lara elle sera donc, cette enfant, comme son père l'a proposé en désespoir de cause. Il l'a lancé, ce nom, par-dessus son épaule tout en enfilant une chemise et une veste qui sortent du pressing, et en vérifiant dans la glace qu'il n'y a pas trace de vomi de lait dessus ni de quoi que ce soit d'autre qui puisse le trahir. C'est pourquoi il ne va pas, ne peut pas prendre Lara une dernière fois dans ses bras avant de partir, explique-t-il.

Helen vient la voir ; devant la petitesse de Lara, elle se met à pleurer : Comment Patrick a-t-il pu les abandonner ? Jane devrait faire ses valises et rentrer chez leurs parents. « Comment ça va, nos parents ? » demande Jane, et Helen essaie de bluffer, mais Jane connaît trop bien sa sœur, elle sait qu'elle ment. Leur père, finit par avouer la cadette, est plus atteint qu'on n'ose le dire. Il a toujours eu un fichu caractère et, ces deux dernières années, les sœurs ont mis ses coups de gueule sur le compte d'une retraite imminente qui lui fait peur, et de sa patte folle qui le fait souffrir davantage chaque hiver. « Caractère de cochon », se disent-elles en imitant l'accent qu'elles s'efforcent toutes deux d'atténuer peu à peu. « Il est ben rageux, de ce matin. » Elles l'imitaient aussi, en train de sortir à pas lourds de la maison pour se calfeutrer dans sa cabane humide et gluante avec ses chers modèles réduits en lançant à sa femme : « T'es née dans une écurie, espèce d'empotée ! Ça sert à rien et c'est pas beau à voir. » Elles ont encouragé leur mère à rire, aussi, pour se défendre contre ses engueulades. Il savait qu'elles se moquaient de lui, ce qui n'arrangeait rien. Mais aujourd'hui, dit Helen, son généraliste l'a enfin convaincu d'aller consulter un spécialiste à l'hôpital, et celui-ci a émis un diagnostic de démence. Voilà qui explique la dépression, les changements d'humeur violents, les flambées d'agressivité subites ; le fait qu'il ait cessé de fréquenter voisins et amis pour s'isoler dans la tour grise de ses appréhensions et de sa honte. Ça explique peut-être qu'il ait refusé catégoriquement de venir voir Jane à Londres, et même de lui parler au téléphone. Ce n'est pas qu'il lui en veuille, ou qu'il ait honte d'elle, ce n'est qu'un symptôme parmi d'autres de sa maladie.

« Si ça peut te consoler, conclut Helen.

— Pas question que je revienne, dans ces conditions, dit Jane qui fait passer le bébé d'un sein à l'autre parce qu'elle souffre de crevasses. Qu'est-ce que tu ferais à ma place ? »

172

Helen hésite, puis cherche désespérément une réponse – sans commentaire.

Voilà donc barrée une autre issue. On dirait bien qu'on touche le fond. Elle est coincée, nulle part où aller. Coincée comme elle ne l'a encore jamais été, elle le comprend. Elle vit au jour le jour, dans l'instant : si elle se mettait à penser, à supposer même qu'elle parvienne à exister en dehors du présent cauchemardesque que lui impose le nouveau-né, elle imploserait. Quelque chose en elle branche le pilote automatique. Ces deux premières semaines vécues toute seule, avant le retour de Patrick, ne lui laisseront pas le moindre souvenir par la suite.

Mais petit à petit, les choses s'arrangent. Helen lui rend de nouveau visite ainsi que Lydia. La vieille dame du 52 vient deux fois faire le ménage, lui préparer du thé, et accorder un bref répit à la pauvre jeune mère. Elle lui parle de son fils, qui est dans l'armée, et Jane se rend compte qu'elle croit qu'il en va de même pour Patrick ; qu'il est médecin militaire en Irlande du Nord. Elle ne la détrompe pas et, curieusement, cette idée lui donne des forces ; il doit y en avoir beaucoup de ces épouses, se dit-elle, qui doivent se débrouiller en l'absence de leur mari. Des femmes de soldats en poste hors du pays, qui ne voient pas leur bébé pendant des semaines et des mois quand ils sont en campagne. Voilà un moyen de visualiser la situation, de l'expliquer aux autres, de ne plus se sentir aussi seule. Et elle est finalement moins seule qu'elle n'aurait pu l'être. Après cette abominable quinzaine d'absence initiale, Patrick se débrouille pour venir tous les week-ends les rejoindre. Il siffle d'admiration en découvrant les changements de Lara ; il a la larme à l'œil. Il dit qu'il appréhende l'automne, où il faudra revenir au régime des deux visites par mois, et encore. Elle ne répond pas, mais elle garde ces mots en mémoire pour se les répéter, elle les tourne et les retourne, les regarde, les repasse comme une bande, en fouille les implications. Il appréhende l'automne. Il se demande comment ils vont faire. Ça doit bien vouloir dire qu'il faut que les choses changent. Rien qu'à voir la façon dont il tient Lara dans ses bras, dont il lui sourit, lui chatouille les pieds, fait « Pouët » sur son petit ventre tendu, elle n'arrive pas à croire qu'il aime son autre fille tout autant. D'abord, elle était maladive, l'autre, elle a eu des allergies, elle a eu des coliques et la jaunisse, il a fallu la mettre sous une lampe à UV, et lui faire suivre un régime spécial. Cette idée lui procure un plaisir furtif et vaguement coupable. La famille qu'il aime, c'est elle, et Lara. Elle le lit dans ses yeux, elle s'en convainc, elle en est sûre.

Elle commence à récupérer, à se ressaisir. Tous les jours, elle fait une promenade d'au moins huit kilomètres, pour perdre les kilos accumulés pendant sa grossesse. Elle marche à pied alors qu'elle n'a pas encore trouvé le temps de se laver les cheveux et que les points de son épisiotomie la font souffrir. Elle quitte ses quatre murs malgré le mal qu'elle a à sortir le landau et le bébé de l'appartement. C'est un Silver Cross, ce landau, dernier modèle, tout ce qu'il y a de mieux sur le marché. Pardi ! C'est un cadeau de Patrick Connolly, prince des libéralités impulsives à ses heures. Il est bleu marine, berceau et capote, avec une paire de rideaux amovibles en broderie anglaise. Il s'agrémente d'une courtepointe en dentelle et de deux matelas mousse doublés d'alèses en plastique. Oui, mais voilà, il n'entre pas dans l'ascenseur ; Patrick n'y a pas pensé. Alors chaque fois qu'elle descend ou qu'elle monte, il faut qu'elle prenne le bébé dans un bras, tout en basculant le landau sur le côté de la cabine pour ne pas gêner la fermeture des portes. C'est extrêmement contraignant et, si la petite dort, elle se réveille à tous les coups. Mais Jane s'y tient, jour après jour. Jusqu'à la naissance, elle ne s'était pas rendu compte qu'elle avait outrageusement grossi, que ses fesses et son ventre étaient devenus gélatineux, ses cuisses vergetées de gris. Pas question qu'elle lui donne la moindre raison de la quitter. Elle fait l'amour avec lui avant d'y être de nouveau prête ; elle le rassure, tout va bien, elle simule le plaisir et gémit. Elle se souvient de ce qu'il lui a dit de Catriona qui est si délicate et que l'accouchement a perturbée psychologiquement – ce qu'elle interprète comme une perte de libido. Elle ne s'autorise pas la moindre grimace lorsque le préservatif frotte contre sa muqueuse sèche et endolorie ; elle s'achète un vilain tube de lubrifiant, le pose sur sa table de nuit et s'enduit du bout des doigts pour qu'il puisse compter sur elle, qu'il n'éprouve pas le besoin d'aller voir ailleurs, c'est-à-dire chez Catriona. Il lui a confié récemment n'avoir plus de rapports sexuels avec elle, or Nicky va avoir quatorze mois ; ils n'ont toujours pas repris. Elle s'accroche à cette idée, mais chaque jour qui passe l'inquiète car le moment viendra où ils referont l'amour ensemble, et il ne va pas s'en vanter. Malgré toutes leurs différences – d'âge, de taille, de personnalité – le sexe les a toujours réunis, il a arrondi les angles jusque dans l'orage et les larmes ; c'est leur preuve par neuf qu'ils sont faits l'un pour l'autre. Parce que, enfin, cette alchimie, cette passion : le corps ne s'y trompe pas. Elle est donc décidée à ce que les choses reviennent telles quelles. Dans les films comme dans les livres, c'est l'atout de la maîtresse, la sexualité. Elle ne veut pas rester sa maîtresse toute sa vie, mais pour l'instant, il faut qu'elle s'en contente. C'est une bataille, se dit-elle. Elle ne doit rien négliger pour qu'elle et sa fille la remportent.

Quand elle va déclarer la petite, elle est obligée de laisser en blanc les parties qui concernent le père, puisqu'ils ne sont pas mariés et qu'il n'est pas là en personne. Le fonctionnaire la rassure : ces cases pourront être remplies ultérieurement par le père, à n'importe quelle date. Elles vont l'être, lui répond-elle. Elles ne le seront jamais.

Le Canada, mars 1976

Au printemps 1976, Helen vient à Londres annoncer à sa sœur qu'elle émigre au Canada.

« L'avenir est bouché, ici, résume-t-elle, bouché. » Elle désigne d'un geste vague le ciel en pluie, la maigre pelouse détrempée jonchée de détritus, la boue, et la rouille qui crève comme une ampoule sur le banc – image même de leur situation. Deux jours de suppléance par semaine, elle n'arrive pas à obtenir un emploi digne de ce nom. Malgré son diplôme d'architecte, Paul, son ami, se trouve au chômage depuis plus d'un an et il en est réduit à faire du porte-à-porte pour proposer ses services et décrocher des petits boulots, souvent même pas payés. Aucun espoir d'acheter une maison ou de fonder une famille dans ces conditions. Ce rêve qu'elle entretient de monter sa propre société, c'est une farce. Alors ils partent. Paul a un cousin au Canada, à Toronto. Ils vont encaisser les modestes obligations à prime de Paul et vendre tous ce qu'ils ont pour s'y installer cet été.

Au début, Jane ne réagit pas à cette annonce. Elle a la gorge trop nouée. Helen est la seule amie qui lui reste, presque sa confidente. Elle ne voit plus Lydia ou ses anciennes colocs. Pour des raisons évidentes, elle n'a pas pu garder de contacts avec les infirmières du cabinet de Harley Street. Son père a eu une deuxième attaque, et sa mère s'en occupe à plein temps. Jane a fait de nouvelles connaissances, aujourd'hui, la postière, l'Indien qui tient l'épicerie du coin, les mères qu'elle croise tous les jours avec leurs landaus – mais des amis, elle n'en a pas. Elle essaie de s'enthousiasmer pour Helen, de se réjouir un petit peu. Elle la laisse déplier la carte de ce territoire si vaste. Les immenses taches bleues des lacs, les parcs nationaux. Elle la laisse parler des cabanes dans les bois l'hiver, du camping sur les rives des lacs argentés aux beaux jours. Le ski, la randonnée, l'essence qui ne coûte pas cher, les ouvertures, la vie, quoi. Mais tu n'as jamais été portée sur le grand air, pense Jane sans le dire. Elle ne s'écrie pas : Je t'en prie, ne pars pas. S'il te plaît, s'il te plaît, ne pars pas.

« Ouah ! » s'exclame-t-elle, mais le mot sonne morne et gris comme le paysage extérieur – et intérieur. Alors elle recommence : « Je veux dire, pour de bon, c'est... c'est génial. Ouais !

— La qualité de vie est tellement meilleure pour les enfants, en plus, dit Helen, et Jane s'aperçoit qu'elle la regarde d'un air éloquent, mais elle fait comme si de rien n'était.

— Oui », sûrement, répond-elle sans se compromettre. Elle s'affaire à moucher Lara qui a le nez qui coule, et à rompre encore quelques bouts de pain puisqu'elles sont venues à Holland Park donner à manger aux canards.

« Et si tu venais avec nous, Jane ?

— Helen...

— Non, sérieusement, pourquoi pas ? Tu repartirais de zéro, là-bas, tout serait possible, ni vu ni connu. Ce serait une vie nouvelle. » Jane ouvre la bouche, mais Helen la devance. « Tu peux pas continuer comme ça. C'est pas possible. Pas tenable à terme. Ni pour elle ni pour toi. Pense à elle, Janey, pense à la petite Lara. Quand elle aura l'âge de poser des questions, quand elle ira à l'école, quand elle commencera à comprendre, qu'est-ce qui se passera ?

— D'ici qu'elle aille à l'école, rétorque Jane avec raideur, la situation aura changé.

— Comment veux-tu qu'elle change ? explose Helen. Presque trois ans que tu vis comme ça, pour l'amour du ciel ! Au début, c'était : Après la naissance du bébé, et puis c'est devenu : À la fin de l'année, maintenant c'est : Quand elle ira à l'école. Il va PAS quitter sa femme et sa gosse, Jane. Un point c'est tout. S'il avait dû le faire, il l'aurait déjà fait, nom de Dieu. Tu ne le vois pas, ça?»

Jane serre les lèvres. Helen attend qu'elle parle. Elle ne parle pas.

«Maman paiera une partie de ton billet, et elle te donnera un petit quelque chose pour t'aider à démarrer.

— Allons bon! lance Jane avec dérision.

— Ne sois pas comme ça. Elle veut ton bien, c'est tout.

— Alors ça y est, le chapitre est clos, c'est décidé?

— Non. J'en ai parlé, on en a parlé, voilà tout… Et Maman a dit…

— Je ne veux pas en entendre davantage.» D'un geste brusque, elle fourre la carte dans les mains de sa sœur. «Lara, viens, mon trésor. Les canards ont tous bien déjeuné. C'est notre tour, à présent.» Elle se lève.

Mais Helen n'est pas prête à lâcher. Elle s'est mise en condition, pense Jane, elle est bien décidée à dire le fond de sa pensée. «Je t'en prie, Jane, insiste-t-elle en s'accrochant à son imperméable, réfléchis quand même. Tu nous aurais, là-bas, tu offrirais une meilleure qualité de vie à Lara, et tu te donnerais une chance. De rencontrer quelqu'un d'autre, de refaire ta vie.

— Je ne veux pas rencontrer quelqu'un d'autre, Helen, s'obstine Jane en se dégageant. Tu n'arrives pas à le comprendre, ça, hein? L'idée même me…» Respire, se sermonne-t-elle, ne démarre pas au quart de tour. Elle a appris à ne plus tenter de s'expliquer, à n'attendre de compassion de personne, pas même d'Helen, surtout pas d'elle, peut-être. «Parfois, tu vois», et c'est une chose qu'elle n'a jamais avouée à personne, qu'elle ne s'est jamais avouée à elle-même, «je prie de toutes mes forces pour cesser de l'aimer. Pour être capable de le quitter. Mais je ne peux pas. Je l'aime, et il m'est…». Elle inspire, tremblante. À quoi bon? Elle ne parvient même pas à se l'expliquer tout à fait à elle-même. «Tout ce que je peux faire, c'est continuer à penser qu'un jour… parce que, crois-moi, tout ce que tu me dis, je me le suis dit mille fois, tu vois? Seulement j'ai fait ce choix. Il n'est peut-être pas compréhensible pour toi, ou pour qui que ce

soit de l'extérieur, d'accord. Mais c'est ma vie, et j'ai choisi. »
Elle se baisse pour hisser sa fille sur sa hanche. « On est heureuses nous deux, hein, poussin ? »

Lara se tortille et donne des coups de pied contre le flanc de sa mère avec ses caoutchoucs boueux. Son petit corps devient raide comme une planche, elle tend la main vers les canards.

« Maaaaman, glapit-elle.

— Je ne sais pas comment tu t'en sors.

— Quand tu auras des gosses... commence Jane, mais sa sœur l'interrompt.

— C'est pas tant la question de les faire, ou même de les élever toute seule. C'est plutôt... je veux dire... »

Les deux sœurs se regardent en chiens de faïence.

« Quand tu parles, quand tu dis : "Je l'aime, voilà tout", on dirait une gamine, quoi. Tu te rends compte que tu parles comme une gamine énamourée ? »

Jane tourne les talons. C'est bien la dernière fois qu'elle essaie d'expliquer à Helen ou à qui que ce soit ses choix et ce qui les motive. C'était une fois de trop. Elle boucle les sangles rigides de la poussette pour bloquer sa bambine qui gigote. Elle trouve des bonbons au chocolat pour écarter la menace du caprice.

« Qu'est-ce qui t'arrive ? » s'ébahit Helen.

Helen et Paul se marient en toute hâte à l'East Riding Registry Office de Beverley. Qu'ils soient mariés facilitera les formalités d'émigration. Jane n'assiste pas à la cérémonie. Il va y avoir des camarades de classe, des voisins, des amis de la famille, elle ne se voit pas sous leurs yeux scrutateurs débarquer avec sa fille et répondre aux questions qu'ils ne manqueront pas de poser sur le père de la petite ou la vie qu'elle mène à Londres. Et puis ce n'est pas tout : le mariage tombe un week-end où Patrick les rejoint. Si elle part, elle en a pour un mois avant de le revoir ; or la chose lui fait peur, elle a peur que l'absence ne distende leurs liens, qu'ils finissent par se rompre. C'est pourquoi elle n'assiste pas davantage à la soirée d'adieux d'Helen. Elle les retrouve, elle et Paul, la veille de leur vol. Comme ils partent d'Heathrow par un avion du matin, ils passent la nuit précédente à Londres. Si bien qu'ils vont tous boire le verre du départ. Ils sont mal à l'aise. Lara pleurniche parce qu'à cette heure-là elle est au lit, d'habitude. Helen et Paul sont survoltés, fébriles, ils ne tiennent pas en place. Ils lui en veulent sans doute de n'être venue ni à leur mariage ni à leur soirée ; aucun des trois n'arrive à dire ce qu'il voudrait dire, ni ce qu'il a en tête, ou sur le cœur.

Alfred Jack Moorhouse et tout le reste

Elle aurait dû partir avec eux, elle le sait. C'est le nouveau départ qu'il lui faut, en toute logique. Elle aurait dû partir avec eux, seulement elle ne peut pas. Les lettres d'Helen lui parviennent, qui décrivent sa nouvelle vie et se terminent toujours par la formule : Pense à nous rejoindre, Janey. Les semaines passent, les mois, et voilà une année écoulée. Lara a trois ans, elle entre en maternelle l'an prochain. Patrick n'a toujours pas quitté femme et enfant à Belfast. Jane n'est toujours pas plus avancée quand elle tente de s'expliquer pourquoi elle est restée, pourquoi elle reste. Ce n'est pas qu'elle ait accepté la situation, ni même qu'elle s'y soit habituée. C'est peut-être qu'elle s'est engagée si loin sur cette voie qu'elle se figure ne plus pouvoir faire demi-tour. Cet espoir, cette foi qu'il les choisira un jour ne sont pas qu'illusoires ou désespérés. Ils lui sont nécessaires en profondeur. Chaque jour, chaque semaine, ils deviennent plus nécessaires encore. Elle est allée trop loin, elle a fait trop de sacrifices pour ne pas remporter la victoire, pour ne pas prouver au reste du monde qu'elle avait raison. Elle cesse de lui poser la question, de mettre la conversation sur ce terrain stratégique. Elle creuse son sillon, elle s'accroche, elle espère, elle attend. Il aime qu'elle soit forte, alors elle est forte pour lui. Il aime qu'elle soit sexy, alors chaque fois qu'il vient, elle fait en sorte d'être impeccablement épilée, pomponnée, prête, coiffée comme il aime, maquillée, avec son soutien-gorge préféré rose fuschia et sa combinaison-culotte. Sans vouloir réduire leur relation au sexe, il est clair que leur lune de miel au long cours tient à ce qu'ils ne se voient qu'un week-end sur deux. Certes, il y a un bébé, aujourd'hui, un bambin ; les couches qui sentent mauvais, la varicelle, les aliments recrachés, les joujoux éparpillés, les hurlements, les caprices et les nuits en pointillés. Mais elle se débrouille pour l'ignorer, pour en limiter la portée, pour se préoccuper avant tout de tenir impeccable la maison de Patrick, un gâteau au four, ses bouteilles de prédilection dans le bar, sa fille dans une jolie robe et, elle, ravie de le voir comme toujours. Elle s'efforce de ne pas pleurer devant lui, de ne pas le rendre malheureux, de ne pas donner de signes de faiblesse, de ne pas être en demande. Parce que tout ça, c'est son lot avec Catriona, elle en est convaincue. Elle vit dans la terreur de le perdre si elle se relâchait, ne serait-ce qu'un instant.

Il est tout ce qui lui reste, à croire qu'elle est entrée en hibernation à l'attendre. Elle s'est complètement retirée du monde. Elle ne peut pas s'ouvrir à de nouvelles rencontres, car alors il faudrait qu'elle leur dise, ou bien qu'elle leur mente. La poignée d'amies qui sont malgré tout venues la voir pendant sa grossesse et même après la naissance ont fini par se faire rares, démunies devant son retrait progressif, ne sachant plus que lui dire ni par quel bout la prendre puisque, de toute façon, elle refuse d'entendre leur conseil, lequel se ramène immanquablement à : « Quitte-le. » L'éloignement d'avec sa mère est consommé lui aussi, aujourd'hui. Margaret Ann se montre tout aussi incapable de prendre acte de la vie de sa fille que de fermer les yeux. Quand elles se rencontrent, elles n'ont rien à se dire ; il n'y a plus de sujet anodin, neutre, sans arrière-pensées. Même lorsqu'elles s'en tiennent prudemment à Lara, qui grandit, qui fait ses premiers pas, dit ses premiers mots, la simple existence de l'enfant les renvoie à la situation. Leurs coups de fil s'espacent, tant et si bien qu'il leur devient presque impossible de décrocher le téléphone. Jane envoie des photos de temps en temps, Margaret Ann de l'argent. Elles ne communiquent plus que par ces gestes, plombés eux-mêmes. Jane se figure en effet que sa mère lit une forme de défi dans les photos qu'elle lui fait parvenir, quant à elle, elle voit de la pitié et de la condescendance dans les liasses serrées de billets de cinq livres qu'elle reçoit. Helen est partie à Toronto. Elle se retrouve tout à fait seule. La voilà enceinte d'Alfie.

Elle l'a fait exprès. La première fois, c'était un accident, mais pas la seconde. C'est qu'elle veut forcer la décision, faire pencher la balance. Même si le deuxième enfant est une fille, peu importe, elle aura le nombre pour elle. Envisager ce deuxième bébé, c'est aberrant en soi. L'appartement est déjà trop petit, d'abord. Et puis elle a du mal à joindre les deux bouts malgré le salaire de Patrick, qui a deux foyers sur les bras. C'est pourtant la seule chose à faire, sa seule ressource, croit-elle. Ces trois dernières années, trois ans quand même, l'ont usée, corps et âme, plus qu'elle ne veut l'admettre. C'est quitte ou double, tout ou rien. Elle arrête la pilule. D'un côté, elle est bourrelée de remords, c'est vrai : faire un enfant dans le dos à un homme pour le piéger la place dans le rôle d'une méchante de roman-photo, d'une garce de cinéma... Mais l'autre femme en elle, celle qui veut rêver, a seulement envie de donner un frère ou une sœur à Lara, envie d'une famille. Elle n'a plus de travail, plus la moindre indépendance, elle fait donc la seule chose qui lui demeure possible ; la seule chose qu'elle croie à sa portée.

Elle a une grossesse terrible, des nausées épouvantables, matin et soir. Des éruptions de boutons. Ses cheveux perdent leur tonus et tombent par paquets sur l'oreiller. Elle ne peut pas s'empêcher d'y voir un châtiment. Elle savait que Patrick ne serait pas emballé par la nouvelle, mais elle ne se doutait pas qu'il réagirait aussi mal. Il n'explose pas – elle s'y était préparée, il a le sang chaud –, il sombre dans le mutisme, il se replie sur lui-même, sans réaction aucune. Elle lui demande s'il va en parler à sa femme ; elle espère qu'il va pousser les hauts cris, et lui donner l'occasion de plaider sa cause. Elle espère même un peu qu'il va la frapper, la tirer par les cheveux, la dominer. Mais il pleure. Il ne veut pas la perdre, il ne veut pas perdre Lara, il ne sait pas quoi faire. Alors elle réalise qu'il lui faut prendre la situation en mains ; il faut qu'elle aille à Belfast, qu'elle affronte Catriona, et qu'on décide une fois pour toutes.

*

Voilà près d'une heure que je suis devant ma page blanche, à me demander comment continuer, dans quelle direction. Au risque de vous surprendre, j'en viens à la conclusion que je ne veux pas continuer, justement, que je n'ai pas besoin de voir ma mère dans la souffrance, les tourments, la culpabilité qui la minent. J'avais hâte de parvenir à cette partie ou, du moins, c'est ce que je me figurais. La grande scène de l'affrontement, celle où elle lui dit qu'elle sait que sa femme est enceinte, et où il lui répond avec défi : Comment le sais-tu ? Où il s'effondre, peut-être. La scène où nous partons, et où elle l'imagine arriver à l'appartement pour ne plus trouver personne, nos affaires disparues avec nous, et où il ne sait pas où ni comment nous joindre. Je croyais vouloir les écrire, ces scènes, pour le punir, pour la voir le punir, pour les voir souffrir tous deux, chacun de son côté. Je voulais voir comment ils se réconciliaient. Mais aujourd'hui, je me rends compte que ma mère n'avait pas le choix, ou qu'en tout cas elle croyait ne pas l'avoir. Même en dehors de l'aspect pratique, de sa dépendance financière, le besoin qu'elle avait de lui était devenu une seconde nature, elle ne savait plus vivre sans. Ils étaient sous le même joug, bon gré mal gré. Tout le temps que je les observais, enfant, j'étais persuadée qu'il n'y avait pas deux parents qui s'aimaient comme mon père et ma mère. Ce n'était pas de l'amour, c'était du désespoir, de l'addiction, de la culpabilité partagée, et le besoin de cette culpabilité et de ses conséquences pour se sentir justifiés. Ils avaient besoin l'un de l'autre parce que leur dépendance même leur était nécessaire, parce que si elle n'avait pas existé, ou si elle avait cessé, alors ils auraient été perdus, damnés pour de bon. Cette dépendance était un champ magnétique, le fantasme qui les sécurisait, leur rempart contre le monde. Ma mère n'a pas été heureuse, toutes ces années, je le comprends aujourd'hui. La vie qu'elle menait, les décisions qu'elle prenait flétrissaient son être. Même en personnage de roman, je ne veux pas la voir, je ne peux pas me résoudre à lui faire retraverser tout ça. J'en suis la première surprise, moi qui croyais n'en être qu'au début, entrer enfin dans le vif du sujet. J'en ai fini de raconter son histoire, leur histoire, je crois.

Une dernière chose. Je ne suis guère parvenue à me mettre dans la peau de mon père. J'ai déjà eu du mal à me mettre dans celle de ma mère. Mais j'ai tout de même compris ceci : Patrick Michael ne se considère pas comme un homme infidèle. Il a deux vies, parallèles, étanches, distinctes, et dans chacune, sa fidélité est parfaite. Je n'en veux pour preuve et pour mesure que son incapacité à mettre un terme à l'une ou à l'autre. Plus longtemps il sursoit à quitter femme et enfant à Belfast, plus longtemps il mène ses deux vies, plus il les a chevillées au corps, chacune séparément et toutes les deux à la fois. Ricane qui voudra en disant : Il gagne sur les deux tableaux. Je suis passée par là bien des fois, avec un jugement bien plus sévère encore. Je ne crois pas que ce soit aussi simple, pourtant. Je ne crois pas qu'il jouisse de cette double vie, de ces vies doubles, du brassage des mensonges et demi-mensonges nécessités par leur imposture majeure. Non, vraiment pas. Après l'épisode de Fuengirola et pendant des années, je lui en ai voulu. C'était pire que de la rancune, c'était du mépris. En écrivant ces mots, je m'aperçois que, en fait, je devrais avoir pitié de lui. Dire qu'il a fini ses jours dans cet état de division intérieure, fers aux pieds. Ça m'a prise par surprise d'écrire ça. Je sais d'instinct que c'est vrai. Et quelque chose en moi – je ne saurais mieux vous dire – a fondu, s'est dissous, tout à coup. Je n'ai plus besoin d'écrire sur eux.

Curieux comme j'ai été hostile à la fiction, et pendant si longtemps. Je crois que c'est parce que mon père et ma mère se racontaient des histoires pour vivre. Ils s'étaient convaincus d'être les personnages d'une aventure héroïque, d'une grande passion, au mépris de la réalité qui était la leur. Faire une histoire de leur histoire m'a longtemps semblé entrer dans leur jeu. Peut-être que les choses ne se sont pas passées du tout comme je les raconte. Sans doute pas. Mais je comprends maintenant comment elles auraient pu, j'ai essayé.
Et je comprends aussi ce que je dois faire à présent.

LA SUITE DES ÉVÉNEMENTS

Sur leurs traces

Je n'ai pas eu de mal à les trouver. Google existe, Dieu merci. C'est à se demander, et je me le demande plusieurs fois par jour, comment nous faisions avant. Il m'a suffi de taper leurs noms et de trier les résultats. J'aurais peut-être eu plus de mal s'ils avaient quitté Belfast, mais ils n'en étaient partis ni l'un ni l'autre. Il m'était aussi venu à l'idée que Veronica avait pu changer de nom en se mariant, mais ce problème ne s'est pas posé car elle exerce sous son nom de jeune fille. Son prénom est assez rare pour limiter la recherche ; elle est la seule Veronica Connolly dans tout Belfast, que je sache. Elle exerce dans le cabinet d'avocats Cameron Glover, elle est également sur LinkedIn, j'ai donc pu confirmer qu'il s'agissait bien d'elle par ses dates et ses diplômes. Pour Michael, c'était plus délicat, parce que des Michael Connolly, il y en a pas mal à Belfast. Autre complication possible, il pouvait être connu sous son prénom complet, Patrick Michael, ou son premier prénom seulement ; or il y a encore plus de Patrick Connolly que de Michael Connolly à Belfast. Après avoir récolté les résultats pendant quelques heures et opéré des contre-vérifications, j'ai été raisonnablement sûre que c'était lui. C'était un artiste, un vrai – qui l'eût cru ? – un artiste-peintre. Il avait exposé dans plusieurs cafés et galeries de Belfast et enseignait au Département des beaux-arts et arts appliqués de l'université d'Ulster, sur le campus de York Street. J'ai découvert sa biographie sur leur site web, avec une photo récente.

Ça m'a fait drôle de voir mon demi-frère et ma demi-sœur de cette façon. Les traces de leur vie, ces traînées radioactives qui sillonnent la Toile comme des signaux de détresse. Tout en partant à leur recherche sur les pages jaunes du Web, les profils LinkedIn, les articles de journaux, les blogs étudiants et les flux de photos Flickr, je me suis demandé pourquoi je ne l'avais pas fait plus tôt, et je n'ai pas su répondre à ma propre question.

Les dés étaient jetés : deux recherches sur Google, et j'avais mon demi-frère et ma demi-sœur à portée de contact. En revanche, il m'a fallu plus d'un après-midi pour rédiger la lettre que j'ai envoyée à chacun. Il m'a fallu une bonne semaine – on ne le croirait pas à voir le résultat : quelques lignes un peu décousues, expliquant qui j'étais et comment je les avais retrouvés, et leur demandant s'ils seraient curieux que nous nous rencontrions le jour où je passerais à Belfast. Je crois que ces courtes phrases ont été les plus difficiles que j'aie eu à écrire dans ma vie. J'ai envoyé la lettre à Veronica sur son lieu de travail, celle pour Michael à la dernière galerie qui avait exposé ses œuvres.

Le retour s'est fait attendre près d'un mois.

Belfast
Co. Antrim

Vendredi 22 juillet 2011

Chère Mrs Moorhouse
Vous voudrez bien m'excuser d'avoir tardé à répondre à votre lettre du 5 juillet 2011, mais je dois vous avouer qu'elle m'a prise de court, et j'ajouterai que, malheureusement, la surprise n'a rien eu d'agréable. J'ignore ce qui a pu vous pousser à prendre contact avec nous après toutes ces années, mais pour vous parler franchement, je n'ai aucune envie d'entamer une correspondance quelconque avec vous, pas plus qu'avec aucun autre membre de la famille Moorhouse. Je ne doute pas que vous le comprendrez et que vous en tiendrez compte.

Je vous saurai gré en outre, présumant qu'il n'est pas trop tard, de vous abstenir pareillement de chercher à joindre ma mère. Elle s'est remariée après les événements de 1985, et je crois pouvoir affirmer en son nom que toute communication du type de la lettre que vous m'avez adressée ne ferait que la perturber au plus haut point. *Je vous remercie d'avance du temps que vous aurez consacré à cette lettre et de votre compréhension.*

Sincères salutations
Veronica Connolly

De : Michael Connolly [Michael_connolly@me.com]
À : Lara Moorhouse [laramoorhouse@yahoo.com]
Envoyé le mercredi 27 juillet 2011, 22 : 19
Objet : votre lettre

Chère Lara,
Bon sang, quelle surprise de recevoir votre lettre ! Elle a mis un moment à me parvenir parce que le galeriste auquel vous l'avez envoyée était parti en vacances pour l'été et que la galerie était fermée sur le week-end du 12. Mais elle a fini par m'arriver, et je dois avouer que je l'ai ouverte avec une certaine perplexité. Que de réflexions et d'émotions elle a remuées, honnêtement ! Je me suis souvent demandé ce que vous étiez devenus, vous et votre frère. Vous voulez savoir si je serais prêt à vous rencontrer dans le cas où vous viendriez à Belfast. Eh bien, je crois pouvoir dire que oui. Vous avez l'intention de venir incessamment, ou bien ce n'était qu'une hypothèse ?
Bien cordialement,
Michael

Patrick Michael Connolly

Je l'ai rencontré un vendredi soir. J'étais arrivée la veille par avion, et j'avais passé la journée à me promener dans Belfast. La ville ne correspondait pas du tout à mon attente, pas plus qu'à mon souvenir, gauchi, il est vrai, par les miasmes et l'abrutissement du chagrin. Quand on ne connaît pas Belfast, sinon par la litanie des meurtres et des mutilations, les images de manifestations et d'émeutes à longueur d'année, les voix rudes des hommes à la radio, toujours dans l'anathème ou l'autojustification, rien ne prépare à sa beauté. Certes, elle n'a pas celle de Dublin, avec ses places, ses parcs, ses élégants édifices géorgiens ; elle n'a pas la diversité de Londres, ou l'aura passionnelle de Paris. Mais elle est belle, cependant, avec ses constructions basses contre le bras de mer, nichée au creux des collines qui l'entourent. Belfast est une ville blottie, qui tient dans le creux de la main ; une créature brisée, un objet précieux. En la parcourant ce matin-là, j'ai été saisie de découvrir qu'au bout de chaque rue, même en plein centre-ville, se dressent les collines, mauves de bruyère, droit devant, si proches qu'on a l'impression qu'il suffirait de plisser les paupières et de tendre la main pour les toucher. Et puis, j'ai découvert dans cette ville une propreté, une retenue aux-quelles je ne m'attendais pas. On la croit rocailleuse et virile, arrogante. Comme ces voix dont je viens de parler, chargées de sel, gravelées d'une défiance inscrite dans leur fibre. Pour-tant les rues sont bien entretenues, souvent pavées de neuf, avec des vasques de fleurs multicolores et de jeunes arbres élancés ; volontiers les gens vous saluent d'un signe de tête, vous renseignent quand vous demandez votre chemin. J'ai arpenté les larges avenues du centre et la place de l'Hôtel de Ville, jusqu'à l'université et aux Jardins botaniques, puis je suis retournée sur le front de mer, où je me suis assise sur un banc dans la brise salée, pour me souvenir, et m'étonner. Le temps était au beau, ce qui ne gâtait rien, clair et lumineux, assez doux pour sortir sans veste. Quelques rares nuages floconneux haut dans le ciel, la lumière pleine et quasi liquide, on l'aurait respirée.

Chose curieuse, au fil de ces rues, celles adjacentes à l'hôtel bon marché où j'étais descendue, les artères animées, bordées de cafés, de bars et de studios de design derrière leurs vitrines, je ressentais de temps en temps comme un élancement aussi bref qu'aigu. Impossible de mettre de nom sur cette sensation, aujourd'hui encore. Ce n'était pas de l'envie, ni du regret, rien d'aussi primaire. C'était plutôt comme la prise de conscience des années écoulées, et du gâchis qu'il avait fallu pour arriver jusqu'ici.

Il était déjà là quand je suis entrée avec cinq minutes de retard — retard délibéré mais qui m'avait mise au supplice tout de même — dans le Pub John Hewitt de Donegal Street. Il avait pris une table d'angle, au fond de la salle, et il était tourné vers la porte, une pinte de Guinness devant lui. Il y avait du monde pour un tout début de soirée, mais on ne risquait pas de le rater. Manifestement, il guettait quelqu'un et dévisageait les nouveaux arrivants. Je l'ai vu, j'ai vu qu'il m'avait vue, le tout au même moment.

J'avais répété cet instant dans ma tête si souvent, je l'avais tellement anticipé que, à le vivre en vrai, il m'a semblé trop fugace, trop impalpable.

Patrick Michael a fait mine de se lever, il m'a invitée à le rejoindre d'un signe de la main, et je me suis frayé un passage entre les clients agglutinés au bar en m'excusant. « Moi ça va, et toi ? a-t-il lancé, on ne peut plus relax, et avec un accent impossible à rendre par écrit, je m'empresse de le dire. Tu dois être Lara, moi c'est Michael, heureux de te rencontrer.

— Très heureuse aussi.

— Qu'est-ce que tu bois ? J'avais pensé te prendre une pinte de Guinness, ou un demi, mais je ne savais pas si tu serais d'attaque.

— Non, ce serait...», j'ai balbutié, ne voulant pas le décevoir d'emblée. J'avais pris un ton d'excuse, ma voix anglaise, une petite voix.

«Allez, je te faisais marcher, c'est tout, qu'est-ce que tu préférerais ?

— Euh, en fait, je boirais bien un verre de blanc, merci.

— No problemo, c'est bon, ne bouge pas.»

Nous avons exécuté une drôle de petite gigue sur le côté : au moment où il passait devant moi, je me suis reculée pour éviter tout contact entre nous. Il s'est dirigé vers le bar. Merci, mon Dieu, j'ai pu faire ouf. C'est que j'étais désarçonnée de le voir si détendu, si cordial. Comme si nous étions deux connaissances qui se retrouvent, plutôt que deux personnes qui ont vécu l'essentiel de leur vie dans l'ombre l'une de l'autre. Je me suis assise sur un tabouret de façon à l'observer ; je le voyais de dos, puis de profil quand il s'est tourné pour plaisanter avec une femme à côté de lui. J'avais aperçu des photos de lui en ligne, bien sûr, mais le voir en chair et en os était tout autre chose. Il était grand, bel homme dans le genre ravagé ; le teint pâle, les joues mangées d'une barbe de trois jours qui luisait, noire avec des reflets roux. Il paraissait plus que son âge. Et puis il avait tout à fait l'air d'un artiste, du moins dans sa mise. Il portait ses vêtements avec désinvolture, pantalon de coton beige roulé irrégulièrement sur ses tennis blancs, chemise en lin bleu ciel, froissée, déboutonnée au col. Aussitôt, je me suis sentie mortellement bourgeoise dans mon chemisier crème sans fantaisie, ma jupe achetée en soldes chez Whistles et mes escarpins. Moi qui m'étais trouvée si chic en quittant l'hôtel ; j'avais même mis du rouge à lèvres !

Ne sois pas bête, me répétais-je. Ce n'est pas un rendez-vous d'amour. Quoique, dans un sens...

J'ai fait bouffer mes cheveux, j'ai sorti mon chemisier de ma jupe et j'en ai même déboutonné le col, et puis là je me suis aperçue qu'il risquait de croire que je voulais le séduire ; alors je me suis empressée de me rajuster. J'ai estompé un peu mon rouge à lèvres avec un mouchoir en papier. Quant à mon sac carré, une contrefaçon, trop flashy, quelle ânerie ! J'aurais dû venir comme j'étais.

Il est arrivé avec mon verre de blanc et s'est glissé sur son siège ; nous nous sommes dévisagés un moment.

« On ne se ressemble pas, a-t-il conclu.

— Non », j'ai renchéri. Même au-delà du style vestimentaire, c'était vrai. Il avait la tignasse brune et bouclée de mon père, mais ses yeux, bleu clair, il devait les tenir de sa mère. Ils vous regardaient de côté. Sa corpulence aussi, il devait la tenir de sa mère. Il était grand, je l'ai dit, mais mince à la limite de la maigreur ; les épaules tombantes, les pommettes saillantes. Alors que moi... mais je vous ai déjà décrit mon physique. Je me suis demandé si Veronica lui ressemblait, en femme. Dans l'onglet, sur son site d'avocate, il y avait une photo d'elle, physionomie sans beaucoup de relief, à la fois sévère et anodine, les cheveux tirés en arrière, des lunettes à monture d'acier.

« Eh bien », a-t-il dit – et là il a énoncé une formule irlandaise imprononçable, levé son verre et bu une longue gorgée.

J'en ai bu une petite. Ce verre-là, il n'aurait pas pu mieux tomber.

« Alors voilà... nous y sommes », a-t-il constaté.

J'ai respiré à fond, en essayant de mettre en place les idées qui se bousculaient dans ma tête, et je me suis lancée dans le speech que j'avais préparé sur le thème : c'est super de faire ta connaissance, je suis désolée d'avoir choqué ta sœur en lui écrivant, et tout et tout.

Il s'est un peu rembruni à la mention de sa sœur, et je me suis interrompue, de peur d'avoir gaffé.

« J'ai jamais été ce qui s'appelle proche de Nicky, elle est, comment dire, elle est parfois assez désobligeante, tu vois ?

— Ah, j'ai balbutié, ne sachant trop que répondre, désobligeante, c'est un bon mot, ça. »

Il m'a regardée comme si j'étais folle.

« Et toi, tu es proche du tien ? m'a-t-il demandé au bout d'un moment, de ton frère, je veux dire ? » Il a détourné le regard, comme s'il avait posé la question en passant. Mais il n'avait pas été assez rapide.

« Quand on était gosses », j'ai commencé. Et puis j'ai pensé à la vie que menait Alfie aujourd'hui, et à celle que je menais moi-même. Les Noëls et repas de famille où ils me toléraient, leurs filles qui réprimaient des fous rires, à qui l'on promettait des cadeaux si elles voulaient bien rester bavarder avec Tante Lara. « Franchement, pas vraiment », me suis-je entendue dire. Je me figure toujours que, sans Danielle, mon frère et moi on serait proches, mais ce n'est peut-être pas vrai, finalement. Je ne m'en étais jamais rendu compte avant de le dire.

« Si je comprends bien, ça ne l'intéresse pas des masses, ces niaiseries de retrouvailles.

— Je ne crois pas. Du reste, je ne lui ai pas annoncé que je venais à Belfast, ce qui répond sans doute à ta première question. Et ce qui prouve bien que nous ne sommes pas très intimes, n'est-ce pas ? Je lui ai quand même dit que je vous avais écrit, à toi et à… Veronica, et l'idée ne l'a pas emballé. Il n'estimait pas cette démarche… (j'ai essayé de me souvenir de son mot) raisonnable. Le passé, c'est le passé, tout ça. »

J'ai haussé les épaules, faute d'énergie pour finir ma phrase. J'ai bu trop vite une trop grande rasade de vin.

« Nicky a toujours été l'élément raisonnable, de nous deux. Alors si chez vous, c'est ton frère, toi et moi on doit être les cinglés de la famille. » Il m'a adressé un sourire nerveux ; je dis bien : nerveux, et, pour la première fois, j'ai compris que, malgré son charme, sa décontraction, ses dehors très à l'aise, au fond, il ne l'était pas plus que moi.

« Tu n'es pas mariée, avec des gosses, et tout et tout ?

— Non.

— Moi non plus, mais Nicky, si ; elle a un garçon et une fille.

— Alfie pareil, sauf qu'il a deux filles, deux jumelles.

— Nicky est avocate.

— Je sais.

— Oui, évidemment. Et ton frère, il fait quoi dans la vie ?

— Agent immobilier.

— Pavillon de banlieue avec jardin et chien ?

— Oui, sauf qu'ils n'ont pas de chien. Eux, ils ont un chat.

— Si bien que c'est nous, les moutons à cinq pattes, en somme. » Il m'a regardée intensément. « On est les moutons à cinq pattes, il a répété, puis il a éclaté de rire avant que j'aie pu trouver une réplique astucieuse ou rassurante. On est les tasses dépareillées, c'est pas des paroles qui te disent quelque chose ? Ou bien est-ce que j'invente ? Attends, il me semble que... tu connais cette chanson du Pulp ? » Tout à coup, il s'est mis à en chanter quelques bribes. « "Les moutons à cinq pattes, les erreurs de programme, les inadaptés." Ah ah, j'avais raison. »

Une fois de plus, je n'ai pas su ce que j'étais censée dire ; pour gagner du temps, j'ai tendu la main vers mon verre de vin, et j'en ai bu une gorgée. Du vif-argent, cet homme, je peinais à le suivre.

« Désolée, elles doivent pas être à la hauteur de ton attente, ces retrouvailles. »

Aussitôt, la déception s'est marquée sur son visage.

« Je ne suis pas ce que tu attendais.

— Oh si, j'ai répondu, horrifiée, ce n'est pas du tout ce que je voulais dire. En fait, c'est de moi que je parlais. »

Les quelques minutes suivantes sont très floues dans ma mémoire. Je me rappelle cette impression que quelque chose m'échappait, que j'essayais de m'accrocher à une corde liquide qui me glissait entre les doigts. Par ailleurs, le pub était de plus en plus bondé, nous avions du mal à nous entendre. Et pourtant, Dieu sait comment, nous avons continué à parler. Les choses se sont remises en place ; l'impression de perdre pied s'est dissipée. Nous avons un peu parlé de Belfast, de mon voyage. J'ai dit ma surprise de constater combien la ville était jolie, intime, accueillante. Nous avons vidé nos verres et je me suis levée pour en chercher deux autres.

C'est là que, l'alcool aidant, nous nous sommes mis à parler de nous, à nous poser des questions par tâtonnements successifs, sur nos vies quotidiennes. Je ne vais pas tenter de les rapporter mot pour mot ; il y avait beaucoup de banalités là-dedans, de propos sans conséquence. C'était seulement le fait d'être ensemble, et de se les dire, qui les rendait importants.

Nous avons parlé de Londres, de sa peinture. Il avait souvent pensé à s'installer à Londres, a-t-il dit en riant aussitôt. Il avait le rire facile, le sourire en coin. Il avait souvent pensé à s'installer à Buenos Aires, ou bien Oulan-Bator. Qu'est-ce qui l'en empêchait, après tout ? Il n'avait pas vraiment d'attaches à Belfast. Il enseignait vaguement aux Beaux-Arts, donnait quelques cours du soir, rien qui le retienne. Ni femme ni enfant.

C'était la deuxième fois qu'il faisait allusion à cette question de la femme et des enfants.

« Et tu n'as jamais... (j'ai hésité) rencontré une fille qui...

— Bof, si, une ou deux. Je peux pas nier qu'il y en a eu quelques-unes, mais tu sais, à dire vrai, je suis un peu salaud, moi. Je me lasse facilement, quoi. Je ne suis pas si sympa que ça avec mes femmes. Mais il n'y a que moi qui aie le droit de le dire, sinon je vois rouge. Donc, pour répondre à ta question : non. Je suis irrécupérable. » Il a souri. « Et toi ? »

Je lui ai parlé, brièvement, de Jeremy. Je lui ai parlé de cette blonde, sa nouvelle amie – non, son épouse à présent –, je lui ai parlé du bébé, dont j'avais découvert la naissance par un mail circulaire accompagné d'une photo – un petit visage fripé en train de brailler, dans un babygro à oreilles de lapin. Je lui ai dit le choc que j'avais eu en voyant ce bébé, son bébé, qu'il ait fait exprès ou pas de m'inclure dans la liste des destinataires, soit par gentillesse, pour ne pas que je l'apprenne par quelqu'un d'autre, soit encore parce que sa vie avait changé au point qu'il n'avait même pas pensé à ce que j'éprouverais en le voyant.

« Le salaud, quel connard ! » Michael a dit ce qu'il fallait, bien sûr. Que dire d'autre ? Mais sans savoir pourquoi, je me suis entendue lui parler de la clinique danoise, du projet de bébé. Ça demeure possible, lui ai-je dit. Je ne crois pas que je vais le faire, mais je pourrais. Il a attendu que j'aie fini de parler, m'a regardée un moment puis s'est borné à conclure : «Alors là, bravo ! Bravo !» Et j'ai eu la sensation, les mots me manquent pour l'exprimer, qu'on venait de me délester d'un immense fardeau. Je n'ai même pas besoin de le faire, me suis-je dit. Mais je peux ; je pourrais.

C'était idiot, je le sais bien. C'était irresponsable. L'alcool, la fatigue nerveuse, mais en même temps, c'était une impression forte, vraiment forte.

Nous avons bu un troisième verre, mangé deux sachets de chips. Nous sommes sortis fumer, il fumait des Marlboro rouges et je lui en ai tapé deux, moi qui n'avais pas fumé depuis des années. Parfois la conversation patinait, puis elle coulait de source ; elle rencontrait des obstacles inattendus et trouvait des chemins de traverse. Ça me paraît surréaliste, aujourd'hui, de consigner tous ces moments. Il est pourtant nécessaire de les fixer, de les épingler avec soin et de les conserver.

« Tu connais Louis MacNeice ? il a dit à un moment donné.

— Non, j'ai avoué avec regret. C'est... c'est un ami à toi ? Il est peintre, aussi ?

— Nan, nan, c'est un poète.

— Oh, pardon !

— Ne t'excuse pas, pourquoi est-ce que tu le connaîtrais ? Il n'y a pas de raison. Il est né ici, il a passé la majeure partie de sa vie à Londres. Il est mort dans les années soixante, je crois. Je crois que c'est... quelque chose comme ça : "Quand j'avais cinq ans, les rêves noirs sont arrivés, plus rien n'a jamais été pareil après." C'est de lui. "J'épluche une mandarine, je la coupe en quartiers, je crache les pépins et je ressens l'ivresse des choses dans leur diversité." Quel vers grandiose, "l'ivresse des choses dans leur diversité".

— O...oui.

— C'est ce qui a fait sa célébrité, mais mon préféré, c'est... » Il a fermé les yeux et posé les coudes sur la table, doigts en clocher, puis il s'est mis à réciter : « "La pluie de Londres / chair de poule blanche aux rues d'ébène. / Et les néons de Londres tachent les canaux de la nuit / et les parcs se font jungle / dans l'alchimie de la nuit." » Il a ouvert les yeux et m'a souri. « C'est du lourd. Pour mon diplôme de fin d'études, j'ai conçu mon expo autour de ces vers : "Mes désirs se muent en violents chevaux / noirs comme du charbon, / fringantes cavales du fantasme, / étalons de l'âme, / avides de défoncer les barrières / qui barricadent mon âme." Ça fait quoi, quinze ans, bon Dieu ! Ils me sont revenus récemment, ces vers. Je me disais que je pourrais, je sais pas, en tirer quelque chose. Les barrières de mon âme, tu vois ? »

Il a ri.

« Tu penses que je travaille du chapeau.

— Alors là, pas du tout, honnêtement, pas du tout.

— Mais si, mais si. C'est peut-être que des conneries, d'ailleurs. Mais que faire ?

— Pas du tout », j'ai répété. Et puis, sans me laisser le temps de réfléchir et de changer d'avis, j'ai lancé : « J'aimerais bien voir ton travail, ta peinture, tout ça.

— Ah oui, tu voudrais ?

— Oui, j'adorerais.

— Bah, bien sûr. » Il a réfléchi un instant ; tête penchée sur le côté, il me regardait, l'œil allumé, ironique, il me jaugeait. C'était le type de franchise qui va au-delà de l'intimité ; une franchise qui oublie d'être consciente d'elle-même. J'ai senti le rouge me monter aux joues. Depuis que je suis toute petite, ma nuque et mes oreilles rougissent quand je suis embarrassée et, sous mes joues, les plaques mettent encore plus longtemps qu'ailleurs à se dissiper. Je la sentais monter, cette rougeur, et je ne savais plus quoi dire ni où me mettre.

« Pardon, il s'est rétracté brusquement, en se penchant en arrière, ce qui a fait grincer son tabouret sur le sol. J'ai cette détestable habitude. Tiens-toi bien pour une fois, Patrick Michael, disait toujours la mère, arrête de dévisager les gens.

— Ça ne fait rien, j'ai répliqué au bout d'un moment. Tu es peintre, tu regardes les gens, c'est ton métier. »

Il m'a grimacé un sourire. Que je me suis vue lui rendre et, très vite, on s'est mis à rire tous deux, à rire trop fort, hors de propos.

« Allons-y, alors, a-t-il déclaré quand nous nous sommes enfin calmés, il fait trop beau pour rester enfermé. »

Il a pris sa chope, l'a vidée en gardant la bouche ouverte pour que le fond ourlé de mousse coule dans sa gorge, et moi j'ai descendu ce qui restait de mon vin. «Bien! il a décidé en claquant de ses paumes sur la table. On y va, alors?

— On y va.

— C'est pas très loin.» Il a lorgné mes chaussures d'un air dubitatif : «Tu vas pouvoir marcher?»

Mes pieds, gonflés dans ces vernis noirs imbéciles, palpitaient déjà douloureusement. Mais je me suis bien gardée de le lui avouer.

«Bon, comme je te dis, c'est à deux pas. Et il ne fait pas un temps à rester enfermés.»

Il avait raison. Le ciel, dehors, était d'un bleu intense. Pas un nuage. Le soleil, étonnamment fort, se dorait en déclinant. Les bars et les pubs déversaient leur flot de consommateurs sur le trottoir ; verre dans une main et cigarette dans l'autre, ils riaient, ils saluaient des passants, les hommes cravate desserrée ou dénouée, veste sur l'épaule, ou posée sur un dossier de chaise. Très haut dans le ciel, un vol d'étourneaux tournoyait et s'écroulait. Des cascades de musique s'échappaient des bars, un tube de Motown ici, un peu de Van Morrison là-bas, j'ai attrapé au passage des bribes de Shangri-la, du Beyoncé. Il régnait une atmosphère de carnaval. On se serait cru sur un plateau de tournage, chaque objet choisi et positionné avec soin, chaque personnage offrant la version la plus aboutie de lui-même. Un soir comme celui-là, tout pouvait arriver, tout était peut-être déjà arrivé. Quand des mondes jusque-là parallèles convergent et qu'à chaque instant, chaque décision, ils s'écartent de celui que nous connaissons, au point que toutes les personnes qu'on aurait pu être, tous les choix qu'on aurait pu faire, fusionnent tout à coup… Non, j'exagère, je tique toute seule en me relisant. Pourtant c'était bien l'effet que me faisaient ce ciel, ce soleil, cette soirée à Belfast. Une fois de plus, je me suis dit, incrédule : Comment aurais-je pu deviner que ce serait si beau? Je me sentais – et ce n'était pas que l'effet de l'alcool – éclairée de l'intérieur.

« Smantian », a-t-il lancé par-dessus son épaule, en tout cas c'est ce que j'ai entendu. J'ai fait un signe de tête peu compromettant avant de m'apercevoir qu'il guettait ma réaction. « Hmm », j'ai essayé. Il a eu l'air amusé. « Pardon, j'ai avoué, j'adore ton accent, seulement...

— J'ai un accent à racler la peinture ! Arrête de prendre des gants ! Quand tu captes pas, tu dis : Waoh, Mikey ! Allez vas-y, je t'écoute.

— Waoh, Mikey ! » j'ai articulé, en m'entendant prononcer des voyelles bien propres sur elles. Et aussi, pour la première fois l'appeler par son prénom.

« C'est déjà mieux. Ce que je te disais, c'était que le temps se maintient. Le beau temps. Il se maintient pour toi.

— Ah oui, on dirait bien.

— Tu as de la chance. Des journées pareilles, on n'en a pas à Belfast, surtout en septembre. On n'en a déjà pas en juillet, ni en août, putain ! Tu sais qu'ils vendent des vacances aux Égyptiennes sur l'idée que la douce pluie irlandaise fera des merveilles pour leur teint. Et s'il ne pleut pas au moins la moitié du temps, on les rembourse.

— C'est vrai ?

— Est-ce que je te mentirais ? » Il s'est mis à rire. « Qui sait ? En tout cas, l'idée paraît bonne. S'ils ne l'ont pas déjà fait, ils devraient. »

En jouant des coudes, nous nous sommes faufilés dans une venelle pavée, encadrée par d'énormes paniers de fleurs suspendus ; elle était noire de monde.

« C'est le *Duke of York,* m'a-t-il crié. Ils ont de bons groupes en *live,* le jeudi, si jamais tu reviens. » Nous avons fendu la cohue et tourné à droite dans une rue plus large, et il m'a désigné des bars au passage. Le *Black Box,* qui avait une bonne programmation musicale, lui aussi ; le *Spaniard,* et puis là-bas, le *Merchant Hotel,* mais celui-là, je le connaissais puisque j'étais descendue au *Premier Travel Inn,* en face. À deux rues, dans cette direction, se trouvait le *Waterfront Hall* et, à cinq-dix minutes dans celle-ci, le Marché St George, particulièrement intéressant le samedi, avec des tas de stands dans l'esprit des marchés ruraux, un poissonnier correct, divers étals de gâteaux et de produits artisanaux, des groupes différents toutes les semaines, je devrais y aller demain matin si j'avais le temps... je devrais aller ici, aller là, et ça, est-ce que je l'avais vu ?

Plusieurs fois il s'est arrêté dans sa visite guidée pour saluer d'un signe de tête ou de la main un ami ou connaissance, sur le trottoir d'en face.

« Qu'est-ce que c'est sympa, cette ambiance ! C'est vrai quoi, c'est vraiment... woah, c'est super, quoi... tu vois. »

Il a dû entendre comme de l'envie ou de la mélancolie dans ma voix, parce qu'il a hésité une seconde et m'a jeté un coup d'œil. « Il y a dix ans, tu n'aurais rien vu de tout ça. Ce n'est pas le Belfast que Papa a connu.

— Non, je sais.

— Ce n'est même plus la ville où nous avons grandi, Nicky et moi. Enfin, oui et non, disons. Comme quoi, j'en arrive parfois à penser – je ne sais pas pourquoi je te dis ça – qu'on peut changer finalement, et quand je dis on, je ne veux pas dire toi et moi en particulier, mais tout le monde. »

Toute trace du plaisantin avait disparu en lui. Ses yeux, sa bouche étaient parfaitement sérieux. Quand il cessait un instant de blaguer, il paraissait plus vieux ; plus triste, aussi. En cet instant, je l'ai adoré. J'ai eu un vrai coup de cœur pour lui.

« Je n'aurais jamais cru la chose possible autrefois, mais tu as raison, peut-être que si. »

J'en avais trop dit, j'avais été trop anglaise, trop sérieuse. Peut-être que tout ce que j'aurais pu dire aurait été de trop, et ce quels que soient le ton et la formule. Son visage a repris son expression ironique.

« Faut pas croire ce que je raconte, le léopard que je suis meurt avec ses taches, je te préviens. »

Il a allumé une cigarette sans m'en proposer, et nous nous sommes remis en route.

Deux rues et deux minutes plus loin, nous arrivions à son atelier. « Bientôt dix ans que je suis là, a-t-il commenté en cherchant la clef dans sa poche, il va falloir que je bouge, je crois. Le propriétaire veut m'augmenter, ou vendre.

— Dommage.»

Il a haussé les épaules. «Tout change, c'est ce qu'on disait à l'instant, non?» Il avait l'air en colère tout à coup. Je ne comprenais pas pourquoi. Est-ce que c'était quelque chose que j'avais dit, ou au contraire que j'aurais dû dire et qui ne m'était pas venu? Il avait l'humeur volatile, je m'en rendais compte. Tantôt il vous inondait de sa chaleur solaire, tantôt il vous opposait sa part d'ombre, changement à vue. C'était tout Papa. Je me souvenais que, petite fille, j'aurais fait n'importe quoi pour lui faire plaisir, et mon cœur bondissait dans ma poitrine quand je m'étais attiré un sourire de sa part, un clin d'œil, sa main qui m'ébouriffait les cheveux, ou encore, récompense suprême (qui me paraît ridicule et pitoyable aujourd'hui), un «mon P'tit écureuil».

Nous avons grimpé les quatre étages de béton, cage d'escalier à rafraîchir, rampe à la peinture écaillée, nue et rouillée par endroits. Il montait vite, deux marches à la fois, je le suivais de mon mieux, pieds en feu. Quand nous sommes parvenus en haut, j'avais des nœuds derrière les genoux.

«On va juste jeter un petit coup d'œil. Te crois pas obligée de... je sais pas, de trouver quelque chose à dire. Mon travail s'adresse pas à tout le monde.»

Je regrettais déjà d'être venue. Je ne pourrais rien dire qui sonne juste. J'ai tâché de reprendre mon souffle, de respirer plus calmement, plus régulièrement.

Il a ouvert la lourde porte de son atelier.

Je suis entrée derrière lui, et j'ai temporairement cessé de penser.

Il était blanc, son atelier, haut de plafond, inondé de lumière. Il y avait des fenêtres sur trois côtés, celle de droite donnant sur le fleuve qui miroitait, celle de gauche sur la ville, qui s'en allait mourir dans les montagnes omniprésentes. Cave Hill, Carrick Hill, Divis et la Black Mountain – j'avais cherché leurs noms dans le guide – étaient violettes et noires et grises contre le soleil couchant. Je me suis tournée lentement pour embrasser tout le panorama. Peut-être que j'aurais été artiste, moi aussi, me suis-je dit dans un élan téméraire, si j'avais vécu et peint là.

« Ça te plaît ? » Sa voix avait retrouvé sa légèreté amusée.

« J'adore, oh…

— Ne t'emballe pas, femme, tu n'as pas encore vu mes toiles.

— Je prends mon temps, je… m'acclimate. C'est la première fois que j'entre dans un espace comme celui-ci. »

Je me suis arrachée à la contemplation du paysage et j'ai considéré l'atelier lui-même. Le sol était couvert d'éclaboussures de peinture, il y avait quatre, non, cinq chevalets à divers endroits, avec des peintures à divers stades d'achèvement. Les toiles étaient rangées par quatre, par cinq le long du mur. Il y avait des pinceaux qui trempaient dans des mugs et des pots à eau. Des mugs de thé à moitié vides, une bouilloire électrique branchée par terre. Deux sandwichs à moitié dévorés, une pile de paquets de gâteaux Jaffa, une bouteille de vin vide, une autre de Bushmills, à moitié pleine celle-là ; des soucoupes en guise de cendriers, débordant de mégots qui dégageaient un léger effluve sec. L'odeur propre de la térébenthine ou du white-spirit, enfin du produit dont les artistes se servent pour nettoyer leurs pinceaux ; l'odeur d'huile de la peinture. La lumière, l'espace. Je ne m'étais jamais trouvée dans un lieu pareil.

« J'aurais donné un petit coup de ménage, si j'avais su qu'on viendrait ici, a-t-il commenté en poussant un mug du bout du pied. Même pas vrai, c'est une porcherie en permanence.

— C'est fabuleux, et en plus c'est tout à toi, oui, euh… (tout à coup ce qu'il venait de dire sur son propriétaire qui voulait augmenter le loyer m'est revenu). Pardon, j'avais oublié, ça m'était sorti de la tête. »

Il a haussé les épaules. « C'est la vie, hein ? Il faut passer à autre chose. On ne peut jamais compter sur quoi que ce soit de permanent. Je suis ici depuis un bail, j'aurais même jamais pensé rester si longtemps. Alors voilà. De nouveaux pâturages (et là il a pris l'accent américain), un nouveau terrain de chasse.»

Je n'aurais pas su dire s'il était ironique. Il ne semblait plus en colère, en tout cas, alors je me suis approchée d'un chevalet pour contempler une de ses peintures. À dire vrai, je n'étais pas sûre de ce qu'elle représentait, ni de ce qu'elle signifiait. On voyait d'immenses volutes de couleurs, des coups de pinceau furieux, et puis des aplats, rouge vif, orange, or, et vert. Il y en avait une autre du même style sur un autre chevalet, mais celle-là dans les bleus, les noirs, les jaunes, avec un filet de rouge soutenu. La couleur y était appliquée en couche épaisse, elle faisait même des crêtes par endroits. En d'autres points, on aurait cru qu'elle avait été lissée au peigne, et elle laissait voir la couche du dessous.

«Elles sont... puissantes», j'ai tenté timidement. Car elles l'étaient. On y sentait pulser l'énergie.

«Ce sont des paysages urbains, a-t-il expliqué. Celles-ci sont plus figuratives.» Il désignait du geste un nu de femme sur un canapé. Elle avait une chevelure rouge brique, ébouriffée, qui lui tombait jusqu'au milieu du dos. Sur une autre toile, d'après le même modèle, on la voyait en gros plan : une autre encore représentait sa nuque et ses épaules nues. Je ne suis pas très bonne pour décrire les œuvres d'art. Mais celles-ci aussi dégageaient une énergie bien à elles, une énergie furieuse. Elles étaient brutes, incroyablement érotiques. Intimes jusqu'à l'indiscrétion. Sur celle où le modèle était allongée, on voyait sa toison pubienne, ni épilée ni élaguée, telle une pelote de fil de fer minium. Elle y plongeait son doigt recourbé et rendait à l'artiste en train de la peindre son regard, avec une expression curieusement provocatrice et implorante à la fois.

«C'est Catherine, qui se fait appeler Katya.

— Est-ce que tu... est-ce qu'elle... enfin...?

— C'est une de mes thésardes. Je te l'ai dit, je suis un salopard, moi. Et voici Anna.» Il a dégagé une toile posée le long du mur, encore un nu. «Et celle-ci (une fille au type espagnol, sa silhouette soulignée d'un trait noir sur aplats de couleur), c'est Miriam, et la voilà encore, Miri.»

La dernière représentait l'entrecuisse d'une femme en surplomb, comme si le spectateur était à genoux devant elle ; deux mains tout juste visibles lui écartaient les genoux. « Bon, eh bien, elles sont... (je cherchais un mot qui ne soit pas – comment avait-il dit, déjà ? – désobligeant) intéressantes », j'ai achevé piteusement. Mais il ne semblait pas m'entendre.

« Je me raconte que c'est parce que je suis un artiste, qu'on n'a pas les mêmes besoins que les gens normaux, que les règles générales ne s'appliquent pas à nous. Mais à la base, je suis un enfoiré, point barre. Un peu comme mon vieux. »

Nous n'avons plus rien dit ni l'un ni l'autre. Le soleil se couchait, les ombres s'allongeaient dans l'atelier. Au bout d'une minute, il a replacé Miriam et Anna contre le mur.

« Et voilà, il a déclaré en étendant les mains devant lui paumes en l'air, dans un geste d'autodérision, maintenant tu as vu le fond de mon âme.

— Nous avons les mêmes mains », j'ai observé. Et c'était vrai. Je l'avais remarqué au pub, quand il avait cité des vers, et je le remarquais de nouveau. Nous avons les mains de notre père, longues, fines, effilées.

Il a ri d'un rire sans joie.

« J'ai toujours été tellement jaloux de vous, il a dit très vite, sans croiser mon regard. De toi et de ton frère... Alfie. »

Il avait prononcé son nom sans trop y toucher, avec circonspection.

J'en étais baba. J'ai dû le regarder, mâchoire pendante.

« Tu as toujours été...

— Jaloux de vous, bien sûr, terriblement. De toute évidence, vous étiez ses préférés. On ne lui suffisait pas, nous. Sinon, hein, pourquoi il aurait fait ça ? Je te parie qu'il aurait volontiers divorcé de ma mère, s'il avait pu. Peut-être qu'il attendait que j'entre au collège, il y a des types comme ça, tu sais. Parce que, enfin, ça n'a pas dû être une partie de plaisir pour lui. Non, son vrai foyer, c'était vous, vous étiez ses préférés. » Il parlait vite, mais sans véhémence.

« Michael, j'ai dit, Michael... »

Il n'y avait pas de mots. Quand bien même j'aurais été experte en la matière, je doute qu'il y en aurait eu d'adéquats. « Mais Michael… », j'ai répété. Il a croisé mon regard pour la première fois depuis le début de son discours ; il a eu un rire forcé. « Pas grave. Ce n'est pas que je sois amer, ou quoi. Ha ! Non pas que… Ce que je veux dire, c'est que j'ai eu le temps de m'en remettre, hein ? Normalement… »

Il s'est détourné, a fait quelques pas vers la fenêtre qui donnait sur les Lagan. Nous n'avons plus rien dit pendant un moment. Le soleil était presque couché, il n'en restait que des coulures rouge et orange sur le fleuve.

« C'était un faible », j'ai prononcé lentement, et, tout en le disant, j'ai découvert que c'était la première fois que je mettais des mots – simples, humains – sur cette idée. J'ai poursuivi : « Je l'avais toujours considéré, et jusqu'à cette année, comme une figure héroïque, un dieu, tu vois, un personnage de légende. Qui aimait sur une échelle différente, un plan différent du reste des mortels. Différent de nous. Mais maintenant, maintenant que je t'ai rencontré, et entendu – tout ce que tu viens de dire –, l'idée se fait jour. Eh ben, oui, c'était un faible. Il n'avait rien d'un Lord Byron, d'un Casanova. C'était le contraire. Il était esclave de sa libido, et quand on voit les ravages qu'il a laissés derrière lui… ça n'est même pas qu'il aurait préféré être avec vous, ou avec nous, c'est qu'il était trop avide, trop faible, et… (dire que j'avais mis tout ce temps à le comprendre, je n'en revenais pas) son amour n'avait rien de surhumain, finalement. Loin de là. Je crois bien que je n'ai jamais fait un aussi long discours. »

Et en effet. Il me semble l'avoir retranscrit à peu près fidèlement, c'est-à-dire comme il me venait, avec ses hésitations et ses bégaiements, mais aussi son caractère définitif.

Michael s'est avancé et il s'est baissé, ombre parmi les ombres ; il a pris la bouteille de Bushmills, l'a débouchée, en a bu une rasade et me l'a proposée.

« Non, merci », ai-je refusé, toute songeuse. Puis : « À la réflexion, si, merci. »

Il me l'a tendue, les mains tremblantes, tout comme les miennes. Je l'ai prise, j'en ai bu une lampée, l'eau-de-feu m'a brûlé la gorge. J'ai essuyé le goulot et la lui ai rendue. Il a remis le bouchon et l'a reposée.

« Qu'est-ce que tu fais de ta fin de soirée ? il a demandé.

— Qu'est-ce que… oh, rien. Je veux dire, je n'ai rien prévu de précis.

— On part en riolle ?

— On part où ça ? » J'ai tenté d'imiter son accent, comme il me l'avait appris. « Waoh, Mikey ! »

C'était un prétexte bien mince pour rire, mais nous avions plus que jamais besoin de décompresser.

« Faire la fête jusqu'au bout de la nuit, se lâcher, peindre la ville en rouge, quoi !

— J'ai peur d'avoir passé l'âge.

— Moi aussi, mais c'est pas ça qui m'arrête pour l'instant.

— Alors, d'accord, pourquoi pas.

— Et tu as tout à fait raison… (il a marqué un temps) dans ce que tu as dit de… notre père. »

Il s'est tu, le « notre » flottait dans l'air ambiant.

« Ce que tu viens de dire de notre père… Il y a deux vers, attends une seconde. » Il a allumé une lampe, j'ai eu l'impression de plonger dans une eau froide, quel choc ! Il y avait une pile de livres dans un coin, il s'en est approché et s'est accroupi pour les feuilleter. « Voilà. » Il m'a fait signe de le rejoindre et il s'est relevé pour me faire voir le livre de poche vert et crème, passablement dépenaillé avec un portrait au crayon sur la jaquette, des Post-it à toutes les pages, des étiquettes de couleur, et des annotations plein les marges.

« C'est mon MacNeice, celui de la fac. Mon anthologie. Là. Page… soixante et onze, allons-y. » Il s'est éclairci la voix. « C'est celui que je t'ai cité tout à l'heure, sur Londres. Et il y a un vers, là, qui me fait penser à Papa. » Il s'est raclé la gorge de nouveau. « "S'il y a un dieu là-haut, nous pouvons compter sur son pardon quand nous fautons, sans dieu, rien n'aura plus d'importance, l'incendie, le viol et le meurtre réduits à l'insignifiance." »

Un silence total régnait dans la pièce. Pendant qu'il lisait, tout, même le couchant, semblait s'être figé pour que nous entendions ces mots.

« "Ainsi conforté par la logique (il a poursuivi d'une voix plus forte) sachant que je n'ai rien à perdre, je chevauche mon désir pour ravir à ma guise, pour fracturer les tourelles de la beauté à ma guise." »

Il s'est tu, il a refermé le livre. « Enfin, c'est ce que je pense en tout cas. Tiens, il te revient. » Il me l'a tendu.

« À moi ? Oh non, je ne peux pas, non, c'est ton exemplaire personnel, avec toutes tes notes. Merci, mais...

— Lara, il a dit, et il a prononcé mon nom avec un accent qui n'évoquait plus le couteau à racler la peinture, mais une poignée de petits cailloux jetés dans la rivière. Ça me ferait plaisir, Lara. Ça m'a... fait du bien de te rencontrer, tu sais. Oui, du bien. Je le crois. Et je n'aurais jamais eu le courage de chercher tes coordonnées moi-même. De t'écrire de but en blanc. D'entreprendre le voyage pour te voir.

— Eh bien, alors, merci. » J'ai pris le livre qu'il me fourrait dans la main, j'ai lissé sa couverture fendillée, et passé le doigt sur ses pages cornées. « Merci pour ce cadeau, que je vais conserver précieusement, et puis merci d'avoir accepté de me rencontrer, d'abord, et de m'avoir montré ton fabuleux atelier parce que... (Je me suis interrompue.) En fait, j'ai... enfin... j'ai quelque chose dont j'ai pensé... enfin... pensé pouvoir... » Je n'avais jamais eu la bouche aussi sèche. J'ai sorti une liasse de feuillets de mon sac, un peu fripée parce que j'avais dû la plier pour la faire tenir dedans. « Je me suis dit que je pourrais te les donner, et puis, bien sûr, j'ai décidé de ne pas le faire. Seulement, après ce que tu as dit sur Alfie et moi, qui étions les enfants que... ce n'est pas vrai, d'ailleurs... je ne sais pas, n'hésite pas à les jeter, mais si ça t'intéresse ne serait-ce qu'un peu de lire ma version de l'histoire, je l'ai consignée de mon mieux.

— Tu écris ?

— Oh, mon Dieu, non, non non, pas du tout. J'ai assisté à des ateliers, mais c'était seulement pour accompagner un vieux monsieur, enfin un patient, un ami, à vrai dire, qui voulait écrire l'histoire de sa vie, tu vois. C'est comme ça que tout a commencé, en somme. »

Il a feuilleté les pages. « Non, s'il te plaît, pas maintenant. C'est... c'est pas de la littérature. Je ne suis pas écrivain. C'est seulement une histoire qu'il fallait que je raconte. Chaque page m'a renvoyée à la douleur de ne pas être écrivain, justement. Ton poète, MacNeice, en quelques mots il te croque Londres sous la pluie. Moi, j'en suis bien incapable. Les gens, les lieux, tu n'en trouveras même pas l'ombre exacte. Mais peut-être que quand tu liras cette histoire tu... enfin... tu comprendras, ou du moins, que tu comprendras un peu mieux.

— À mon tour de te remercier. »

Encore une pause, et il s'est passé quelque chose entre nous ; une question, ou une réponse, un accord.

« Bon, là on risque de devenir dangereusement lourds. Je boirais bien un coup, moi, et j'espère que je suis pas le seul.

— J'en boirais volontiers un, moi aussi. Et je mangerais bien un morceau. Je crève de faim, subitement.

— Allez, viens, alors. »

Il avait eu raison de dire que nous étions des « moutons à cinq pattes ». C'était vrai de lui comme de moi, chacun dans son genre. Mais l'espace d'un instant fugace, cette nuit-là, nos angles vifs se sont emboîtés les uns dans les autres et nous nous sommes sentis plus entiers.

Mon frère et moi avons quitté l'atelier pour descendre dans la nuit de Belfast.

De : Michael Connolly [Michael_connolly@me.com]
À : Lara Moorhouse [laramoorhouse@yahoo.com]
Envoyé le dimanche 18 septembre 2011, 23 : 12
Objet : ton récit

Chère Lara,
Ça y est, j'ai lu le manuscrit que tu m'as donné pendant le week-end. Je ne sais pas très bien à quoi je m'attendais, mais une chose est sûre : pas à ça. Tu dis que tu n'es pas écrivain, et c'est vrai qu'il y a des passages bruts – ce qui n'est pas nécessairement négatif – mais je l'ai trouvé très émouvant, et je ne crois pas que ce soit seulement du fait d'être concerné par l'histoire. Je n'avais jamais mesuré combien la situation avait été dure pour vous. Pour ta mère. Seigneur ! Tu as le don de faire entendre la façon de parler des gens, tu sais. Tu dois tenir ça de notre père. Dans le temps, il avait joué dans pas mal de troupes amateurs, c'est d'ailleurs de cette façon qu'il avait rencontré notre mère ; il était capable d'imiter n'importe qui – tout le monde était plié en quatre, me disent mes oncles et tantes. Enfin, c'est une parenthèse. Tu devrais envisager, et là je ne plaisante pas du tout, de suivre un cours à l'Université du temps libre, ou bien par correspondance, pour pouvoir travailler à tes heures, sans toucher à ton emploi du temps professionnel. Tu y as déjà pensé ? Honnêtement, je ne suis pas bon juge en la matière, mais je ne le dirais pas si je ne le pensais pas. Je crois que tu tiens quelque chose.
Autre sujet : Je fais une exposition en novembre à la Mullian Gallery de Lisburn Road, je ne sais plus si je t'en ai parlé. Si ça t'intéresse ou s'il te faut un prétexte pour revenir, ce sera le moment. Le vernissage a lieu le vendredi 18, et ma mère et peut-être ma sœur y assisteront ; pour ton confort, ce ne sera sans doute pas le jour idéal. (Encore que je leur aie dit que je t'avais rencontrée ; il n'y a eu que trop de secrets dans notre famille. Tu aurais vu la tête de Nicky !) Mais l'exposition dure jusqu'à Noël, donc n'importe quel week-end suivant, ou d'ailleurs n'importe quels jours de semaine si c'est plus commode pour toi. Je serais heureux de te balader en voiture,

de te faire découvrir de nouveaux endroits. Cette fois, tu verras sans aucun doute Belfast sous son vrai visage, c'est-à-dire dans le froid, le vent et la pluie, mais que veux-tu.

Je suis content de lire que le MacNeice te plaît.

Pense à t'inscrire à l'UTL.

M.

APRÈS…

-

À l'heure où j'écris ces lignes, il s'est écoulé plus d'un an. Bien des choses ont changé depuis les pages qui racontent mon voyage à Belfast, et surtout d'une façon que je n'aurais jamais prédite, pas même imaginée. Mr Rawalpindi est mort. C'est par là qu'il faut que je commence. C'est arrivé très vite, en quelques jours. Si bien qu'il n'a pas eu, comme il le redoutait, à finir dans une maison de retraite, en ayant perdu son autonomie et sa dignité. À mon retour de Belfast, j'ai appris qu'il s'était effondré chez lui la veille ou l'avant-veille. C'est mon remplaçant qui l'a trouvé ; une ambulance l'a conduit à l'hôpital. Il n'avait rien de spécial, ni de nouveau, mais son corps était en train de céder, organe après organe. Il est mort à l'hôpital de Hammersmith, le lundi 19 septembre 2011, et j'étais là, même si, n'ayant pas repris connaissance, il ne l'aura pas su. Il me manque tous les jours que Dieu fait ; presque autant que ma mère. Encore quelqu'un que j'ai perdu, et dont j'ai mesuré trop tard la perte. Sans lui, je n'aurais rien de ce que j'ai aujourd'hui, et n'aurais rien fait de ce que j'ai fait.

J'écris toujours. J'écris même plus que jamais. Suivant le conseil de Michael, et avec les encouragements de la professeur d'écriture du Centre culturel irlandais, je me suis inscrite à l'Université du temps libre. Mais chose curieuse, quand il a fallu décider de mon sujet, je me suis rendu compte que je n'allais pas écrire mon histoire ni celle de ma famille, finalement. J'avais pensé nous donner des voix à tous, ou même à la raconter du point de vue de mon père. Or en fin de compte, je n'en ressentais plus le besoin. Je l'ai racontée, cette histoire ; j'ai fait la paix avec elle. Non pas que je veuille minimiser l'importance de l'avoir mise en mots. L'écrire m'a sauvé la vie, au contraire, dans un sens. Une chose est sûre, ça a tout changé, et infléchi cette tangente de l'amertume, des griefs et du désespoir que j'avais prise, je le crains. Ça m'a permis de pardonner à ma mère et de tenir mon père quitte. Ça m'a permis de faire la connaissance de mon demi-frère et, jusqu'à un certain point, ça lui a permis de lâcher le passé, lui aussi. Je suis retournée deux fois à Belfast au cours de l'année, et nous échangeons des mails de temps en temps ; savoir que nous sommes là l'un pour l'autre nous aide. Écrire ce texte m'a donné un but, aussi, une raison de me lever le matin. J'ai ainsi appris qu'on n'écrit pas pour s'exprimer, vomir sur la page des considérations sur son triste sort. Écrire, c'est donner forme aux choses en s'appliquant, à plusieurs reprises s'il le faut, jusqu'à ce qu'elles fassent sens, pas seulement pour soi mais aussi pour les autres, et qu'elles leur profitent. Au début de cette narration, je suis obsédée par le souci de savoir, mais j'en arrive à penser qu'on ne sait jamais ; en revanche on peut comprendre, et c'est ce que fait la fiction, ou ce qu'elle essaie de faire, en tout cas. Elle s'empare d'un détail, d'un détail parmi tant d'autres vrais ou vraisemblables – et elle le patine jusqu'à ce qu'il soit davantage lui-même, et mieux que lui-même, au point qu'il nous éclaire sur ce que c'est que d'être quelqu'un d'autre, peut-être. Pour commencer, moi-même, je n'avais jamais perçu – avant que Michael le dise – à quel point la situation avait été dure pour ma mère. Elle était amoureuse. Pour le meilleur ou pour le pire, elle aimait mon père.

Si seulement je l'avais compris quand elle était mourante, si j'avais compris que ce qu'il fallait que je dise, ce n'était pas : « Comment tu as pu ? » ni même : « Je te pardonne », mais simplement : « Je comprends. » Nos conversations tournaient en rond, elles étaient hachées, elles me laissaient sur ma faim ; j'essayais désespérément de lui arracher des faits ou des bribes de faits qu'elle puisse se rappeler. Elle se méfiait de mon dictaphone, elle croyait que je voulais la piéger, la punir, lui arracher une confession ultime. Peut-être était-ce vrai, et je le regrette; je regrette de ne pas avoir su la laisser tranquille, lui prendre la main, lui caresser la joue, et lui dire : «C'est rien, c'est rien, va», comme si c'était moi la mère, et elle l'enfant.

L'histoire que j'écris en ce moment est celle de Mr Rawalpindi. C'est une histoire qui vaut d'être racontée, et il serait emballé s'il savait qu'elle va l'être. Sa vie à Anguilla, la plus au nord des îles Sous-le-Vent, et son enfance dans la Vallée, parmi les cayes. La caye du Phoque et celle du Chien, celle de la Figue de Barbarie. Une enfance où il a su nager avant même de savoir marcher. Où il partait avec son père et ses frères pêcher la langouste et le crabe, la conque, le mahi-mahi, la dorade et la crevette. L'histoire de ses parents, telle qu'il a pu la glaner, et me la raconter à moi. Leur vie d'Indiens d'Asie, travailleurs remboursant leur voyage à longueur d'années, arrivés adolescents en Guyane, en 1915. Installés à Anguilla après la guerre et l'émancipation; leur mariage, leur lopin de terre, et la maigre pitance qu'ils tiraient d'une croûte de terre sèche. La chèvre, attachée à un poteau derrière les cabinets, les plants de citrouilles, et les trois rangées de tomates; le carré de calalou à grandes feuilles vertes, les tuteurs pour les pois perdrix, et les poivriers. Les monceaux de melons et le citronnier vert. Les crécelles et les coupes taillées dans les coloquintes pour les vendre aux Blancs sur le marché. Les colliers de graines de citrouille séchées et teintes que ses frères et lui fabriquaient pour leurs petites sœurs. Toutes ces choses, je vais tenter de les évoquer. Sa décision d'émigrer en Angleterre, en 1957, quand il avait vingt et un ans, parce qu'il en avait entendu parler du *Windrush* à la Jamaïque. Il était loin de se douter qu'il ne reverrait jamais son pays ! Sa vie ici, le jour où il a compris qu'il était homo, et le premier homme qui lui a brisé le cœur. Le riche New-Yorkais qui est tombé amoureux de lui, et lui a fait retraverser l'Atlantique, riche New-Yorkais qu'il a ensuite soigné pendant l'attaque et la pneumonie qui ont fini par l'emporter.

Comment un pauvre immigré antillais se débrouille pour rencontrer et ensorceler un vieux Rothschild blanc. J'essaierai de dépasser les apparences pour rendre la chose dans sa vérité. Et puis le legs, le retour à Londres, la maison à Hammersmith, les amants de la maturité. Toutes ces histoires, je vais les raconter, toutes ces histoires dans son histoire, toutes ces histoires dont il se composait lui-même, et je vais faire de mon mieux pour rendre justice à tout ça.

Écrire la mienne a eu des conséquences imprévues. La professeur du Centre culturel irlandais dirige des ateliers réservés aux adolescents en difficulté et elle m'a proposé d'y participer – ils ont toujours besoin de bénévoles. Si bien qu'après des volumes de paperasses et de multiples vérifications du Criminal Records Bureau, j'ai commencé pour le nouvel an, et je vais bientôt obtenir mon diplôme d'éducatrice. Et ce n'est pas tout. Je vais m'installer avec Jake Obigwe, l'un des travailleurs sociaux sur le projet. Il a cinq ans de moins que moi, célibataire, sans enfants. Je sais que c'est vrai parce que j'ai fait la connaissance de sa mère. De sa mère et de sa sœur (il a perdu son père à l'âge de dix ans, c'est un de nos points communs), et de la kyrielle de cousins, oncles, tantes et filleuls qui l'adorent. Allez savoir ce qu'il me trouve, parce que, enfin, je ne suis pas l'affaire du siècle. Mais voilà. La vie, l'amour, c'est la chose la plus simple et la plus mystérieuse du monde. Si l'espoir m'est permis, il est permis à tous. Il est peut-être trop tard pour avoir des enfants à nous, je vais avoir quarante ans, et en plus, nous allons tout juste nous mettre en couple, de là à avoir des enfants, il y a un pas considérable. Mais la mère de Jake et sa sœur sont toutes deux familles d'accueil depuis longtemps pour le secteur d'Hammersmith et Fulham, et je commence à me dire que je pourrais faire de même ; que nous pourrions faire de même, parce qu'il n'est pas nécessaire d'être riche, ni même d'être marié. Pour aimer des enfants, il n'est pas nécessaire qu'ils soient nés de vous. Et Dieu sait qu'il y en a beaucoup qui ne demandent qu'un peu d'amour. Ces temps-ci, je pense souvent que Mr Rawalpindi a dû m'aimer comme sa fille, même si j'étais trop aveugle pour le comprendre, convaincue que j'étais de lui rendre service. Moi aussi, je veux donner à quelqu'un la chance d'être aimé de cette façon. Je sais que je le porte en moi, l'amour et ce qu'aimer implique. Avant, je n'en savais rien. On verra. Quand je me relis, je me fais l'effet d'une adolescente exaltée. Ça m'est égal! Bref, il y a de l'espoir, à présent, des chemins s'ouvrent dans toutes les directions là où, hier encore, j'avais l'impression que tout était bouché. Quand je me penche sur mes premières pages, je me dis : j'ai commencé dans les décombres d'un paysage post-nucléaire. Ça crève les yeux. J'étais dans un état! Ravagée, calcinée. Et pourtant, je ne m'en apercevais pas un instant. Si j'avais écrit de la fiction, je ne crois pas que je m'en serais tirée à si bon compte. Je pourrais encore changer, faire des coupures. Je vais passer mes pages à Jake; il me tanne depuis qu'on se connaît pour que je lui fasse voir ce sur quoi je travaille, alors maintenant qu'on va vivre ensemble, il va bien falloir que je m'exécute. Ce n'est pas que je sois inquiète – non, je suis raide d'angoisse, disons-le – mais je me rassure : il lit si lentement que, le temps qu'il vienne à bout de mon texte, il faudra facilement un an et, d'ici là, si les choses ne marchent pas entre nous, je pourrai toujours retirer discrètement de la liasse les feuillets le concernant ; ainsi, il ne s'apercevra pas qu'il a failli entrer dans mon histoire.

Mais une part de moi, une toute petite part pétillante et optimiste, ne croit pas que ce sera nécessaire.

Qui peut savoir? Qui se serait douté de la suite il y a deux ans, quand tout a commencé.

Il y a une chose qui s'impose à moi d'emblée, avant de lui remettre ces pages. Cette image de ma mère, un matin de printemps 1972, dans l'appartement sous les toits qu'elle louait, en train de se préparer pour aller retrouver son amant. J'y ai pensé, dans des moments d'abandon : elle, en équilibre sur le fil des choses, jeune, heureuse, pleine d'espoir. De l'espoir que tout s'arrangera d'une façon ou d'une autre, puisqu'elle est jeune, qu'il fait un ciel d'azur, et qu'elle est amoureuse. Il faut que cette image entre dans l'histoire, elle aussi.

Il y a une expression qu'elle employait quand Alfie et moi on ne se contentait pas de ce qu'on avait : « Avec leur désir pour chevaux, tous les mendiants iraient au galop. » C'est un vieux dicton du Yorkshire, je crois. Sa mère le lui disait déjà. Il me revient en mémoire, à l'heure où je mets un point final à mon histoire. On dirait que tous mes désirs se sont réalisés d'une façon que je n'aurais jamais imaginée, et moins encore espérée. Ces étalons à la robe noire luisante, muscles saillant sous le cuir, queues et crinières au vent, une mendiante en loques les monte, les yeux fous, pieds nus, exubérante, prête à sauter toutes les barrières qui les ont jadis barricadés, à bride abattue, à se rompre le cou.

L.M.
Londres, février 2013

Appendice : transcriptions

INTERVIEW 1

Date : 2.2.2010
Heure : 16 h 25
Lieu : Hospice Isabel, Welwyn Garden City
Sujet : Jane Moorhouse

Q. Bon, alors pour récapituler, je le branche maintenant. Bon, il est quatre heures vingt-cinq de l'après-midi, ce mardi 2 février. Euh... on parlait de... tu te souviens ? Dimanche après-midi. Tu te souviens du chat qu'il nous avait amené, cette fois-là ?

[Pause de deux secondes]

Q. Le chaton blanc...
J. Quoi ?
Q. On en a parlé. Dimanche, tu te rappelles ? On avait dit qu'on ferait ça.
J. Je ne comprends pas pourquoi tu me tarabustes.
Q. On en a parlé.
J. Je sais pas de quoi tu parles. Arrête de me faire des misères. Pourquoi tu veux...

[Pause de trois secondes]

J. Tu voudrais me piéger, hein? Me prendre en défaut dans ce que je dirais...

Q. Ne t'énerve pas, Maman, j'avais pas l'intention...

J. Elle veut me piéger, ma propre fille. Eh ben, tu m'attraperas pas. Ça, je peux te le dire, mamselle. Et ça me coûte pas cher de te le dire.

[Pause de six secondes]

Q. Je voulais seulement te poser des questions sur le chaton blanc.

[Pause de dix secondes]

J. Tu peux toujours courir.

[Pause de vingt secondes]

Q. Maman? Tu es réveillée?

[Fin de l'enregistrement]

INTERVIEW 2

Date : 5.2.2010
Heure : 20 heures
Lieu : Hospice Isabel, Welwyn Garden City
Sujet : Jane Moorhouse

Q. Voilà, voilà. Je vais le laisser là comme ça et... attends... ouais, non... ça enregistre... donc... ne t'en occupe pas, pendant qu'on bavarde, d'accord? Ah, attends

224

une minute... il est huit heures, enfin à peine passées, vendredi 5 février. Donc...

J. [Propos incohérents]

Q. Qu'est-ce que tu dis, Maman?

J. [Propos incohérents; elle tousse]

Q. Tu veux de l'eau? Attends... tiens, voilà. Tu veux que je...

[Froissement des oreillers qu'on recale]

Q. Ça suffit, ou bien tu veux que... tu veux que je... tu es bien, comme ça?

J. Arrête de me harceler, ma chérie. Je suis très bien.

Q. D'accord, d'accord.

[Pause de trois secondes]

Q. Donc je me disais, enfin je pensais que peut-être ce serait bien de...

J. Pourquoi tu enregistres ça?

Q. Pourquoi j'enregistre? Mais on en a parlé, Maman. Je me disais simplement... on en a parlé, non? Ben tu sais, que si c'était enregistré, tu vois, ou bien écrit, je ne sais pas, moi. Parce que les choses s'oublient, quoi. Et il y a tellement...

J. [Propos incohérents]

Q. Qu'est-ce que tu dis, Maman?

J. Qu'est-ce que tu veux savoir?

Q. Qu'est-ce que... bon, je me dis que... enfin... je suppose que... voilà, je pensais à votre rencontre, à Papa et à toi, tu sais, et...

[Pause de dix secondes]

Q. En fait...

[Pause de trois secondes]

Q. En fait si tu ne…
J. Mardi 14 septembre 1971.
Q. Pardon, Maman? quoi?
J. Le jour où je l'ai rencontré. Mardi 14 septembre 1971.
Q. Ah, d'accord. Ah bon? Parce que tu te rappelles la date?

[Pause de deux secondes]

J. Bien sûr, ma chérie.
Q. D'accord, bon, mais…

[Pause de six secondes]

J. Lara, je suis fatiguée.
Q. Je le sais bien, Maman, bien sûr que tu es fatiguée, mais… mardi 14 septembre 1971?
J. C'est bien ça. [Elle tousse]
Q. Ça va, Maman, ça va aller, tiens, je te…

[Bruit de l'eau qu'on verse, froissement de l'oreiller et des draps]

Q. Tiens. Ça va? Ça va mieux, maintenant.

[Pause de deux secondes]

Q. Alors si tu pouvais, enfin, s'il y a quelque chose qui…

[Pause de six secondes]

Q. Bon, on va faire autrement. On va dire que je parle… tu vois… que je me rappelle un souvenir, et toi… bon, je sais pas, si tu veux ajouter quelque chose, ou quoi, d'accord?…

[Pause de deux secondes]

Q. Bon, est-ce que ça te va ?
J. Lara, je suis fatiguée.
Q. Je le sais bien, et je veux pas... Attends, encore cinq minutes, d'accord. Cinq minutes, c'est tout. Je chronomètre, tu vois, je surveille et, euh... alors l'autre jour, tu sais ? L'autre jour, quand je suis venue te voir, mardi après-midi, je veux dire, on parlait du chat. Du chaton blanc, tu te rappelles ? Tu te rappelles que c'était un des cadeaux du jeudi que nous avait fait Papa. Je devais avoir sept ans, quelque chose comme ça, six ou sept ans... ou peut-être même moins, d'ailleurs. Tu dirais cinq ? Non, je pouvais pas avoir cinq ans. Disons, six. Et Alfie, ça fait qu'Alfie était encore tout bambin... et Papa nous avait apporté un chaton, dans une espèce de boîte, comme une boîte à chaussures, plus ou moins. Seulement, le carton était humide, alors tu lui as fait un nid dans un paquet de céréales avec un pull pour le garnir, tu te souviens ? Il était blanc, le chat, avec des tout petits yeux et une petite gueule rose, c'était le plus beau cadeau qu'on ait eu. Qu'est-ce qu'il est devenu ? Parce que, tu sais, les animaux n'étaient pas tolérés. C'était bien précisé dans le bail, non ? Mais lui, il venait de le trouver dans un tas de sacs-poubelles, dans la rue, et il l'avait ramené à la maison...

[Pause de six secondes]

Q. Tu... enfin, tu t'en souviens ?
J. [Propos incohérents]
Q. Pardon, j'ai pas...
J. Je te dis qu'il l'a veillé toute la nuit en lui donnant du lait au... [Respiration sifflante]
Q. Doucement.
J. Avec un, un truc, là, comment ça s'appelle...
Q. Une seringue ?
J. Non, non, un...

Q. Un…

J. Une pipette. Il l'a veillé toute la nuit.

Q. Ah oui ? Papa ? Tu es sûre, Maman ?

J. [Elle tousse]

Q. Pardon, j'avais dit cinq minutes, hein. Je vais…

[Pause de deux secondes]

Q. Bon… alors voilà, Maman, je te propose quelque chose, d'accord ? C'est une idée comme ça. Il va falloir que je te laisse à présent, mais s'il te vient quelque chose à dire, tu peux l'enregistrer. C'est facile, tu appuies là, et le voyant s'allume comme en ce moment, et quand tu as fini, il suffit de… comme ça.

[Fin de l'enregistrement]

Note de l'auteur

Pour le documentaire fictif sur Tchernobyl que Lara regarde au début du récit, je me suis amplement inspirée du numéro 172 de la *Paris Review*, publiée au cours de l'hiver 2004. Il contient la compilation lucide, précise et déchirante des récits de survivants élaborée par Svetlana Alexievitch. J'avais lu de nombreux articles, comptes rendus et témoignages oculaires du sinistre au cours de ma recherche, mais je revenais périodiquement aux interviews de Svetlana Alexievitch, en particulier à l'histoire de Ludmilla Ignatenko, épouse du pompier décédé Vasily Ignatenko, qui m'a inspiré le personnage de Nastasya. Si la chose avait été possible, j'aurais fait figurer les références de son travail dans le cours même du roman. Cependant, l'histoire voulait que Lara regarde un documentaire, et non pas qu'elle lise un magazine littéraire. J'aimerais donc lui rendre ce que je lui dois ici.

Remerciements

L'écriture de ce roman a été facilitée par le soutien de l'Arts Council d'Irlande du Nord. Je voudrais ici remercier tous ceux qui m'y ont aidée, et en particulier Damian Smyth, pour leur extraordinaire générosité.

Ma plus profonde gratitude va aussi aux ayants droit de Sylvia Plath, et par-dessus tout à ceux de Louis MacNeice, qui m'ont autorisée à reprendre les mots et les images qui semblaient si profondément tissés dans la fibre de mon intrigue que je n'aurais jamais pu en imaginer un équivalent.

J'ai eu la très grande chance de travailler d'emblée avec Angus Cargill, dont les réflexions et la clairvoyance m'ont été précieuses. Merci, Angus.

Merci à Peter Straus, qui demeure un conseiller sans peur et sans reproche.

Merci à Anne Owen, et à Merlin Cox, à Becky Pearson et à David Sanger, et à tous ceux de chez Faber qui m'ont aidée dans la relecture, la production et la promotion de ce roman.

Merci à Paul, qui a trouvé le nom du personnage, merci à Ali pour le conseil sur les termes juridiques, merci à Robert pour le Londres des années soixante-dix. Merci à Kim pour ses compétences sur le monde médical, les agences d'aide à la personne ; merci à Donald pour son histoire d'amant à New York. Merci à Clive pour nos conversations sur l'art et la poésie. Merci à tous les étudiants que j'ai eus ces dernières années et qui m'ont tant appris.

Merci à Leo, et merci à Rowan, qui ont lu et relu mes premières versions du manuscrit.

Merci à toi, Tom, qui as su voir quand j'avais besoin d'un filet de sécurité et quand j'avais seulement besoin de partir.

Et puis enfin, merci à vous, Papa et Maman, à qui je dédie ce livre et à qui je dois bien plus que je ne saurais dire.

Dans la même collection

Svetlana Alexievitch, *Ensorcelés par la mort*. Traduit du russe par Sophie Benech.

Vladimir Arsenijević, *À fond de cale*. Traduit du serbo-croate par Mireille Robin.

Trezza Azzopardi, *La Cachette*. Traduit de l'anglais par Édith Soonckindt.

Trezza Azzopardi, *Ne m'oubliez pas*. Traduit de l'anglais par Édith Soonckindt.

Kirsten Bakis, *Les Chiens-Monstres*. Traduit de l'anglais (États-Unis) par Marc Cholodenko.

Sebastian Barry, *Les Tribulations d'Eneas McNulty*. Traduit de l'anglais (Irlande) par Robert Davreu.

Saul Bellow, *En souvenir de moi*. Traduit de l'anglais (États-Unis) par Pierre Grandjouan.

Saul Bellow, *Tout compte fait. Du passé indistinct à l'avenir incertain*. Traduit de l'anglais (États-Unis) par Philippe Delamare.

Alessandro Boffa, *Tu es une bête, Viskovitz*. Traduit de l'italien par Nathalie Bauer.

Joan Brady, *L'Enfant loué*. Traduit de l'anglais par Pierre Alien. Prix du Meilleur Livre Étranger 1995.

Joan Brady, *Peter Pan est mort*. Traduit de l'anglais par Marc Cholodenko.

Joan Brady, *L'Émigré*. Traduit de l'anglais par André Zavriew.

Lucy Caldwell, *Le Point de rencontre*. Traduit de l'anglais par Josée Kamoun.

Peter Carey, *Jack Maggs*. Traduit de l'anglais (Australie) par André Zavriew.

Peter Carey, *Oscar et Lucinda*. Traduit de l'anglais (Australie) par Michel Courtois-Fourcy.

Peter Carey, *L'Inspectrice*. Traduit de l'anglais (Australie) par Marc Cholodenko.

Peter Carey, *Un écornifleur (Illywhacker)*. Traduit de l'anglais (Australie) par Jean Guiloineau.

Peter Carey, *La Vie singulière de Tristan Smith*. Traduit de l'anglais (Australie) par André Zavriew.

Peter Carey, *Ma vie d'imposteur*. Traduit de l'anglais (Australie) par Élisabeth Peellaert.

Peter Carey, *Véritable histoire du Gang Kelly*. Traduit de l'anglais (Australie) par Élisabeth Peellaert. Prix du Meilleur Livre Étranger 2003.

Emma Chapman, *L'Épouse modèle*. Traduit de l'anglais par Amélie de Maupeou.

Sandra Cisneros, *Caramelo*. Traduit de l'anglais (États-Unis) par Rémy Lambrechts.

Kate Clanchy, *Crème anglaise*. Traduit de l'anglais par Cyrielle Ayakatsikas.

Martha Cooley, *L'Archiviste*. Traduit de l'anglais (États-Unis) par André Zavriew.

Fred D'Aguiar, *La Mémoire la plus longue*. Traduit de l'anglais (États-Unis) par Gilles Lergen.

Jonathan Dee, *Les Privilèges*. Traduit de l'anglais (États-Unis) par Élisabeth Peellaert.

Jonathan Dee, *La Fabrique des illusions*. Traduit de l'anglais (États-Unis) par Anouk Neuhoff.

Jonathan Dee, *Mille Excuses*. Traduit de l'anglais (États-Unis) par Élisabeth Peellaert.

Junot Díaz, *Comment sortir une Latina, une Black, une blonde ou une métisse*. Traduit de l'anglais (États-Unis) par Rémy Lambrechts.

Junot Díaz, *La Brève et Merveilleuse Vie d'Oscar Wao*. Traduit de l'anglais (États-Unis) par Laurence Viallet.

Junot Díaz, *Guide du loser amoureux*. Traduit de l'anglais (États-Unis) par Stéphane Roques.

Edward Docx, *Le Calligraphe*. Traduit de l'anglais par Marie-Claire Pasquier.
Albert Drach, *Voyage non sentimental*. Traduit de l'allemand par Colette Kowalski.
Stanley Elkin, *Le Royaume enchanté*. Traduit de l'anglais (États-Unis) par Claire Maniez et Marc Chénetier.
Nathan Englander, *Pour soulager d'irrésistibles appétits*. Traduit de l'anglais (États-Unis) par Élisabeth Peellaert.
Nathan Englander, *Le Ministère des Affaires spéciales*. Traduit de l'anglais (États-Unis) par Élisabeth Peellaert.
Nathan Englander, *Parlez-moi d'Anne Frank*. Traduit de l'anglais (États-Unis) par Élisabeth Peellaert.
Jeffrey Eugenides, *Les Vierges suicidées*. Traduit de l'anglais (États-Unis) par Marc Cholodenko.
Joshua Max Feldman, *La Prophétie de Jonas*. Traduit de l'anglais (États-Unis) par Marc Amfreville.
Kitty Fitzgerald, *Le Palais des cochons*. Traduit de l'anglais par Bernard Hœpffner.
Susan Fletcher, *Avis de tempête*. Traduit de l'anglais par Marie-Claire Pasquier.
Susan Fletcher, *La Fille de l'Irlandais*. Traduit de l'anglais par Marie-Claire Pasquier.
Susan Fletcher, *Un bûcher sous la neige*. Traduit de l'anglais par Suzanne Mayoux.
Susan Fletcher, *Les Reflets d'argent*. Traduit de l'anglais par Stéphane Roques.
Dario Fo, *Le Pays des Mezaràt*. Traduit de l'italien par Nathalie Bauer.
Erik Fosnes Hansen, *Cantique pour la fin du voyage*. Traduit du norvégien par Alain Gnaedig.
Erik Fosnes Hansen, *La Tour des faucons*. Traduit du norvégien par Johannes Kreisler.
Erik Fosnes Hansen, *Les Anges protecteurs*. Traduit du norvégien par Lena Grumbach et Hélène Hervieu.
William Gaddis, *JR*. Traduit de l'anglais (États-Unis) par Marc Cholodenko.
William Gaddis, *Le Dernier Acte*. Traduit de l'anglais (États-Unis) par Marc Cholodenko.
William Gaddis, *Agonie d'agapè*. Traduit de l'anglais par Claro.
Eduardo Galeano, *Mémoire du feu*, tome I, *Les Naissances*. Traduit de l'espagnol par Claude Couffon.
Eduardo Galeano, *Mémoire du feu*, tome II, *Les Visages et les Masques*. Traduit de l'espagnol par Véra Binard.
Eduardo Galeano, *Mémoire du feu*, tome III, *Le Siècle du vent*. Traduit de l'espagnol par Véra Binard.
Petina Gappah, *Les Racines déchirées*. Traduit de l'anglais par Anouk Neuhoff.
Natalia Ginzburg, *Nos années d'hier*. Traduit de l'italien par Adrienne Verdière Le Peletier. Nouvelle édition établie par Nathalie Bauer.
Paul Golding, *L'Abomination*. Traduit de l'anglais par Robert Davreu.
Nadine Gordimer, *Le Safari de votre vie*. Nouvelles traduites de l'anglais par Pierre Boyer, Julie Damour, Gabrielle Rolin, Antoinette Roubichou-Stretz et Claude Wauthier.
Nadine Gordimer, *Feu le monde bourgeois*. Traduit de l'anglais par Pierre Boyer.
Nadine Gordimer, *Personne pour m'accompagner*. Traduit de l'anglais par Pierre Boyer.
Nadine Gordimer, *L'Écriture et l'Existence*. Traduit de l'anglais par Claude Wauthier.
Nadine Gordimer, *L'Arme domestique*. Traduit de l'anglais par Claude Wauthier et Fabienne Teisseire.
Nadine Gordimer, *Vivre dans l'espoir et dans l'Histoire*. Traduit de l'anglais par Claude Wauthier et Fabienne Teisseire.

Nadine Gordimer, *La Voix douce du serpent*. Traduit de l'anglais par Pierre Boyer, Julie Damour, Dominique Dussidour, Claude Wauthier.

Nadine Gordimer, *Le Magicien africain*. Traduit de l'anglais par Pierre Boyer, Julie Damour, Fabienne Teisseire et Claude Wauthier.

Lauren Groff, *Les Monstres de Templeton*. Traduit de l'anglais (États-Unis) par Carine Chichereau.

Lauren Groff, *Fugues*. Traduit de l'anglais (États-Unis) par Carine Chichereau.

Lauren Groff, *Arcadia*. Traduit de l'anglais (États-Unis) par Carine Chichereau.

Nikolai Grozni, *Wunderkind*. Traduit de l'anglais par France Camus-Pichon.

Arnon Grunberg, *Douleur fantôme*. Traduit du néerlandais par Olivier Van Wersch-Cot.

Arnon Grunberg, *Lundis bleus*. Traduit du néerlandais par Tina Hegeman.

Allan Gurganus, *Bénie soit l'assurance*. Traduit de l'anglais (États-Unis) par Simone Manceau.

Allan Gurganus, *Et nous sommes à Lui*. Traduit de l'anglais (États-Unis) par Élisabeth Peellaert.

Allan Gurganus, *Lucy Marsden raconte tout*. Traduit de l'anglais (États-Unis) par Élisabeth Peellaert.

Allan Gurganus, *Les Blancs*. Traduit de l'anglais (États-Unis) par Simone Manceau et Élisabeth Peellaert.

Eve Harris, *Comment marier Chani Kaufman*. Traduit de l'anglais par Christine Rimoldy.

Oscar Hijuelos, *Les Mambo Kings*. Traduit de l'anglais (États-Unis) par Pierre Alien et Jean Clem.

Nick Hornby, *Slam*. Traduit de l'anglais par Francis Kerline.

Nick Hornby, *À propos d'un gamin*. Traduit de l'anglais par Christophe Mercier.

Nick Hornby, *Carton jaune*. Traduit de l'anglais par Gabrielle Rolin.

Nick Hornby, *Conversations avec l'ange*. Traduit de l'anglais par Marie-Claire Pasquier.

Nick Hornby, *Haute Fidélité*. Traduit de l'anglais par Gilles Lergen.

Nick Hornby, *La Bonté : mode d'emploi*. Traduit de l'anglais par Isabelle Chapman.

Nick Hornby, *Vous descendez ?* Traduit de l'anglais par Nicolas Richard.

Bronwen Hruska, *Les Meilleurs Élèves*. Traduit de l'anglais (États-Unis) par Laura Derajinski.

Aldous Huxley, *Le Meilleur des mondes*. Traduit de l'anglais par Jules Castier.

Aldous Huxley, *Temps futurs*. Traduit de l'anglais par Jules Castier et révisé par Hélène Cohen.

Aldous Huxley, *Retour au meilleur des mondes*. Traduit de l'anglais par Denise Meunier et révisé par Hélène Cohen.

Aldous Huxley, *Île*. Traduit de l'anglais par Mathilde Treger et révisé par Hélène Cohen.

Neil Jordan, *Lignes de fond*. Traduit de l'anglais (Irlande) par Gabrielle Rolin.

Nicholas Jose, *Pour l'amour d'une rose noire*. Traduit de l'anglais par Anne Rabinovitch.

Ken Kalfus, *Un désordre américain*. Traduit de l'anglais (États-Unis) par Marie-Hélène Dumas.

Ryszard Kapuściński, *Autoportrait d'un reporter*. Traduit du polonais par Véronique Patte.

Ryszard Kapuściński, *Cet Autre*. Traduit du polonais par Véronique Patte.

Ryszard Kapuściński, *Ébène*. Traduit du polonais par Véronique Patte.

Ryszard Kapuściński, *Imperium*. Traduit du polonais par Véronique Patte.

Ryszard Kapuściński, *La Guerre du foot*. Traduit du polonais par Véronique Patte.

Ryszard Kapuściński, *Mes voyages avec Hérodote*. Traduit du polonais par Véronique Patte.
Ryszard Kapuściński, *Le Christ à la carabine*. Traduit du polonais par Véronique Patte.
Francesca Kay, *Saison de lumière*. Traduit de l'anglais par Laurence Viallet.
Francesca Kay, *Le Temps de la Passion*. Traduit de l'anglais par Carine Chichereau.
Wolfgang Koeppen, *Pages du journal de Jacob Littner écrites dans un souterrain*. Traduit de l'allemand par André Maugé.
Jerzy Kosinski, *L'Ermite de la 69ᵉ Rue*. Traduit de l'anglais (États-Unis) par Fortunato Israël.
Hari Kunzru, *Mes révolutions*. Traduit de l'anglais par Marie-Hélène Dumas.
Harriet Lane, *Le Beau Monde*. Traduit de l'anglais par Amélie de Maupeou.
Harriet Lane, *Elle*. Traduit de l'anglais par Séverine Quelet.
John Lanchester, *Chers voisins*. Traduit de l'anglais par Anouk Neuhoff avec la collaboration de Suzy Borello.
Barry Lopez, *Les Dunes de Sonora*. Traduit de l'anglais (États-Unis) par Suzanne V. Mayoux.
James Lord, *Cinq Femmes exceptionnelles*. Traduit de l'anglais (États-Unis) par Pierre Leyris et Edmonde Blanc.
Patrick McCabe, *Le Garçon boucher*. Traduit de l'anglais (Irlande) par Édith Soonckindt.
Norman Mailer, *L'Amérique*. Traduit de l'anglais (États-Unis) par Anne Rabinovitch.
Norman Mailer, *L'Évangile selon le fils*. Traduit de l'anglais (États-Unis) par Rémy Lambrechts.
Norman Mailer, *Oswald. Un mystère américain*. Traduit de l'anglais (États-Unis) par Pierre Grandjouan.
Norman Mailer, *Un château en forêt*. Traduit de l'anglais (États-Unis) par Gérard Meudal.
Salvatore Mannuzzu, *La Procédure*. Traduit de l'italien par André Maugé.
Salvatore Mannuzzu, *La Fille perdue*. Traduit de l'italien par Nathalie Bauer.
Valerie Martin, *Mary Reilly*. Traduit de l'anglais (États-Unis) par Annie Saumont.
Daniel Mason, *Un lointain pays*. Traduit de l'anglais (États-Unis) par Isabelle Chapman.
Paolo Maurensig, *Le Violoniste*. Traduit de l'italien par Nathalie Bauer.
Piero Meldini, *L'Antidote de la mélancolie*. Traduit de l'italien par François Maspero.
Lisa Moore, *Février*. Traduit de l'anglais (Canada) par Carole Hanna.
Jess Mowry, *Hypercool*. Traduit de l'anglais (États-Unis) par Pierre Alien.
Péter Nádas, *Amour*. Traduit du hongrois par Georges Kassai et Gilles Bellamy.
Péter Nádas, *La Fin d'un roman de famille*. Traduit du hongrois par Georges Kassai.
Péter Nádas, *Le Livre des mémoires*. Traduit du hongrois par Georges Kassai. Prix du Meilleur Livre Étranger 1999.
Péter Nádas, *Minotaure*. Traduit du hongrois par Georges Kassai et Gilles Bellamy.
Péter Nádas, *Histoires parallèles*. Traduit du hongrois par Marc Martin (avec la collaboration de Sophie Aude).
V. S. Naipaul, *L'Inde. Un million de révoltes*. Traduit de l'anglais par Béatrice Vierne.
V. S. Naipaul, *La Traversée du milieu*. Traduit de l'anglais par Marc Cholodenko.
V. S. Naipaul, *Un chemin dans le monde*. Traduit de l'anglais par Suzanne V. Mayoux.
V. S. Naipaul, *La Perte de l'Eldorado*. Traduit de l'anglais par Philippe Delamare.
V. S. Naipaul, *Jusqu'au bout de la foi. Excursions islamiques chez les peuples convertis*. Traduit de l'anglais par Philippe Delamare.

V. S. Naipaul, *La Moitié d'une vie*. Traduit de l'anglais par Suzanne V. Mayoux.
V. S. Naipaul, *Semences magiques*. Traduit de l'anglais par Suzanne V. Mayoux.
Tim O'Brien, *À la poursuite de Cacciato*. Traduit de l'anglais (États-Unis) par Yvon Bouin.
Tim O'Brien, *À propos de courage*. Traduit de l'anglais (États-Unis) par Jean-Yves Prate. Prix du Meilleur Livre Étranger 1993.
Tim O'Brien, *Au lac des Bois*. Traduit de l'anglais (États-Unis) par Rémy Lambrechts.
Tim O'Brien, *Matou amoureux*. Traduit de l'anglais (États-Unis) par Rémy Lambrechts.
Jayne Anne Phillips, *Camp d'été*. Traduit de l'anglais (États-Unis) par André Zavriew.
David Plante, *American stranger*. Traduit de l'anglais par Laurence Viallet.
David Plante, *L'Amant pur. Mémoires de la douleur*. Traduit de l'anglais (États-Unis) par Amélie de Maupeou.
Salman Rushdie, *Est, Ouest*. Traduit de l'anglais par François et Danielle Marais.
Salman Rushdie, *Franchissez la ligne...* Traduit de l'anglais par Philippe Delamare.
Salman Rushdie, *Furie*. Traduit de l'anglais par Claro.
Salman Rushdie, *Haroun et la Mer des histoires*. Traduit de l'anglais par Jean-Michel Desbuis.
Salman Rushdie, *La Honte*. Traduit de l'anglais par Jean Guiloineau.
Salman Rushdie, *La Terre sous ses pieds*. Traduit de l'anglais par Danielle Marais.
Salman Rushdie, *Le Dernier Soupir du Maure*. Traduit de l'anglais par Danielle Marais.
Salman Rushdie, *L'Enchanteresse de Florence*. Traduit de l'anglais par Gérard Meudal.
Salman Rushdie, *Le Sourire du jaguar*. Traduit de l'anglais par Anne Rabinovitch.
Salman Rushdie, *Les Enfants de minuit*. Traduit de l'anglais par Jean Guiloineau.
Salman Rushdie, *Les Versets sataniques*. Traduit de l'anglais par A. Nasier.
Salman Rushdie, *Shalimar le clown*. Traduit de l'anglais par Claro.
Salman Rushdie, *Luka et le Feu de la Vie*. Traduit de l'anglais par Gérard Meudal.
Salman Rushdie, *Joseph Anton*. Traduit de l'anglais par Gérard Meudal.
Paul Sayer, *Le Confort de la folie*. Traduit de l'anglais par Bernard Hœpffner.
Francesca Segal, *Les Innocents*. Traduit de l'anglais par Christine Rimoldy.
Maria Semple, *Bernadette a disparu*. Traduit de l'anglais (États-Unis) par Carine Chichereau.
Diane Setterfield, *Le Treizième Conte*. Traduit de l'anglais par Claude et Jean Demanuelli.
Diane Setterfield, *L'Homme au manteau noir*, Traduit de l'anglais par Carine Chichereau
Donna Tartt, *Le Maître des illusions*. Traduit de l'anglais (États-Unis) par Pierre Alien.
Donna Tartt, *Le Petit Copain*. Traduit de l'anglais (États-Unis) par Anne Rabinovitch.
Donna Tartt, *Le Chardonneret*. Traduit de l'anglais (États-Unis) par Édith Soonckindt.
Marcel Theroux, *Au nord du monde*. Traduit de l'anglais par Stéphane Roques.
Marcel Theroux, *Jeu de pistes*. Traduit de l'anglais par Stéphane Roques.
Marcel Theroux, *Corps variables*. Traduit de l'anglais par Stéphane Roques.
Mario Tobino, *Trois Amis*. Traduit de l'italien par Patrick Vighetti.
Pramoedya Ananta Toer, *Le Fugitif*. Traduit de l'indonésien par François-René Daillie.
Hasan Ali Toptaş, *Les Ombres disparues*. Traduit du turc par Noémi Cingöz.

Rose Tremain, *Les Ténèbres de Wallis Simpson*. Traduit de l'anglais par Claude et Jean Demanuelli.

Rose Tremain, *Retour au pays*. Traduit de l'anglais par Claude et Jean Demanuelli.

Joanna Trollope, *Les Vendredis d'Eleanor*. Traduit de l'anglais par Isabelle Chapman.

Joanna Trollope, *La Deuxième Lune de miel*. Traduit de l'anglais par Isabelle Chapman.

Dubravka Ugrešić, *L'Offensive du roman-fleuve*. Traduit du serbo-croate par Mireille Robin.

Dubravka Ugreši, *Dans la gueule de la vie*. Traduit du serbo-croate par Mireille Robin.

Sandro Veronesi, *La Force du passé*. Traduit de l'italien par Nathalie Bauer.

Serena Vitale, *Le Bouton de Pouchkine*. Traduit de l'italien par Jacques Michaut-Paternò. Prix du Meilleur Livre Étranger 1998.

Edith Wharton, *Les Boucanières*. Traduit de l'anglais (États-Unis) par Gabrielle Rolin.

Edmund White, *City Boy*. Traduit de l'anglais (États-Unis) par Philippe Delamare.

Edmund White, *Écorché vif*. Traduit de l'anglais (États-Unis) par Élisabeth Peellaert et Marc Cholodenko.

Edmund White, *Fanny*. Traduit de l'anglais (États-Unis) par Anne Rabinovitch.

Edmund White, *La Bibliothèque qui brûle*. Traduit de l'anglais (États-Unis) par Philippe Delamare.

Edmund White, *La Symphonie des adieux*. Traduit de l'anglais (États-Unis) par Marc Cholodenko.

Edmund White, *L'Homme marié*. Traduit de l'anglais (États-Unis) par Anne Rabinovitch.

Edmund White, *Mes vies*. Traduit de l'anglais (États-Unis) par Philippe Delamare.

Edmund White, *Hotel de Dream*. Traduit de l'anglais (États-Unis) par André Zavriew.

Edmund White, *Jack Holmes et son ami*. Traduit de l'anglais (États-Unis) par Céline Leroy.

David Whitehouse, *Couché*. Traduit de l'anglais par Olivier Deparis.

Jeanette Winterson, *Écrit sur le corps*. Traduit de l'anglais par Suzanne Mayoux.

Jeanette Winterson, *Le Sexe des cerises*. Traduit de l'anglais par Isabelle Delors-Philippe.

Jeanette Winterson, *Art et Mensonges*. Traduit de l'anglais par Isabelle Delors-Philippe.

Tobias Wolff, *Un mauvais sujet*. Traduit de l'anglais (États-Unis) par Anouk Neuhoff.

Tobias Wolff, *Dans l'armée de Pharaon*. Traduit de l'anglais (États-Unis) par Rémy Lambrechts.

Tobias Wolff, *Portrait de classe*. Traduit de l'anglais (États-Unis) par Élisabeth Peellaert.

Tobias Wolff, *Retour au monde*. Traduit de l'anglais (États-Unis) par Rémy Lambrechts.

Pedro Zarraluki, *Un été à Cabrera*. Traduit de l'espagnol par Laurence Villaume.

À la frontière de deux mondes, à la croisée de deux chemins.

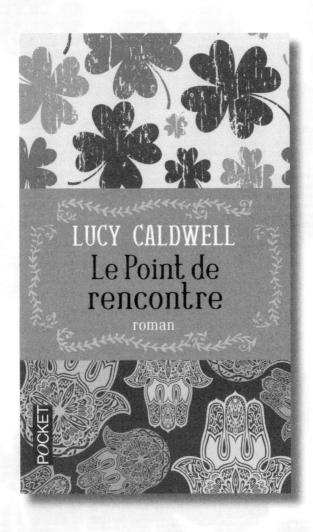

LUCY CALDWELL

Le Point de rencontre

roman

POCKET

www.pocket.fr

Il y a toujours un Pocket à découvrir

POCKET

« Lucy Caldwell sonde avec une grande justesse le cœur et les reins de ses personnages en proie aux affres de l'amour, de la trahison, de la foi. »

Le Figaro

« Le roman de Lucy Caldwell se dévore. »

The Guardian

Cet ouvrage a été composé par IGS-CP
à L'Isle-d'Espagnac (16)

Achevé d'imprimer en avril 2015
par Normandie Roto Impression s.a.s.
61250 Lonrai (Orne)
N° d'imprimeur : 1501894
Dépôt légal : mai 2015

Imprimé en France